DERNIÈRES INVENTIONS
—
DERNIÈRES DÉCOUVERTES

par

DANIEL BELLET

OUVRAGE ILLUSTRÉ DE 95 GRAVURES

Paris

LIBRAIRIE HACHETTE ET Cⁱᵉ

79, BOULEVARD SAINT-GERMAIN, 79

DERNIÈRES INVENTIONS

DERNIÈRES DÉCOUVERTES

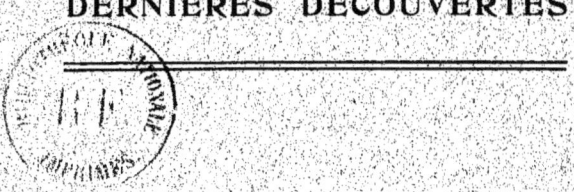

PAUL BRODARD
IMPRIMEUR
COULOMMIERS

UNE DES DRAGUES ASPIRATRICES A COUTEAU TOURNANT FONCTIONNANT SUR LE NIL.

BIBLIOTHÈQUE DES ÉCOLES ET DES FAMILLES

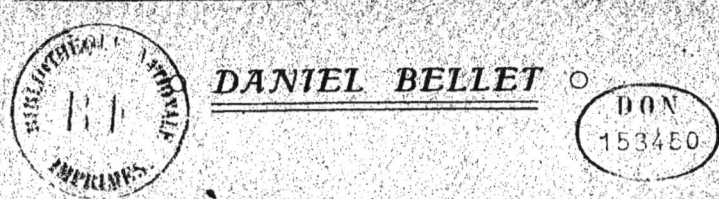

DANIEL BELLET

DERNIÈRES INVENTIONS
DERNIÈRES DÉCOUVERTES

OUVRAGE ILLUSTRÉ DE 95 GRAVURES

1911-1912

LIBRAIRIE HACHETTE ET Cᴵᴱ
79, Bᴰ SAINT-GERMAIN, PARIS, 79
1912

NOTE DES ÉDITEURS

Il n'est plus possible pour la jeunesse d'ignorer les inventions, les découvertes, les trouvailles de toute sorte, les transformations qui se poursuivent dans les sciences ou leurs applications, les faits les plus saillants du monde industriel ou savant. Quotidiennement, pour ainsi dire, ces découvertes et transformations se suivent, souvent avec de vastes conséquences pour un avenir plus ou moins prochain.

Sans doute la jeunesse les voit signaler et dans le journal quotidien, qui ne les explique que peu ou mal, et dans les Revues spéciales qui se publient pour les jeunes gens, les jeunes filles. Mais tout cela passe, ne laisse guère de traces.

C'est pour cette raison qu'il nous a semblé opportun de demander à un des vulgarisateurs les plus connus, particulièrement de la jeunesse, de mettre chaque année sous les yeux de cette jeunesse, en quelques pages qui demeurent, un aperçu de ces faits saillants de toute espèce, en lui faisant saisir ou pressentir la portée de ces inventions, de ces découvertes.

D'année en année, les volumes se succéderont en se complétant : pas un seul fait, une seule découverte importante ne manqueront d'être signalés dans un domaine scientifique quelconque, depuis la géographie jusqu'à la médecine ou à l'art des constructions.

Et ceux qui désirent s'éclairer, s'instruire, se renseigner, apprendre et comprendre, se tenir au courant, n'auront qu'à feuilleter ce volume des **Dernières Inventions**, **Dernières Découvertes**; de nombreuses illustrations leur permettront d'ailleurs une compréhension facile de tout ce qui se sera présenté de nouveau dans le cours des douze mois, et ajouteront encore l'intérêt du pittoresque à celui du texte.

DERNIÈRES INVENTIONS
DERNIÈRES DÉCOUVERTES

LE CIEL

L'AÉRONAUTIQUE ∘ LA MÉTÉOROLOGIE
L'ASTRONOMIE

∘ ∘ ∘

C'EST une des grandes inventions, des grandes découvertes de ces
dernières années, que celle qui a enfin permis à l'homme de
s'élever dans l'air, de s'envoler vers le ciel, à la façon de ces oiseaux
qui ont, durant des siècles, inutilement excité notre envie. Depuis la
première réalisation du vol humain, ou du moins depuis le jour
(pourtant assez peu lointain encore) où un être humain s'est élevé
de terre, d'énormes progrès ont été effectués dans cette voie toute
nouvelle; mais il en reste bien d'autres à faire. Il faut que le nouveau mode de déplacement assure plus de sécurité à ceux qui s'y
confient; et, dans ce but, il est essentiel que l'on connaisse bien
tous les mystérieux phénomènes de cet air au milieu duquel l'aéroplane se déplace. Il faut également trouver des applications réellement pratiques aux appareils d'aviation, comme on les appelle.
Aussi bien, en dépit de l'admirable découverte qu'a été l'aéroplane,
on n'abandonne point le ballon, le plus léger que l'air; mais on
l'utilise sous une forme toute nouvelle : celle du ballon dirigeable,
qui fait oublier, et presque abandonner totalement, l'ancien ballon
rond ou sphérique, dont la découverte avait pourtant, et légitime-
ment, semblé une prestigieuse découverte à la fin du XVIIIᵉ siècle.

Le progrès se continue chaque jour, et en toute matière comme
en celle-ci. Chaque année, une nouvelle moisson de découvertes,
d'inventions, tantôt stupéfiantes tout de suite, tantôt d'abord assez
modestes, — mais pouvant entraîner plus tard des conséquences
que l'on ne prévoyait pas, — se produisent et doivent exciter notre
admiration, et quelque peu aussi notre fierté. C'est bien le moins
que, petits et grands, nous en connaissions quelque chose; ce sont

de nouvelles conquêtes de l'homme, qui viennent améliorer notre existence, transformer les conditions de notre vie, parfois nous permettre de triompher de la maladie, de la distance. Et sans être un savant, on peut et l'on doit se tenir un peu au courant de toutes ces transformations ; quand ce ne serait que pour être reconnaissant envers ceux à qui l'on doit toutes ces découvertes, ces inventions, ces trouvailles.

LES CHERCHEURS
DANS LE DOMAINE DE L'AVIATION

Précisément dans ce domaine de l'aéronautique, et tout particulièrement de l'aviation, dont nous voulons parler d'abord, il est bien des chercheurs patients et admirables dont on a longtemps méconnu les travaux ; et c'est seulement ces temps derniers que l'on a commencé à leur rendre justice. Un des précurseurs des aviateurs modernes vient d'être réellement révélé, chercheur modeste si jamais il en fut, et qui n'a pas eu la consolation de se voir apprécié de son vivant. Il s'agit d'un Français, nommé Mouillard, qui avait inventé le *gauchissement* des plans des aéroplanes, le pliement partiel dont on a fait jusqu'ici gloire aux Américains les frères Wright ; ce gauchissement sert, comme l'abaissement des petits ailerons qui continuent les plans des aéroplanes tout à fait modernes, à redresser un aéroplane qui penche, ou à lui permettre de tourner convenablement.

Mouillard gagnait humblement sa vie au Caire, dans une maison de commerce ; mais tout le temps dont il pouvait disposer, il le consacrait à observer les oiseaux innombrables qui vivent dans le ciel égyptien, et tout particulièrement dans les rues mêmes des villes. C'est ainsi qu'il a pu étudier les fameux milans, que l'on a appelés les rois du planement, parce que, le plus souvent, ils se soutiennent dans l'air sans battement d'ailes, et par conséquent un peu à la façon des appareils d'aviation que l'homme construit. Il étudiait également le vautour, qui est le plus admirable animal volant que l'on puisse trouver. Mouillard a si bien compris ce que lui enseignaient tous ces oiseaux que, avant 1896, il avait construit un aéroplane, et que, avec cet appareil, il réussit à parcourir plus de 40 mètres sans toucher à terre. C'est sans doute ridiculement minime par rapport aux exploits des aviateurs à notre époque ; mais il faut songer que c'était le début des merveilles qui se poursuivent chaque jour ; et que ce sont toujours les débuts qui sont le plus difficiles à réaliser. Les aviateurs d'aujourd'hui peuvent s'instruire, lisant les observations innombrables que renferment les écrits de

Mouillard. Et c'est bien le moins qu'on connaisse ce grand précurseur jusqu'ici à peu près complètement ignoré.

LES NOUVEAUX TYPES
D'AÉROPLANES

DEPUIS le jour où les frères Wright, dont nous parlions tout à l'heure, et les divers aviateurs français ont réussi à s'envoler et à parcourir quelques centaines de mètres dans l'air, les appareils d'aviation se sont étonnamment modifiés; mais ils continuent de se modifier encore : simplement parce que des améliorations de toutes sortes y sont apportées. C'est ainsi que, si vous examinez d'un peu près un aéroplane, celui qui passe à faible hauteur ou celui que vous avez la chance de surprendre au moment de son envolée ou de son atterrissage, vous constatez que l'aviateur et son ou ses passagers (puisque maintenant l'on monte souvent à plusieurs dans ce qu'on peut appeler audacieusement la nacelle de l'appareil) sont assis à l'abri d'une toile qui garnit complètement la nacelle, que les spécialistes appellent le *fuselage*. On commence d'autre part à faire des aéroplanes bien plus petits qu'autrefois, et pourtant ces appareils arrivent à porter plusieurs personnes. Mais il faut dire qu'on sait mieux les construire, qu'on fait souvent leur charpente à l'aide de tubes d'aciers particulièrement légers, et pourtant extrêmement résistants. Par contre, à l'opposé de la charpente, l'hélice est presque toujours faite de bois; on la forme de plusieurs épaisseurs de bois, et on taille ensuite minutieusement les pales de l'hélice, ses ailes, dans ces morceaux de bois assemblés avec le plus grand soin et collés avec une colle extraordinairement résistante à l'eau, aux agents atmosphériques. Pour le reste, on est si enthousiaste du métal, que l'on commence à faire les ailes de l'aéroplane, les plans qui prennent appui sur l'air, entièrement de métal; la charpente de l'aile est faite de ces tubes d'acier déjà mentionnés; et là-dessus on dispose de la tôle d'aluminium, qui présente une légèreté très précieuse. Autrefois enfin (autrefois qui ne remonte qu'à quelques années, mais qui est peut-être loin pour quelques-uns de mes lecteurs) on faisait surtout des biplans, des aéroplanes dotés de deux vastes plans de toile superposés; tandis que maintenant on semble préférer nettement les monoplans, qui dans l'air ressemblent vraiment à une immense libellule.

Nous n'en sommes pas encore au moment où l'on prendra un aéroplane pour faire ses courses, comme maintenant on monte dans un fiacre ou dans une automobile; et il n'est même pas sûr que ce moment arrive jamais si les aéroplanes continuent de coûter cher, et surtout s'ils ne donnent pas une sécurité plus complète que maintenant, où tant d'accidents se produisent avec les conséquences souvent les plus graves. Mais on commence à vouloir donner plus de confortable aux aviateurs qui s'installent sur le petit siège d'un aéroplane, et surtout aux passagers qui se font véhiculer dans cet esquif aérien. Aussi s'est-on mis à construire quelques véritables voitures aériennes : comme la berline aérienne que Blériot a exécutée pour M. Deutsch de la Meurthe, qui est un passionné de locomotion aérienne. C'est un monoplan doté d'une véritable nacelle formant cabine; on appelle même cela une carrosserie fermée, par assimilation à la caisse d'une voiture automobile. Et cette carrosserie ressemble beaucoup à celle des plus riches automobiles roulant paisiblement et modestement sur le sol de nos routes, le vulgaire « plancher des vaches ». Ce qui est bizarre, mais tout à fait bien compris, c'est que les parois intérieures de cette voiture aérienne peuvent se gonfler d'air, tout comme un pneumatique de voiture ordinaire; cela forme des coussins. Leur rôle n'est pas seulement de mettre les voyageurs à même de s'appuyer mollement : si l'aéroplane redescend trop vite et vient toucher brutalement le sol, les chocs sont amortis pour ceux qui ont pris passage dans cette berline destinée à voyager dans le ciel.

LES HYDROAÉROPLANES
ET L'AVIATION SUR L'EAU

Tout comme pour les ballons dirigeables (ou du moins certains d'entre eux) ce n'est pas d'aujourd'hui que l'on essaye d'arriver à ce que les aéroplanes puissent s'envoler d'une nappe d'eau et venir, après un vol, se poser sur une nappe d'eau également. C'est que l'envolée sur le sol est pénible : il faut que l'appareil, grâce aux roues dont il est doté, — et que l'on voit très bien sur les gravures qui accompagnent ces lignes, — commence par prendre de la vitesse et par rouler très rapidement sur ce sol; jusqu'à ce que cette vitesse soit assez grande pour que l'appareil trouve appui sur l'air et s'élève peu à peu par ses plans. Mais le sol peut être et est le plus souvent fort inégal, raboteux; et l'aviateur, en même temps que l'appareil lui-même, durant cette mise en vitesse, est soumis à des secousses très rudes, qui peuvent contribuer à détraquer le mécanisme en dépit des ressorts dont on munit le châssis de l'aéroplane, en dépit aussi des bandages pneumatiques qui garnissent les roues dont nous parlions. A la descente, les choses se passent de façon analogue, mais plus pénible encore. C'est qu'en effet l'appareil, au moment où il touche le sol, est animé d'une vitesse assez grande, dont son conducteur n'est pas toujours maître, surtout s'il a dû descendre précipitamment, par suite d'un incident quelconque, et les dénivellations du sol vont imposer des secousses terribles au conducteur et à sa machine. L'idéal serait de pouvoir se déplacer au

UN HYDROAÉROPLANE AU MEETING DE SAINT-MALO.

départ sur une surface unie et élastique, et, à la descente, de rencontrer une surface particulièrement élastique amortissant le choc de façon effective. On comprend que l'eau peut bien répondre à ce désir, si, bien entendu, à la partie inférieure de l'aéroplane, il y a un dispositif lui donnant le moyen de flotter à la surface, sans que l'aéroplane soit exposé à ne plus être porté par cette eau, surtout quand l'hélice s'arrête et que l'aéroplane cesse d'avancer. Il ne faut pas que l'aviateur soit menacé de se noyer, sous prétexte qu'on veut éviter qu'il ne vienne briser sa machine et se briser lui-même en prenant contact avec le sol.

Les hydroaéroplanes ont été inventés pour résoudre le problème.

et ils se sont singulièrement multipliés ces temps derniers, tout
uniment parce qu'ils paraissent donner de bons résultats. Il n'y a
pas longtemps qu'un concours d'hydroaéroplanes a eu lieu dans le
sud de la France, et qu'on a pu voir et admirer toute une série de
ces curieuses machines, qui tiennent quelque peu du bateau en
même temps que de l'esquif aérien. Un autre concours s'est tenu à
Saint-Malo.

La caractéristique de l'hydroaéroplane réside, comme nous le laissions entendre, dans ce qu'on nomme le châssis d'atterrissage pour
les appareils d'aviation ordinaires, et qui devient un châssis d'amer-
rissage, si l'on ose ce nouveau mot. Les roues et les patins à ressort
sont remplacés par des flotteurs, qui soutiendront la machine
flottante et qui permettront de glisser à la surface de l'eau au départ
ou à l'arrivée. Un des types les plus connus de ces aéroplanes d'un
nouveau système est le fameux *Canard* Voisin, que son constructeur
a baptisé de ce nom bizarre pour bien montrer qu'il peut se hasarder
sur l'élément liquide tout aussi bien que dans l'air. Ce *Canard* arti-
ficiel est doté de deux plans; c'est un biplan; et, par en-dessous, il
comporte une série de flotteurs, au nombre de quatre, dont un est
sous l'avant même de la machine. Il y a aussi de ces hydroaéroplanes munis de deux flotteurs allongés qui rappellent assez, par
leur forme, les périssoires où canotent les Parisiens sur la Seine.
Ici les périssoires sont pontées.

Les hydroaéroplanes paraissent bien s'enlever dans l'air, une fois
qu'on les a lancés à l'eau un peu comme des bateaux légers; et ils
reprennent ensuite doucement contact avec l'eau, quand l'aviateur
veut cesser de voler. Mais ce n'est pas à dire que ces appareils ne
présentent point quelques inconvénients.

Tout d'abord il faut que l'aviateur s'arrange de manière à prendre
contact avec l'eau dans le voisinage de la côte ou d'un navire, d'un
bateau qui pourra venir à son secours, surtout s'il s'agit de descendre
à la surface de la mer; car les flotteurs dont il est muni, les sortes
de minuscules bateaux qui assurent sa flottabilité quand il se pose
sur l'eau, ne sont que des bateaux pour rire. Si la mer est agitée,
le mouvement des lames aurait bientôt fait de briser partiellement
la charpente de l'aéroplane, là où elle se rattache aux petits
bateaux; ceux-ci feraient des voies d'eau, subiraient des avaries,
étant donnés les matériaux particulièrement légers dont on est obligé
de les constituer, pour que leur poids n'alourdisse pas par trop
l'aéroplane hydroplane. Et si ces flotteurs viennent à heurter non pas
seulement la moindre roche, mais encore une épave, même un
paquet d'algues flottantes qui s'enchevêtrera dans les flotteurs, il
n'est pas démontré que l'hydroplane demeurera longtemps flottant
et pourra attendre avec son équipage que l'on vienne le repêcher
ou le mettre au sec sur la côte. Ajoutons encore que cet échafau-

dage flottant que forme l'hydroplane est susceptible de verser assez
facilement, de se renverser sur le côté, si une lame se creuse sous
l'un des flotteurs, tandis que l'autre se trouve sur la crête de la lame
voisine. C'est pour remédier à cet inconvénient que l'on dote souvent
les nouveaux appareils d'aviation de sortes de béquilles, s'appuyant
sur un flotteur complémentaire et en-dessous des extrémités des
ailes, pour empêcher justement le renversement.

Nous ne prétendons pas que les hydroplanes vont révolutionner
la navigation aérienne en l'associant à la navigation tout court;
d'autant qu'il n'est pas aussi aisé de descendre à la surface d'un cours
d'eau qu'à la surface de la mer ou d'un lac; l'on n'a pas toujours à sa
disposition un cours d'eau très large; encore bien moins un lac ou
la mer. Cependant, les hydroplanes se sont déjà tant perfectionnés,
qu'on en voit, comme ceux du type Maurice Farman, qui peuvent
enlever à leur bord jusqu'à cinq personnes. C'est un nouveau progrès
sensationnel dans ce domaine si nouveau lui-même de l'aviation
humaine.

L'AVIATION MILITAIRE
ET NAVALE

DE même que l'on a déjà tiré parti de presque toutes les inventions
modernes pour améliorer et perfectionner le matériel de guerre,
les instruments, l'outillage, les appareils divers qui peuvent servir à
la défense du sol natal, de la patrie et de l'indépendance du pays,
on ne pouvait non plus manquer de songer à l'aviation, aux aéroplanes, comme autrefois on avait songé aux premiers ballons sphériques, pour doter l'armée d'un merveilleux instrument de transport
et d'observation. Nous verrons plus loin les principales découvertes
et inventions qui ont été mises au jour ces temps derniers au point
de vue de la défense nationale; mais comme les aéroplanes militaires ressemblent étrangement aux appareils d'aviation ordinaires,
qu'il en est de même des ballons dirigeables, il est tout naturel
d'en parler à cette place, en même temps que nous nous préoccu-
pons de toutes les autres inventions qui permettent à l'homme de
mieux pénétrer dans ce domaine du ciel que jusqu'ici nous ne
pouvions guère pénétrer que des yeux.

En ce qui concerne les aéroplanes de la marine de guerre et ce
qu'on peut appeler l'aviation navale, elle va être grandement facilitée par l'usage de ces aéroplanes flottants, de ces hydroplanes
dont nous nous entretenions à l'instant. Il y a longtemps, relativement du moins, — puisque l'aviation ne date pour ainsi dire que
d'hier — que l'on cherche à combiner des aéroplanes qui soient les

auxiliaires de la marine de guerre, et qui puissent partir, s'envoler du bord d'un cuirassé par exemple, s'élever à bonne hauteur, pour surveiller l'horizon, découvrir une flotte ennemie, puis redescendre et rapporter au commandant du navire d'où ils sont partis des renseignements précieux sur la position et les forces de l'adversaire.

Mais la prise du vol, comme on dit, à bord d'un bateau, n'est pas chose facile; car il faut que l'aéroplane roule d'abord un certain temps (ainsi que nous l'expliquions plus haut) pour se mettre en vitesse, et qu'ensuite ses plans, ses ailes prennent appui sur le matelas d'air et le mettent à même de s'enlever. Or, le pont ordinaire d'un navire n'offre pas une surface plane suffisamment longue, sans obstacles, qui puisse naturellement constituer pour l'aéroplane une piste de mise en marche. Pour la descente, c'est chose encore plus difficile; l'aviateur n'est pas sûr, à bien des mètres près, du point exact où il va pouvoir venir se poser; et en prenant contact ainsi, il faut de plus qu'il ait la possibilité de rouler sur une certaine longueur, pour amortir sa vitesse. C'est pour répondre à ces nécessités et obvier à ces difficultés que, à bord de certains navires de guerre, spécialement dans la flotte américaine, on a installé, à grands frais et très péniblement, une sorte de plate-forme allongée faite de bois, au-dessus du pont et des installations ordinaires, des canons, etc., dont est encombré un pont de cuirassé par exemple. Il est bien évident qu'avec les hydroplanes, il n'est plus besoin de tout cela. L'hydroplane sera descendu à l'eau au bout du bras d'une grue, et c'est sur l'eau même (à condition toutefois que la mer ne soit pas trop agitée) qu'il pourra procéder à son envolée. D'autre part, quand il reviendra d'une expédition aérienne, d'observations faites en l'air, il sera cueilli sur l'eau où il flottera de nouveau, par cette grue, qui le réintégrera à bord du navire dont il dépend.

On ne peut pas affirmer que les aéroplanes des flottes de guerre soient encore fort nombreux; mais les expériences se poursuivent avec ces auxiliaires aériens, et l'on envisage même la possibilité d'armer, c'est-à-dire de construire et de mettre en service des navires qui auraient pour seule mission de « convoyer » des aéroplanes, d'en prendre une série à leur bord, en suivant une flotte de cuirassés et de croiseurs. Le convoyeur des aéroplanes marins serait comme une « mère poule », ainsi qu'on l'a dit, pour ces poussins que seraient les appareils d'aviation; ils trouveraient abri dans les flancs du convoyeur, qui serait muni de tous les aménagements, de tout l'outillage pour la mise à l'eau facile et pour la rentrée non moins aisée des machines volantes. Le convoyeur possédera à son bord un atelier de réparations, pour remédier à toutes les avaries que subiraient les aéroplanes; ce bateau sans canons, pour ainsi parler, sera également doté d'un poste de télégraphie sans fil, pour envoyer immédiatement aux navires de guerre de l'escadre dont il fera partie, les nouvelles recueillies, les observations faites par les divers aviateurs se succédant dans des ascensions répétées pour surveiller tous les mouvements de l'ennemi.

Il faut songer qu'un aéroplane est d'autant plus utile en mer et dans une bataille navale, que, en s'élevant à seulement 300 ou 400 mètres de hauteur, l'aviateur est dans la possibilité d'apercevoir à quelque 70 kilomètres de distance. Bien plus, étant ainsi dans l'air au-dessus de l'eau, il peut voir dans l'eau à une profondeur de

Cl. Meurisse.

UN AÉROPLANE MILITAIRE FRANÇAIS AUX MANŒUVRES DE 1912.

10 mètres environ, celle-ci devenant transparente quand on la regarde de la sorte. Et il faut compter maintenant avec un dangereux ennemi qui se glisse à travers la masse d'eau : nous voulons parler du sous-marin, dont l'attaque peut être si redoutable pour le gros cuirassé, le navire le plus puissamment armé, surpris par sa venue inopinée et inaperçue. L'aviateur pourra même voir sous l'eau les mines sous-marines, qu'on n'immerge jamais à plus de 10 mètres de profondeur. Les services que l'aéroplane peut rendre dans un combat naval sont analogues à ceux que l'on attend de ces machines volantes dans les guerres terrestres.

Nous n'avons pas à rappeler la multiplication des aéroplanes militaires, particulièrement en France. Un mouvement d'enthousiasme s'est fait en faveur de ce qu'on appelle volontiers la quatrième arme. Des millions ont été remis à l'État, pour aider le budget à faire les dépenses nécessaires pour la construction ou l'achat de ces

machines. De toutes parts les officiers et les soldats se sont offerts,
empressés, pour apprendre le nouveau métier, des écoles d'aviation
militaire se sont créées; elles donnent un enseignement méthodique
aux pilotes des nouvelles machines.

Les grandes manœuvres, et aussi certaines campagnes, ont pu
permettre de constater les services que l'on peut attendre des aéroplanes et de ceux qui les montent. On les a mis à contribution
durant la campagne du Maroc, et les Italiens en ont tiré également
parti durant la guerre récemment poursuivie en Tripolitaine. Non
seulement le pilote sur son aéroplane, — généralement accompagné
d'un autre officier prenant des notes, — est susceptible de surprendre les secrets de l'ennemi, d'évaluer approximativement l'importance des troupes avec lesquelles il va falloir engager la lutte;
mais encore on a vu dans quelques cas les officiers montant un
aéroplane laisser tomber sur le camp ennemi une ou deux bombes,
qui peuvent jeter la confusion et détruire un certain nombre de ces
combattants.

En France, on a déjà multiplié dans des proportions considérables
l'effectif des aviateurs militaires, pilotes ou élèves-pilotes; en une
année, leur nombre a passé de 120 à 250, parcourant en un seul
semestre 650 000 kilomètres. En même temps, on essaye de perfectionner les aéroplanes destinés spécialement à l'armée; on a
commencé notamment de blinder avec des tôles d'acier ce qui
correspond à la nacelle de l'appareil, ce que nous avons appelé le
fuselage. Il est vrai que nous verrons plus loin, suivant la lutte classique de la cuirasse et du canon, que les inventeurs tentent d'imaginer des canons permettant d'atteindre les machines volantes militaires en plein vol et à grande hauteur.

Ce qui prouve bien tous les services que l'on attend de l'aviation
militaire, c'est que non seulement on achète ou construit de ces
appareils pour les diverses armées du monde; mais encore qu'on
dote les armées de tout un outillage pour le transport ou les réparations en campagne de ces appareils, un peu fragiles assurément.
Lorsque diverses sections d'aviateurs ont été envoyées au Maroc
avec autant de machines volantes, on a pourvu chacune de ces sections d'une voiture automobile légère dite de ravitaillement, ayant
pour but d'accompagner partout les aviateurs et de leur fournir le
matériel dont ils ont souvent besoin. Chacun de ces camions peut
marcher à une vitesse de 50 kilomètres à l'heure. Sur les côtés de la
voiture sont deux espèces de tablettes, où l'on tient en réserve deux
hélices de rechange. A l'arrière même de la voiture, on voit un
crochet qui permet de remorquer un aéroplane. Il ne faut pas oublier,
en effet, que le train d'atterrissage de l'aéroplane comporte des
roues, munies de pneumatiques généralement; et quand la machine
volante ne vole pas, si l'on veut la déplacer d'un point à un autre,

rien de plus simple que de la faire traîner en remorque par la voiture spéciale dont nous venons de parler. Cette dernière peut recevoir les pilotes, — qu'elle transportera rapidement sur le point où l'on a besoin de leurs services ou de ceux de leur machine ; elle transportera également des ouvriers mécaniciens susceptibles de faire toutes les réparations nécessaires aux aéroplanes, après une ascension.

Certes, il ne faut pas que nos jeunes lecteurs se figurent que la guerre de demain se fera seulement à l'aide des aéroplanes, que les bombes lancées du haut des airs notamment vont rendre inutiles les canons. Ce serait de l'exagération. Tout d'abord, le pilote d'un aéroplane sera obligé de se tenir à une bonne hauteur en l'air, s'il ne veut pas que le tir des fusils des troupes qu'il observe ne porte trop facilement sur les parties essentielles de sa machine et sur lui-même ; et à hauteur respectable, le pilote ne peut se rendre compte que très approximativement de l'importance des bataillons qu'il voit se déplacer sous lui. Il faudra, pour réussir, une audace rare chez les pilotes, audace sur laquelle on sait pouvoir compter ; mais aussi une maladresse assez marquée chez les ennemis. Pour le lancement des bombes de la nacelle d'un aéroplane, c'est chose malaisée : ou du moins ce qui est tout à fait difficile, c'est d'atteindre des troupes en mouvement, étant donné que l'aviateur de son côté doit se mouvoir à grande vitesse, la vitesse étant le secret de la réussite du vol mécanique. Et souvent les soldats sur lesquels on lancera des projectiles seront dispersés, ou ne se présenteront qu'en longues lignes constituant un but de très faible surface. Tout au plus, d'ailleurs, un aéroplane est-il à même d'emporter cinq bombes de 20 kilogrammes chacune ; et une bombe de ce poids n'est pas très redoutable, sauf pour qui elle atteint directement. Au reste, il est probable que des inventions nouvelles permettront de tirer meilleur parti de l'aéroplane au point de vue militaire. Pour arriver à ce but, nos officiers ne ménagent point leur vie, et trop d'accidents mortels se produisent qui montrent que l'aéroplane nécessite d'autres perfectionnements.

LES ACCIDENTS D'AÉROPLANE

E N dépit des parcours réellement énormes que l'on sait maintenant effectuer en aéroplane ; bien que l'on connaisse une bonne partie des principes auxquels on doit se conformer quand on veut une machine susceptible de bien voler, de porter tel ou tel nombre de passagers, il y a encore bien des risques à courir dans les déplacements en aéroplane ; il y a bien des aléas et des surprises, qui se traduisent par des morts ou au moins des chutes terribles. C'est du reste surtout chez les aviateurs militaires que se produisent ces accidents, parce qu'ils sont plus imprudents et aussi plus nombreux. Il faut bien dire que souvent l'accident est dû à un manque d'habileté ou de sang-froid de l'aviateur. Ce métier demande, en effet, des qualités toutes particulières; il ne faut pas être nerveux, ni impressionnable, car en l'air, quand l'appareil commence à trop pencher d'un côté ou semble descendre trop vite, se redresser de façon dangereuse, se cabrer, ainsi que disent les gens du métier, il est indispensable que, immédiatement, le pilote sache effectuer le mouvement, commander le levier qui doit remettre tout en état d'équilibre. Il faut également que le pilote possède un organisme absolument sain; il ne peut avoir un cœur ou des poumons fonctionnant mal; il aurait tôt fait, à grande hauteur ou dans une descente rapide, de se sentir pris de battements de cœur, d'étouffements; et il perdrait une partie de ses moyens d'action; il ne saurait plus contrôler la marche de sa machine avec toute la présence d'esprit et la rapidité indispensables. On est, dans l'air, constamment exposé à des surprises; les innombrables observations que font depuis quelque temps les aviateurs ont montré que, souvent, la machine se trouve prise, sans que rien en avertisse, dans de terribles remous d'air qui la secouent, la font pencher de façon inattendue. Cela n'a pas seulement le grave danger de soumettre la charpente de l'aéroplane et ses ailes à des efforts énormes, qui peuvent rompre telle ou telle pièce; cela a en outre l'inconvénient terrible d'imposer au pilote une surveillance attentive, et l'obligation de gauchir immédiatement les ailes, de manœuvrer instantanément les ailerons des plans ou le reste, pour que la machine se redresse.

Le métier d'aviateur est d'autant plus difficile que, comme l'ont constaté deux médecins, MM. Moulinier et Cruchet, les aviateurs sont exposés à des troubles bien spéciaux durant leurs ascensions. Quand ils atteignent notamment ces altitudes de 1 200 à 1 500 mètres qui sont fréquentes aujourd'hui, leur respiration devient quelque peu pénible, le cœur bat plus vite, un malaise particulier apparaît : le pilote ressent des douleurs à la tête; des bourdonnements d'oreilles se manifestent qui l'assourdissent sensiblement; parfois ce sont de véritables hallucinations qui le mettent hors d'état de bien comprendre ce qui se passe autour de lui, et par conséquent les précautions à observer pour la conduite sûre de la machine; sous l'influence de la mauvaise circulation du sang, le malheureux ressent un froid horriblement pénible qui gêne ses mouvements, leur fait perdre de la souplesse et de la rapidité. Les deux docteurs que nous avons cités, et qui ont ainsi étudié les dangers du métier d'aviateur, trouvent que ces troubles ressemblent beaucoup au mal des montagnes, mais ils se produisent à une altitude relativement très faible. Au moment de la descente, les choses se compliquent parfois, ce qui pourrait bien expliquer certains accidents dont on ne comprend pas la cause, et qui résulteraient de ce que le pilote ne sait plus trop ce qu'il fait. L'aviateur se sent envahi par un besoin de dormir presque invincible, il est pris d'engourdissement, d'angoisse, de vertige. Et il paraît qu'assez fréquemment cet aviateur redescend à terre dans une sorte de demi-sommeil. On doit bien supposer que, dans de pareilles conditions, le pilote ne fera pas toujours tout ce qu'il faut pour que le contact avec la terre soit aussi doux que possible. De là tant d'accidents graves ou mortels. Si d'ailleurs (et à ce point de vue encore des observations intéressantes ont été faites récemment) l'aviateur est trop nerveux, trop brusque dans ses mouvements, il s'expose à ce qu'un redressement brutal de l'appareil, un coup de gouvernail de profondeur ou une autre manœuvre, cause une sorte de choc à la charpente de l'aéroplane. Une des lames d'acier qui soutiennent cette charpente (et qui remplacent de plus en plus les petits câbles d'acier que l'on employait jusqu'ici) pourra se rompre; ou ce sera un des tubes d'acier constituant la charpente; une aile se repliera. L'aéroplane tombera alors avec une vitesse vertigineuse, tel un oiseau blessé qui perd l'usage d'une de ses ailes, et le malheureux pilote viendra se briser à terre au milieu des débris de son appareil.

Des recherches se poursuivent pour remédier à ce danger : on dote les machines volantes de dispositifs qu'on appelle « de stabilisation automatique »; c'est-à-dire qu'automatiquement le mécanisme doit redresser l'aéroplane qui s'incline trop sur le côté, qui penche trop en avant ou se cabre de façon dangereuse. Mais tout cela est loin d'être encore pratique, si jamais cela le devient. En attendant, il faut que l'aviateur compte sur lui-même, sur son calme, sa présence d'esprit et son habileté.

LA MULTIPLICATION ET L'AUDACE CROISSANTE DES AVIATEURS

QUELS que soient les dangers si réels de la navigation aérienne; bien qu'on n'en soit pas arrivé à une sécurité comparable à celle de cette navigation maritime, que l'on considère pourtant comme bien périlleuse quand on voit se produire des catastrophes telles que le naufrage du fameux *Titanic*, néanmoins il se trouve des gens de plus en plus nombreux qui s'adonnent à la navigation aérienne. Le meilleur moyen de se rendre compte des progrès de cette aviation, qui était pour ainsi dire chose inconnue il n'y a pas beaucoup plus de dix années, c'est de constater les distances déjà énormes que les aviateurs couvrent dans leurs sorties constantes, le nombre d'appareils qui se construisent dans le courant d'une année,

le nombre également des passagers transportés qui ont goûté du
plaisir rare de se déplacer à la façon des oiseaux.

D'après les dernières statistiques qui aient été publiées, on
remarque que, dans le courant d'une année seulement, il s'est construit plus de 1 350 de ces appareils volants, dotés dans l'ensemble
d'une puissance motrice de 80 000 chevaux au moins, répartis entre
leurs 1 350 moteurs. Il existe maintenant des ateliers de construction
d'aéroplanes plus importants certainement que ne l'étaient en 1893
les usines de construction de voitures automobiles. Ajoutons qu'en
une année, le chiffre des aéroplanes livrés à la clientèle a passé de
800 seulement aux 1 350 que nous venons de mentionner. Et si nous
avions la statistique de l'année complète jusqu'au moment où nous
écrivons, nous constaterions que le chiffre de 1 350 machines est
singulièrement dépassé. Pour répondre aux besoins de la navigation aérienne, qui fait une grande consommation d'hélices (tout
simplement parce que ces hélices se cassent assez souvent, ou
au moins se détériorent dans les atterrissages), il a fallu, durant la
dernière année pour laquelle on ait publié des données officielles,
fabriquer 8 000 hélices environ ; et cela dans des ateliers spéciaux
où il faut recourir à des ouvriers fort habiles et spécialistes eux-
mêmes. Les passagers qui ont pris place à divers titres à bord des
1 350 machines susmentionnées (et toujours durant la dernière année
pour laquelle on ait dressé des statistiques complètes) ont été au
nombre de 12 000 ; l'année précédente, on n'avait trouvé que moins
de 5 000 personnes pour se hasarder sur ces machines volantes. Sans
parler des essais, des exercices, des concours sur les champs d'aviation ou d'apprentissage, il a été effectué 13 000 voyages aériens
au-dessus de la campagne ; tandis que, pendant l'année immédiatement précédente, le nombre correspondant de voyages n'avait été
que de 3 000. On conviendra que tout cela accuse une étrange multiplication des aviateurs, des machines, une audace croissante de
l'homme se hasardant dans ce que nous avons appelé le Royaume
des oiseaux ! Dans ces 13 000 voyages au-dessus de la campagne, la
distance totale parcourue a été de 2 600 000 kilomètres ; les voyages
de longueur sont maintenant chose commune ; alors que, il y a
si peu d'années, on était frappé d'admiration en voyant un être
humain parcourir quelques centaines de mètres sans toucher terre !

LA SURVIVANCE
DES BALLONS SPHÉRIQUES

MALGRÉ les services rendus pendant plus d'un siècle par les
ballons sphériques (services surtout à la science, plutôt que
services pratiques en matière de transports) et quelque admirable

qu'ait été, à la fin du xviiie siècle, la découverte qui a permis pour la première fois aux hommes de s'élever dans l'air, il est évident, comme nous le disions tout à l'heure, que le sphérique est chose bien primitive en comparaison du ballon dirigeable. Avec ce dernier, sans doute, on se trouve encore en présence d'un plus léger que l'air, d'une sorte de poche d'étoffe remplie d'un gaz léger qui a tendance à monter dans cet air. Mais le dirigeable, au contraire du sphérique, n'est plus le jouet du vent; grâce à son hélice et à sa forme, il peut se déplacer en sens inverse de ce vent, au moins quand celui-ci n'est pas trop violent; il se dirige, comme le dit son nom; les aéronautes sont à même de gagner le point qu'ils ont en vue, d'effectuer un voyage arrêté à l'avance, et non pas de s'abandonner à la fantaisie des courants aériens.

Néanmoins les ballons sphériques ne sont pas encore passés totalement d'usage; et cela s'explique par ce fait qu'ils coûtent considérablement moins cher que le moindre dirigeable; leur construction, en particulier leur enveloppe, la poche d'étoffe contenant le gaz, est bien simple; pas besoin d'un coûteux moteur à pétrole, qui a de plus l'inconvénient de consommer beaucoup d'essence (ce que l'on appelle d'ordinaire du pétrole), pour actionner l'hélice placée soit à l'avant soit à l'arrière du dirigeable. A chaque instant encore, fort audacieusement, des aéronautes font des ascensions en ballon sphérique. Leur intention est d'étudier les courants aériens comme les marins ont étudié les courants marins, afin qu'on en puisse tenir compte en pleine connaissance de cause quand on se lancera dans un voyage en dirigeable, et qu'il soit moins malaisé de gagner le but, en passant là où le vent sera le plus propice. C'est que, dans l'océan aérien, suivant les hauteurs, l'altitude, les vents sont extrêmement variables et en direction et en intensité; il suffira souvent de redescendre ou de monter un peu, pour ne plus se trouver au milieu d'un courant, d'un vent violent et soufflant dans un sens absolument opposé à celui dans lequel on désire se mouvoir. En variant son altitude, on trouvera peut-être un vent favorable qui soufflera tout au contraire dans la direction désirée. Et c'est afin de poursuivre la connaissance des courants aériens, particulièrement dans la haute atmosphère, ainsi que disent les savants, que les aéronautes, utilisant les ballons sphériques, effectuent couramment des voyages de très longue durée, leur permettant de constater quels sont les vents dominants à telle époque, montent à des altitudes vertigineuses, pour étudier tous les courants rencontrés et pour s'assurer aussi de l'influence que peut avoir le séjour de l'homme à ces grandes hauteurs.

Pour donner une idée des tours de force que l'on ose accomplir maintenant en ces matières, signalons un voyage extraordinaire en sphérique accompli il n'y a pas longtemps. On citait comme un

record surprenant les 1 925 kilomètres qui avaient été couverts,
parcourus, par M. de La Vaulx en 1900, à bord de son ballon le
Centaure. Mais voici qui est mieux. MM. Dubonnet et Dupont, partis
de la petite localité du centre de la France appelée Lamotte Breuil,
au bout de 18 heures de voyage ininterrompu, atterrissaient dans la
région de Skolówska, petite ville russe de la Province de Kiew. Cela
représente une distance de 2 000 kilomètres! Le voyage avait du
reste été fort pénible; s'accomplissant durant la saison froide, il
avait valu aux aéronautes une tempête de neige qui les avait
entourés, glacés et fort secoués au-dessus des Carpathes. Il est
vrai que le ballon qui permit d'effectuer ce voyage remarquable,
le *Condor-III*, présentait des dimensions considérables : plus de
2 200 mètres cubes de capacité; il était gonflé avec de l'hydrogène,
ce qui assure au ballon une puissance ascensionnelle, comme on
dit, bien plus grande. C'est que, pour un voyage de cette longueur,
il est indispensable qu'il reste, dans la poche de gaz, suffisamment
de ce gaz pour que le ballon ne devienne pas incapable de se maintenir dans l'air. Aussi bien les ballons sphériques n'ont pas été
sans profiter eux-mêmes des progrès et inventions qui ont permis
de combiner les ballons dirigeables. L'étoffe du ballon, qu'elle soit
en soie ou en une autre matière, peut être, comme les enveloppes
de dirigeables, enduite d'une substance qui ne permet au gaz
remplissant la poche de s'échapper que très lentement; alors qu'autrefois les enveloppes de ballons étaient fort peu imperméables à
ce gaz. Comme nous venons de l'expliquer tout à l'heure, c'est la
condition indispensable d'un voyage de longue durée.

LES NOUVEAUX DIRIGEABLES FRANÇAIS

B IEN qu'il faille reconnaître les efforts faits par les autres pays,
il semble que vraiment la France soit toujours à la tête du
progrès au point de vue des aérostats militaires; nous voulons dire
des ballons dirigeables construits principalement pour les besoins
de l'armée. On les construit dans des dimensions un peu variables;
mais tous font brillamment leurs preuves. Il y en a un certain
nombre, comme le ballon appelé *Capitaine Ferber* (d'après le
célèbre capitaine qui est mort dans un accident d'aéroplane), ou le
Commandant Coutelle (du nom d'un aérostier militaire datant de la
Révolution française et des ballons sphériques), qui ne présentent
que des dimensions modestes. Le *Capitaine Ferber* n'a pas en effet
plus de 76 mètres de long, et c'est peu maintenant pour un dirigeable. Il a un diamètre de 12 m. 50, et il renferme, comme les
dirigeables du type non rigide qui se construisent actuellement,

Cl. Branger.

LE DIRIGEABLE FRANÇAIS *Adjudant Réau.*

des ballonnets pleins d'air, au nombre de deux. Le volume du ballon est de 6 000 mètres cubes, tandis que celui des ballonnets est de 1 500 mètres cubes. Grâce à ces ballonnets, l'on a la possibilité d'envoyer de l'air comprimé par le moteur automobile monté dans la nacelle, — et servant d'autre part à actionner l'hélice — dans l'intérieur du ballon, mais sans qu'il se mêle avec l'hydrogène, car cela formerait un mélange explosif. De la sorte, le ballon aura beau se dégonfler en partie, parce qu'une portion du gaz s'échappera sous l'influence des rayons et de la chaleur du soleil; le ballon conservera toujours sa forme, il demeurera ferme, il ne sera pas susceptible de se plier partiellement; et c'est seulement grâce à cette combinaison que l'esquif aérien peut bien se diriger et naviguer dans l'atmosphère, en obéissant et à son hélice et à ses gouvernails.

Nous venons de parler du moteur; en réalité, dans un ballon de ce genre, qui renferme les caractéristiques des dirigeables les plus perfectionnés du temps présent, il existe deux moteurs à six cylindres chacun, et donnant, chacun aussi, une puissance de 90 chevaux. Chaque moteur met en mouvement deux hélices qui n'ont pas moins de 3 m. 50 de diamètre; une paire d'hélices avec un moteur sont vers l'avant de la nacelle, tandis que l'autre paire et le moteur correspondant sont à l'arrière. On comprend que, de cette façon, la nacelle et le ballon auquel elle est suspendue, sont tout à la fois tirés et poussés, respectivement par les deux paires d'hélices avant et arrière. Pour la nacelle, suivant les méthodes aujourd'hui courantes, elle est constituée de tubes d'acier, un peu comme ce que nous avons appelé la nacelle, le fuselage de l'aéroplane; l'acier dont sont faits ces tubes est mélangé, allié, comme on dit, d'un peu de nickel, l'acier au nickel ayant une résistance bien supérieure à l'acier ordinaire, donnant les mêmes résultats avec un poids de métal plus faible. Ce qui est curieux dans ce ballon le *Capitaine Ferber*, et ce qu'on trouve dans une série de dirigeables construits par la même Société, les mêmes constructeurs, la Société Zodiac, c'est que la nacelle est démontable en plusieurs sections. Il ne faut pas oublier que, même pour un ballon assez modeste comme celui-ci, la nacelle est longue de 35 mètres, s'étendant sous une bonne portion du ballon proprement dit, pour contribuer à lui donner de la rigidité; cette poutre métallique à jour en tubes métalliques, haute de 2 mètres et large de 1 m. 10, représente un gros poids, et serait surtout fort encombrante et difficile à manipuler et transporter en cas de guerre par exemple, si l'on voulait envoyer par chemin de fer un ballon jusqu'à l'endroit où l'on aurait à l'utiliser. Au contraire, la nacelle, démontée en cinq morceaux, en cinq sections, n'est plus guère encombrante, les morceaux pouvant aisément prendre place sur un wagon.

Une fois remontée et suspendue sous le ballon, la nacelle peut

recevoir, dans la cabine disposée en son milieu, et un pilote dirigeant l'esquif aérien, et un pilote remplaçant, pouvant suppléer le
premier quand il est fatigué, et un officier observateur qui examinera
le pays au-dessus duquel on se déplacera, les troupes ennemies dont
il s'agit de connaître l'effectif et les positions; ce sont de plus trois
mécaniciens. C'est qu'en effet le ballon dirigeable est un véritable
véhicule mécanique, à la différence du ballon sphérique de nos
pères; ses mécanismes divers peuvent se détraquer plus ou moins
et avoir besoin des secours d'ouvriers mécaniciens pour être remis
promptement, ainsi que cela est nécessaire à la guerre, en état de
fonctionner de nouveau. Tout naturellement, un dirigeable de ce
genre possède les organes indispensables et caractéristiques des
ballons dirigeables modernes : gouvernail de direction assurant
l'inclinaison vers la droite ou la gauche; gouvernail de profondeur
permettant au ballon de monter ou de descendre; empennages l'empêchant d'osciller violemment tandis qu'il trace sa route dans l'atmosphère, poussé et tiré par les hélices. Un ballon comme le *Capitaine
Ferber* emporte dans ses réservoirs assez d'eau de refroidissement
du moteur, d'huile pour le graissage des mécanismes, et enfin
d'essence destinée à alimenter le moteur, pour que l'aéronat (c'est
le mot nouveau servant à désigner les aérostats qui se déplacent
mécaniquement) puisse marcher de façon ininterrompue et à grande
vitesse, à pleine puissance, pendant 15 heures. La vitesse d'un ballon
de cette espèce, pourtant de dimensions assez réduites, atteint
jusqu'à 56 kilomètres à l'heure.

Le *Commandant Coutelle*, que nous donnions comme un autre
exemple des dirigeables français tout à fait modernes, est plus grand
que le précédent : il a une longueur de 89 mètres, pour un diamètre
de 14 mètres. Il a d'ailleurs un volume de 9 000 mètres cubes, et
sa nacelle, qui a 40 mètres de long et est faite de tubes d'acier au
nickel, se démonte elle aussi en 5 sections. Pour mouvoir ce ballon
beaucoup plus important, il n'a pas fallu moins de deux moteurs
ayant chacun une puissance de 190 chevaux; les hélices sont plus
grandes, et la vitesse de marche légèrement supérieure. Le ballon
peut naviguer 20 heures sans renouveler ses approvisionnements.

Les divers dirigeables se ressemblent maintenant quelque peu, les
pays étrangers suivant assez volontiers en cette matière les exemples
à eux donnés par la France. Cependant, on ne renonce pas aux
dirigeables rigides pourvus d'une véritable charpente disposée sous
leur enveloppe : nos lecteurs ont sans doute entendu parler du ballon
allemand *Zeppelin*, ou plus exactement des *Zeppelin*, car il en a été
construit successivement un très grand nombre, qui ont subi généralement des accidents retentissants, explosions, déchirements, etc.
Cette idée d'une charpente légère empêchant le ballon de se
déformer, de se plier, encore bien mieux que les ballonnets à air

dont nous parlions plus haut, semble assez rationnelle, quoique assez compliquée. Toujours est-il que, à Saint-Cyr, il y a peu de temps, on a construit un dirigeable, appelé le *Spiess*, qui est doté d'une carcasse, d'une sorte de charpente entièrement faite de bois recouvert de toile. Le *Spiess*, comme les dirigeables rigides et à charpente, ne présente pas la forme cylindrique ou plutôt en cigare des dirigeables semi-rigides dont nous achevons de donner des exemples. Il a comme des facettes (bien entendu de grandes dimensions) et ses deux extrémités sont identiques et rappellent le bout pointu d'un obus. Un dirigeable rigide tel que le *Spiess* est long de 104 mètres; il a un volume de 11 000 mètres cubes, ce qui en fait le plus grand dirigeable que possède l'armée française. Comme pour tous les dirigeables analogues, l'intérieur est divisé par une série de cloisons en compartiments où sont logés des petits ballons renfermant le gaz qui donne au tout la force ascensionnelle voulue. Le *Spiess* est muni de deux nacelles, et dans chacune est un moteur à six cylindres de 200 chevaux de puissance; les deux nacelles sont réunies l'une à l'autre par une passerelle longue de 36 mètres, qui court sous le ballon. Celui-ci peut atteindre une vitesse de 65 kilomètres à l'heure.

Pour se rendre bien compte de ce qu'on peut attendre dès maintenant des ballons dirigeables, il faut examiner un peu celui qui porte le nom d'*Adjudant Réau*. C'est un dirigeable militaire; qu'on ne s'étonne pas si, en parlant de l'aéronautique en général, nous sommes obligés de prendre nos exemples surtout dans les appareils qui appartiennent à l'armée. C'est qu'un dirigeable est un appareil très coûteux : et il est difficile à un particulier de s'en payer le luxe; tandis que, pour la défense nationale, on n'hésite pas, et avec raison, à engager la dépense qu'entraîne la construction ou l'achat d'un semblable instrument de transport. Ce que nous disons ici pourrait trouver place dans le chapitre que nous consacrons à la défense nationale; mais en somme les dirigeables militaires pourraient tout aussi bien servir à des transports et à des voyages quelconques dans les airs, et les progrès réalisés pour eux s'appliquent à l'aéronautique en général. L'*Adjudant Réau* est d'autant plus intéressant à examiner, que l'on a affirmé avec quelque vraisemblance qu'il peut se placer au premier rang de la flotte aérienne du monde. Il s'est livré à des ascensions au sens propre du mot, en montant jusqu'à une hauteur de 1 500 mètres, qu'il est réellement inutile de dépasser pour la navigation aérienne au moyen des dirigeables. Dans un certain voyage justement célèbre, il a pu franchir une distance de 900 kilomètres en moins de vingt et une heures et demie. Le volume de l'*Adjudant Réau* est de 8 950 mètres cubes, pour une longueur de près de 87 mètres. La nacelle est une véritable poutre métallique en treillis et fort légère, mais aussi

robuste que légère. Ici encore, toute cette nacelle est faite de tubes
d'acier ; les tubes sont assemblés à l'aide de boulons, ce qui permet
un démontage ou un remontage très rapide de la nacelle suivant les
besoins. On trouve à bord de ce dirigeable deux moteurs automobiles
de la maison Brasier, offrant chacun une puissance de
120 chevaux ; ces moteurs sont placés sur des ressorts, pour que
leurs trépidations ne se transmettent pas à la nacelle. La propulsion
est assurée par une grande hélice de 6 mètres de diamètre, qui est
placée à l'avant, et à l'arrière par deux hélices plus petites, qui ont
seulement 3 m. 70. Les voyages qu'a effectués ce ballon montrent
qu'un dirigeable de ce genre permet d'accomplir à longue distance
des reconnaissances très précises, et par conséquent précieuses au
point de vue militaire.

DIRIGEABLES ALLEMANDS

Nous disions tout à l'heure que les Allemands sont, après nous et
parmi les peuples étrangers, ceux qui ont fait faire le plus de
progrès à l'aéronautique nouvelle. En effet, en dépit des accidents
nombreux qui ont frappé certains de ces ballons, et particulièrement
les « aéronats » Zeppelin, à cause en partie de l'audace avec laquelle
le baron Zeppelin a multiplié les essais et les tentatives, les expériences
les plus intéressantes, les constructions les plus originales
sont à suivre chez nos voisins.

Les essais se poursuivent surtout avec des ballons rigides, dotés
d'une charpente par conséquent. Assez récemment, les usines Lanz
ont construit, sur les plans et d'après les idées de M. le Professeur
Schutte, un nouveau dirigeable à charpente de bois qui peut
compter parmi les plus remarquables des récentes inventions sur la
matière.

Ce dirigeable n'a pas moins de 130 mètres de long pour un diamètre
de 18 mètres, c'est dire qu'il est très massif. Il ne présente pas un
cube de moins de 20 000 mètres cubes ; c'est énorme, comme on en
peut juger par comparaison avec les autres ballons dont nous avons
parlé. Pour le gonfler, il faut 20 000 mètres cubes d'hydrogène, et
cela vaut quelque 15 000 francs ! On voit que la navigation par
ballons dirigeables est chose coûteuse, ainsi que nous le laissions
entendre ! Ce dirigeable monstre possède deux moteurs d'une puissance
de 270 chevaux chacun, ce qui est également considérable.
Les poutres de la charpente sont composées de bois de placage
collé, comme cela se fait souvent aujourd'hui pour les embarcations
automobiles très légères. On dispose de trois nacelles, ou si l'on
veut de trois cabines, dont deux abritent les moteurs, tandis que

celle du milieu sert à loger les passagers et ressemble quelque peu à un compartiment de wagon de luxe. Quand le dirigeable servira en temps de guerre, on remplacera la cabine à voyageurs par une plate-forme où se tiendront les officiers observant l'ennemi, tandis que de chaque côté on montera une mitrailleuse pouvant lancer des projectiles contre les adversaires. Entre les trois nacelles, il existe des communications par téléphone, pour que l'équipage et en particulier les mécaniciens puissent recevoir les ordres du commandant du navire aérien et lui faire part de leurs observations. Une de ces stations radiotélégraphiques dont nous reparlerons plus loin permet de communiquer par télégraphie sans fil avec le sol. Et cela à une distance de 500 kilomètres.

LE TOURISME
ET LES PAQUEBOTS AÉRIENS

Étant donnés le prix élevé qu'atteignent les aéronats et dirigeables, et les dépenses qu'entraînent et le fonctionnement de leurs moteurs, et les garages considérables qui sont nécessaires pour leur donner abri, et le reste, les voyages en dirigeables ne sont pas à la portée de tout le monde. Néanmoins, comme ces déplacements peu ordinaires présentent beaucoup d'attrait pour bien des gens, certaines entreprises se sont fondées qui ont pour but de créer de véritables paquebots aériens, destinés aux gens riches qui veulent faire ce qu'on peut appeler du tourisme aérien. Dès maintenant, en Allemagne (où, comme nous l'avons vu, les dirigeables se sont multipliés), il existe de ces ballons spécialement affectés aux excursions de plaisance. C'est ainsi que l'on a construit le dirigeable *Schwaben* suivant le système Zeppelin, pour faire un service de ce genre aux environs de la célèbre station balnéaire de Baden-Baden. Le *Schwaben* est un très grand dirigeable qui n'a pas moins de 140 mètres de long et une capacité de 18 000 mètres cubes, peu inférieure à celle du monstre dont nous parlions. Ce ballon a une charpente d'aluminium et dix-sept cellules intérieures, où est emmagasiné le gaz assurant l'ascension du ballon. Une nacelle, disposée vers l'avant, renferme un moteur de 145 chevaux, et une autre nacelle, tout à fait postérieure, en contient deux de même puissance. Tous les dispositifs de commande, les gouvernails et le reste sont en double, afin de donner une sécurité absolue aux passagers qui se confient à ce dirigeable. La vitesse de déplacement peut atteindre 67 kilomètres à l'heure. Le dirigeable a la possibilité de demeurer de douze à quinze heures en l'air sans renouveler ses approvisionnements; mais il va sans dire que, normalement, les voyages d'excursion pour lesquels s'embarquent les passagers du paquebot aérien ne sont pas pour durer si longtemps. L'équipage de ce navire comprend un capitaine, un ingénieur, deux pilotes et cinq mécaniciens pour les réparations courantes. La cabine des passagers se trouve suspendue en-dessous du ballon entre les deux nacelles à moteurs dont nous avons dit un mot; elle peut loger vingt-quatre touristes, et naturellement on a ménagé dans ses parois de larges baies leur permettant de bien admirer le paysage au-dessous d'eux, et de jouir de la nouveauté ou des émotions d'un voyage de ce genre. On a prévu un véritable restaurant, où l'appétit aiguisé par l'air des grandes hauteurs peut se satisfaire de la façon la plus complète et la plus variée. Ajoutons, comme particularité bien caractéristique, qui prouve que les aéronautes ne négligent jamais le côté scientifique et l'étude de cette atmosphère encore si peu connue, que la nacelle comporte une petite pièce qui est un véritable laboratoire permettant de faire les observations les plus utiles et les plus intéressantes sur l'électricité atmosphérique, les orages, et aussi la télégraphie sans fil. Il va de soi qu'un poste de télégraphie sans fil est disposé à bord de ce ballon, non seulement pour les expériences que l'on peut faire, mais encore pour permettre aux touristes de communiquer avec leurs amis demeurés sur le « plancher des vaches ».

En une seule saison, le paquebot aérien *Schwaben* a pu effectuer au moins cent cinquante voyages sans incident fâcheux; et par suite du succès qu'il a rencontré dans la clientèle des gens désireux d'émotions ou de sensations nouvelles, la Compagnie qui l'a fait construire en a mis un autre en service qui se nomme le *Viktoria Luise*. Ce nouveau dirigeable est encore plus grand que le *Schwaben*; il est long en effet de 148 mètres, et il a un cube de 19 000 mètres. Sa charpente d'aluminium ne renferme pas moins de dix-huit ballons intérieurs, formant comme autant de cellules entre lesquelles le ballon est partagé, si bien qu'une avarie est forcément limitée. Cette fois, la force motrice dont on dispose permet de donner au dirigeable une allure de quelque 70 kilomètres. On trouve à bord, comme pour l'autre, un restaurant-café; bien entendu la cuisine que l'on vous sert là est de la cuisine froide, à cause des dangers de feu. Au besoin, on pourrait faire effectuer aux passagers de ce navire aérien un parcours de 1 000 kilomètres; mais généralement on touche terre au bout de quelques heures. Cela suffit aux touristes pour apprécier les plaisirs de la navigation nouvelle.

On peut maintenant acheter régulièrement des billets pour les excursions en ballon dirigeable, au départ de Francfort notamment. Naturellement, toutes précautions sont prises, avant le départ, pour s'assurer que l'excursion ne présente aucun danger, que surtout le vent n'est pas trop violent; et avant que les touristes se soient installés à bord, on lance de petits ballons-sondes, ballonnets sphériques et rouges, qu'on laisse monter librement dans le ciel, et dont on suit la course à l'aide d'un instrument d'optique particulier, pour constater la direction qu'ils prennent et la vitesse à laquelle ils s'éloignent. Au bureau des ballons dirigeables, équivalent de la gare d'un chemin de fer, on affiche le bulletin météorologique spécial, qui avertit les excursionnistes des conditions atmosphériques dans lesquelles va s'effectuer le voyage aérien. Et, comme de juste, la direction primitive dans laquelle le voyage devait se faire peut être modifiée suivant que la direction du vent a changé elle-même; au reste, les touristes ne tiennent pas réellement à aller dans une direction plutôt que dans une autre : ce qu'ils veulent, c'est effectuer une excursion comme ils n'en ont pas encore fait. L'heure de départ d'un de ces voyages dans l'air est aussi ponctuelle que celle d'un train sur une voie ferrée, bien que pourtant le chemin à parcourir soit généralement libre; on ne rencontre pas souvent un autre dirigeable en cours de route! Vous pouvez emporter avec vous des bagages, mais des bagages à main; et encore vous payerez un supplément assez élevé, car c'est autant de poids supplémentaire que les moteurs auront à propulser.

Notons que l'on rêve actuellement d'accomplir des traversées de longueur avec des ballons dirigeables : aux États-Unis et en Allemagne, d'audacieux aéronautes ont déjà, avec plus ou moins de succès, tenté la construction de dirigeables spéciaux qui iraient d'Europe aux États-Unis ou inversement, sans imposer le moindre mal de mer à leurs passagers. Mais la traversée est bien longue, bien aléatoire; il ne faut pas que le ballon se dégonfle, perde trop de gaz, car alors il descendrait au niveau de la mer. Nous n'en sommes pas encore au moment où pareil rêve pourra se réaliser!

LES ÉCLIPSES DE SOLEIL

LES éclipses de soleil, et surtout complètes, sont chose assez rare ; et rare est aussi l'occasion pour nous autres Français d'assister à un spectacle de ce genre ; à cet égard, l'année 1912 s'est particulièrement signalée. Le fait est que la dernière éclipse totale de soleil dont on ait pu conserver le souvenir en France remonte au mois de mai, exactement au 22 mai de l'année 1724. D'autre part, on ne peut point espérer en voir une nouvelle en France avant cent quarante-huit ans ; c'est-à-dire que ce plaisir, ou cette émotion est réservée à nos petits-neveux au moins!

Le 22 mai 1724 les rues de Paris offraient un aspect quelque peu analogue à celui qui frappait les yeux le 17 avril 1912; à cela près que l'accumulation de gens arrêtés pour admirer le disque solaire rongé par le disque de la lune, sur-prenait bien autrement en 1912, étant donnée la hâte avec la-quelle d'ordinaire chacun cir-cule maintenant dans les rues de la capitale. Mais si nous lisons les comptes-rendus de l'époque à laquelle nous remon-tions, nous y verrons parler de milliers de gens aux entrées de boutiques, aux fenêtres, le cou tendu, la tête rejetée en arrière, et les yeux braqués vers l'astre resplendissant qui commence à être masqué. Le Roi Louis XV, qui avait quatorze ans, s'était passionné pour l'éclipse, et s'était fait lire toutes sortes d'ouvrages d'astronomie pour, s'apprêter à la suivre et à la comprendre. Pendant toute la matinée du 17 avril 1912 chacun a observé le phénomène avec le même intérêt que Louis XV; d'autant que les journaux les plus populaires avaient eu soin d'informer leurs lecteurs des différentes phases du phéno-mène, du meilleur procédé pour le suivre, de l'heure où, sur les divers points de la France, on pourrait le mieux le constater. En réalité, l'éclipse de 1912 n'a pas été tout à fait complète; elle n'a pas été non plus annu-laire : ce qui supposerait qu'au moment de la plus grande in-tensité et du plus fort obscur-cissement du soleil par la lune, une couronne lumineuse serait demeurée apparente autour de la lune. L'éclipse a été « per-

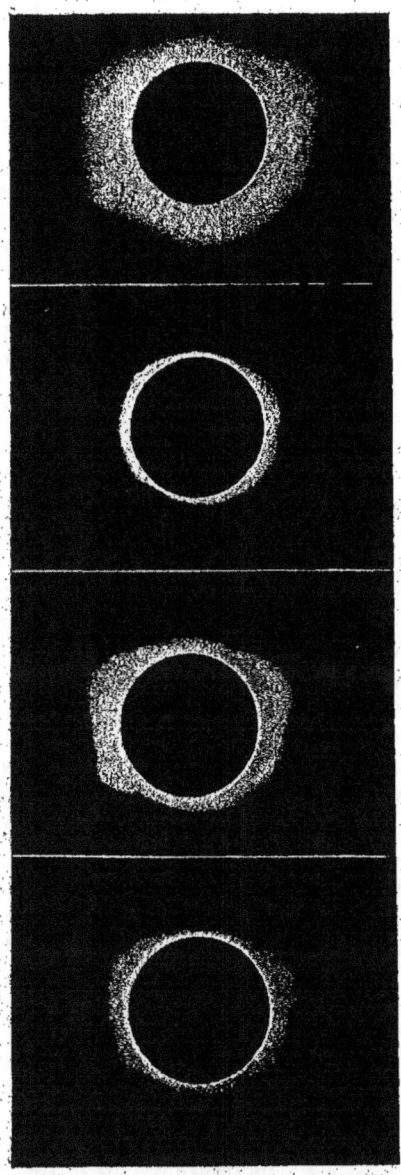

DIVERS ASPECTS D'ÉCLIPSE SOLAIRE.

lée », pour employer une désignation imaginée par M. Camille Flammarion; c'est-à-dire qu'au moment maximum, quand la lune était le mieux placée pour nous masquer le disque du soleil, il apparaissait tout autour de la lune, et comme dernière trace de l'orbe incandescent du soleil, des sortes de perles, lumineuses elles-mêmes et du plus curieux aspect.

Une éclipse de ce genre est une admirable leçon d'astronomie pratique, car le vulgaire peut aisément la suivre sans appareils spéciaux, en dehors de tout observatoire. Il suffit pour cela de s'armer d'un verre fumé, qui adoucisse la violence des radiations solaires demeurées intenses jusqu'au moment où la lune se trouve exactement devant le soleil; on peut du reste, comme l'ont fait bien des gens, remplacer tout simplement le verre fumé par une vieille plaque photographique, telle que chacun pour ainsi dire en possède chez soi, puisque tout le monde fait ou a fait un peu de photographie.

Il va de soi que les astronomes ne laissent pas passer une si belle occasion, non seulement d'admirer, mais surtout d'étudier un phénomène si rare, qui permet d'observer avec une grande aisance la périphérie de l'orbe solaire et les flammes extraordinaires qui en partent continuellement. Pour l'éclipse du 17 avril 1912, on a fait appel, dans tous les observatoires, aux puissants et monstrueux instruments dont on dispose maintenant. En ce qui regarde particulièrement l'Observatoire de Paris, tout un programme d'observations avait été dressé avec soin, et on l'a suivi exactement. On y avait à sa disposition la grande lunette équatoriale, longue de 19 mètres, et qui fournit un grossissement de 5000 fois; cela est dû à ce que les deux lentilles de son objectif mesurent 0 m. 60 de diamètre. Pour le soleil, étant donné surtout ce grossissement, il ne fallait pas songer à examiner directement son disque au fur et à mesure que la lune venait se présenter devant lui et le masquer peu à peu, même à travers un verre fumé et un écran : la lumière solaire ainsi condensée par les lentilles aurait tôt fait d'aveugler l'astronome qui se livrerait à des observations dans de semblables conditions. Il avait été indispensable d'adapter à l'oculaire une chambre noire permettant aux astronomes de voir, sur un verre dépoli formant écran, l'image du soleil, qui s'y projette en accusant graduellement la venue du disque. On pouvait également mettre à contribution, à l'Observatoire de Paris, pour l'observation de l'éclipse, le grand télescope, où le grossissement est obtenu par un miroir. A Nice, on disposait de la lunette de 18 mètres. En Allemagne, à Treptow, près de Berlin, les astronomes utilisaient une immense lunette de 21 mètres de long qui peut fournir un grossissement de 6000 fois. On a, du reste, et suivant l'habitude, photographié le phénomène pour en conserver des traces indiscutables.

En somme, l'éclipse n'a pas été tout à fait complète, ainsi que nous le disions. C'est ce qu'avaient annoncé les astronomes anglais,

au contraire des astronomes français. Ces divergences d'opinion
tenaient tout simplement à ce que l'on ne connaît pas encore avec
une exactitude absolue le diamètre de la lune : les astronomes
français le considéraient jusqu'ici comme étant de 3 480 kilomètres, tandis que les astronomes anglais l'évaluaient seulement
à 3 476 kilomètres.

Les observateurs ont eu une chance rare partout où l'éclipse

UN DES GROS TÉLESCOPES AYANT PERMIS DE SUIVRE L'ÉCLIPSE.

pouvait être suivie : c'est-à-dire dans toute l'Europe occidentale. En
Espagne et dans le sud de la France, il est bien vrai que le ciel a été
nuageux; mais en Portugal, dans l'ouest, le centre et le nord de la
France, en Belgique, en Hollande, en Allemagne, en Russie, où
passait la ligne de centralité, comme disent les astronomes (ce qui
signifie qu'on pouvait voir le phénomène pour ainsi dire de face),
même en Angleterre, en Suisse et en Autriche, où l'on était moins
bien partagé à cet égard, le ciel a été admirablement pur et l'éclipse
a pu être observée dans des conditions idéales.

Tous ceux qui, même sans aucun instrument, ont suivi le phénomène, ont pu faire des remarques curieuses; ils ont constaté notamment la teinte livide, violacée, impressionnante que prenaient toutes
choses; les visages étaient terreux et les colorations qui apparais-
saient ne rappelaient rien de ce que nous sommes accoutumés à
voir. L'effet sur les animaux a bien été celui que les anciens, qui

étaient de bons observateurs, nous avaient signalé (sans avoir pour cela besoin des instruments perfectionnés dont nous disposons maintenant). Les oiseaux se sont tus là où l'obscurcissement était complet, les alouettes descendaient pour se poser à terre, le bétail cessait de brouter.

Pour faciliter les observations, de nombreux astronomes s'étaient élevés en ballon à bonne hauteur au-dessus du sol, occasion où les sphériques ont encore rendu des services. Les astronomes ont pu de la sorte voir passer sur le sol l'ombre du disque lunaire, se trouvant entre ce sol et le soleil qui porte les ombres des objets ordinaires s'interposant entre lui et ce sol. On a pu remarquer une fois de plus que l'éclat du jour, comme on dit, de la lumière solaire qui nous éclaire, n'a été réellement diminué de façon sensible qu'au moment du maximum du phénomène, quand la lune masquait presque tout le disque. On a mis naturellement à contribution toutes les inventions dont nous disposons actuellement pour garder trace de cette éclipse; et c'est ainsi que l'on a eu recours à cet admirable cinématographe (qui ne nous étonne plus guère, parce que nous y sommes habitués), qui a permis de prendre des vues successives multiples de l'éclipse, et de la reproduire à volonté pour l'instruction de ceux qui n'auront jamais de leurs yeux suivi semblable phénomène astronomique.

L'éclipse a été l'occasion d'observations de toute sorte; notamment on a cherché à constater si elle avait une influence sur la transmission des signaux par télégraphie sans fil; mais ce sont là choses trop savantes pour que nous tentions d'en parler à nos lecteurs.

LA LUTTE CONTRE LA GRÊLE

LA météorologie est une science essentiellement pratique; sans doute elle ne peut guère empêcher les phénomènes météorologiques de se produire, du moins la plupart d'entre eux; et quand les bureaux météorologiques annoncent une perturbation, ainsi qu'ils disent, un coup de vent terrible, un cyclone, une dépression du baromètre, des pluies abondantes, ou au contraire une vague de chaleur qui va tout griller; nous n'avons pas la possibilité d'y remédier, d'arrêter sur sa route le coup de vent, la vague de chaleur, le nuage chargé de pluie. Mais comme les découvertes et les inventions se multiplient chaque jour, et souvent en des matières où jusqu'alors nous semblions complètement désarmés, il ne faut pas désespérer de voir la météorologie ne plus se contenter de prévoir les phénomènes atmosphériques, mais, en s'aidant des autres sciences humaines, arriver aussi à les empêcher. C'est un effort de ce genre que l'on est en train de poursuivre en ce qui concerne la grêle.

Tout le monde sait ce que c'est que la grêle, ces sortes de petits glaçons plus ou moins ronds qui tombent parfois en abondance du ciel avec une violence très grande, la grêle étant le plus souvent accompagnée de tonnerre et d'un vent très intense. Les grêlons pèsent toujours assez lourd, et, comme ils sont de plus chassés par le vent, quand ils tombent sur des plantes un peu tendres, à plus forte raison sur des fleurs d'arbres fruitiers ou sur des fruits à peine formés, ils ont tôt fait de hacher véritablement feuilles, fleurs et fruits, en compromettant, parfois en détruisant totalement la récolte à venir. Les vignobles, en particulier, ne sont que trop souvent ravagés par la grêle, alors que le cultivateur a consacré de longs efforts et des sommes élevées à mettre ses vignes en état de donner une belle récolte.

Or, comme on a constaté que la grêle est ordinairement accompagnée d'orage; comme il semble que la formation de la grêle même doit être due à l'électricité atmosphérique, à l'électricité qui flotte constamment dans l'air et surtout qui se forme dans les nuages; on s'est dit qu'à l'aide de paratonnerres d'un genre particulier, on pourrait peut-être soutirer l'électricité des nuages. Elle ne saurait dès lors plus servir à la formation de la grêle. Les appareils qui ont été créés pour arriver à vider, pour ainsi dire, l'atmosphère et les nuages de leur électricité surabondante, c'est ce qu'on nomme les « paragrêles électriques » du comte de Beauchamp et du général de Négrier; on les appelle aussi des Niagaras électriques, parce qu'il s'y déverserait comme une énorme cascade d'électricité. Ce sont des conducteurs gigantesques qui neutralisent l'électricité atmosphérique, sans qu'on se rende absolument bien compte de leur action. Le paragrêle électrique se compose d'une lame de cuivre se terminant à sa partie supérieure soit par une série de pointes dorées et disposées autour d'une tige centrale (c'est ce qu'on nomme l'aloès électrique), soit par une couronne de cuivre munie d'une série de petites pointes. Vers le bas la lame de cuivre se termine par un ruban argenté muni de plusieurs pointes, qui vient plonger dans une grande masse d'eau. On voit que cela rappelle bien quelque peu un paratonnerre. Il suffirait d'un poste paragrêle pour protéger une surface de 4 à 5 kilomètres dans la direction du vent, et de 500 à 1 000 mètres contre le vent.

Dès maintenant, des paragrêles ou même des séries de paragrêles formant de véritables barrages contre le passage des nuages à grêle ont été installés sur certains points de la France; et ils paraissent donner de bons résultats. Les régions défendues sont mises à l'abri des dégâts causés par la grêle et aussi par les orages. La grêle paraît alors se résoudre en une pluie sans violence, ne pouvant entraîner aucuns dégâts. Au moment où un nuage chargé d'électricité et susceptible de donner de la grêle s'approche d'un poste paragrêle, il est curieux de voir la partie inférieure de ce nuage foncer graduellement et devenir de plus en plus noire; des éclairs en jaillissent à droite, à gauche, aussi bien qu'en-dessus, mais jamais en-dessous. Et ce sont ces derniers qui seraient dangereux pour la végétation. Disons qu'on a récemment installé un niagara électrique le long des montants de la Tour Eiffel, afin surtout de constater l'influence que ce poste à grande altitude pourra avoir sur l'électricité atmosphérique. Un comité de Défense contre la grêle s'est formé en France, qui poursuit ses expériences et ses installations. Il compte établir toute une série de ces barrages paragrêles, après une étude minutieuse des conditions locales et des régions où les nuages à grêle ont coutume de se former. Déjà un certain nombre de ces barrages sont en construction ou construits, comme c'est le cas dans la région de Poitiers. Souhaitons qu'ils donnent les résultats qu'on en espère.

LA TERRE

GÉOLOGIE ○ GÉOGRAPHIE ○ VOYAGES AGRICULTURE

○   ○   ○

LES ÉROSIONS DES CÔTES

C'EST une des observations les plus intéressantes que l'on puisse faire au bord de la mer, et durant la période des vacances notamment, que de suivre les ravages de la mer le long des côtes. Parfois, sans doute, elle apporte des galets, du sable, elle accumule ce sable ou ces galets en avant du littoral primitif, et elle augmente le domaine terrestre par ce qu'on appelle des atterrissements. Mais souvent aussi (certains disent même beaucoup plus souvent) elle modifie les côtes en les rongeant, en s'attaquant aux falaises qu'elle fait ébouler, en pénétrant de plus en plus loin dans la terre, qu'elle détruit par l'attaque constante de ses lames, en causant ce que les techniciens appellent des érosions.

Ces érosions inquiètent fréquemment ceux qui jugent un peu vite, et qui se figurent que la mer va bientôt faire disparaître le sol qui nous nourrit. En réalité, les érosions qui se produisent dans tel pays ou sur tel point des côtes sont, le plus généralement, compensées par des atterrissements qui se font en d'autres points. Il est vrai que cela ne consolera pas ceux qui auront vu disparaître leurs champs, leurs cultures, leurs maisons sous l'attaque des vagues.

Précisément, depuis quelque temps, sur deux points du littoral français, il s'est produit des érosions, une véritable usure du sol, qui ont fait beaucoup parler d'elles. C'est ainsi que, pendant des jours et des jours, les journaux tenaient la France au courant des modifications violentes que causait la mer sur une partie de la côte du Poitou, au point que l'on appelle la Belle-Henriette, dans le département de la Vendée. Ce point se trouve à peu de distance de Marans, et entre l'anse de l'Aiguillon et la petite localité de la Tranche. Il ne faut pas oublier du reste que la région qui se trouve

en arrière du cordon de dunes qui borde la côte en cet endroit, a bel
et bien été conquise sur l'eau il n'y a pas fort longtemps. C'est ce
qu'on nomme le Marais poitevin, où la population, justement à cause
de la nature du pays et de la possibilité qui se présente de temps
à autre d'inondations au moins d'eau douce, est installée dans des
bourgs ou dans des fermes situés sur ce qu'on appelle dans le pays
des *îles*, et ce qui se présente maintenant sous la forme de petits
mamelons de terre dominant le marais plat. Ce marais méridional
vendéen est à très faible hauteur au-dessus du niveau de la mer,
même à marée basse. Les points les plus élevés ne sont guère qu'à
trois mètres au-dessus de ce niveau, et quand la mer est haute et
qu'il souffle grand vent, c'est de plusieurs mètres que le marais est
dominé par la mer qu'arrêtent seules les dunes et les digues construites pour dessécher les marais, jadis sous l'eau presque constamment. On a calculé que, si cette protection venait à disparaître,
la mer pourrait pénétrer de 20 kilomètres peut-être dans le pays, en
recouvrant d'eau salée des terrains de culture ou de pâture qui sont
pour le moment excellents. Les inondations d'eau douce, qui se
produisent parfois dans certains marais qui ne sont pas séparés du
cours des rivières par des digues suffisantes, n'ont pas le même
inconvénient, parce que cette eau ne sale pas la terre (ce qui la
rend incultivable pour bien longtemps).

Heureusement, la mer, là comme en tant de points, a apporté du
sable et formé des dunes qui ont souvent un kilomètre de largeur,
et cela constitue une véritable protection pour l'arrière-pays; mais
ses fantaisies changent de temps à autre et il lui arrive de ronger
ce cordon protecteur, de se livrer à des érosions. C'est ce qui a si
vivement ému la région, il n'y a pas longtemps. La mer, depuis
quelques années, s'acharne pour ainsi dire au même endroit, par
suite de ces bizarreries des courants que l'on n'arrive pas souvent
à pénétrer, encore moins à prévoir. Une route suit la mer à peu
de distance, et en dépit des enrochements que l'on a accumulés,
des talus de grosses pierres que l'on a disposés du côté de la mer
pour la défendre, elle a été envahie, violemment balayée à bien
des reprises par la lame, et coupée, en un point au moins. Pour
établir une défense plus effective, on a construit une véritable
muraille, faite de cette matière que l'on emploie maintenant si
couramment, le ciment armé. Le mur de ciment armé, c'est-à-dire
de ciment enrobant des tiges métalliques, a été établi sur d'énormes
pieux faits eux aussi de ciment armé, que l'on a enfoncés verticalement dans le sol de la plage. Mais rien ne résiste pour ainsi dire
à la mer dans ses violences, et, au bout de quelque temps, on s'est
aperçu que la base de la muraille était attaquée, et aussi que la
mer, gênée par cet obstacle, s'attaquait à la côte un peu plus loin.
Il a fallu se hâter d'y constituer de nouvelles murailles de défense

en pierres sèches, et l'on sera sans doute obligé de prolonger ces digues sur une très grande longueur, comme on l'a fait jadis sur la côte sauvage de l'île de Ré : digues maçonnées opposant un revêtement qui s'use, il est vrai, mais ne se dissocie pas, aux attaques de l'Océan.

Il est un autre point de nos côtes où la mer commet des ravages plus redoutables encore, et plus regrettables même, car, si l'on n'y remédie pas, ils feront disparaître une des principales curiosités architecturales de la France, le petit centre des Saintes-Maries de Mer, dans les Bouches-du-Rhône, et sa petite église fortifiée, datant du xiiie siècle, où chaque année les Bohémiens s'assemblent pour une curieuse cérémonie religieuse. Les érosions de la mer en cette région sont des plus marquées et des plus redoutables. Il y a 300 ans environ, le village des Saintes-Maries (d'après des actes notariés, par conséquent très sûrs) se trouvait à 2 kilomètres au moins de la mer, séparé qu'il était par des vignes où l'on chassait fructueusement. Aujourd'hui, il n'y a plus que 150 mètres, à peu près, entre le commencement de la petite agglomération et le littoral. M. Flammarion a calculé que la mer doit y avancer chaque année de plus de 5 mètres vers l'intérieur des terres, et cela laisse supposer qu'avant quelques années, si l'on n'y met bon ordre (ce qui ne semble pas commode) l'église sera attaquée par la vague et menacée d'écroulement. Il y a même des endroits de cette côte où l'érosion se fait bien plus vite.

Du reste, chose peu consolante, ce n'est pas d'aujourd'hui que ces phénomènes ont commencé à se poursuivre dans ces parages, qu'ils soient dus à des érosions proprement dites de la mer attaquant et rongeant le littoral ou à un affaissement du terrain, ce qui produit finalement le même résultat. Dans le golfe de Fos, le long de la fameuse Camargue, au Grau du Roy, le littoral recule; le phare de Faraman, qui avait été construit à 700 mètres de la mer en 1836, a été reconstruit en 1880, tout simplement parce que la mer le menaçait, si bien que l'emplacement qu'il occupait jadis est maintenant sous l'eau. Si nous remontions bien plus avant dans l'histoire, là tradition nous conterait la disparition de certaines villes de ce littoral, comme celle de Stomalimne, qui se trouverait actuellement engloutie sous une profondeur d'eau de 7 mètres; des ruines qui en proviennent se laissent voir par temps clair à travers la masse d'eau, quand on passe en bateau à l'aplomb de la situation qu'elle occupait jadis au-dessus, et forcément très au-dessus, du niveau de l'eau. Des fragments, des poteries de toutes sortes sont recueillies sur la côte, qui proviennent de cette ville envahie par la mer comme le seront sans doute quelque jour les Saintes-Maries. Le petit village du Grau du Roy est menacé de la même manière, et on tente de le défendre par des empierrements et une accumulation de blocs de béton.

Il est vrai que, par contre, et étant donnée cette espèce d'équilibre et de compensation dont nous avons parlé, la côte gagne sur la mer en bien des points de cette région. Un phare, qui porte le nom de phare de l'Espiguette, avait été construit, il n'y a pas fort longtemps, en 1869, à quelques mètres de la mer; aujourd'hui, il en est séparé par un terrain nouveau de plus de 400 mètres. En cet endroit, à l'heure actuelle, la mer recule où la terre gagne, comme l'on voudra, de plus de 6 mètres par an. La tradition veut même que jadis il y eut une île là où, en 1869, on avait édifié le phare en pleine terre!

CE QUE RONGE OU APPORTE
LA MER EN UNE ANNÉE

LES inquiétudes qui se sont manifestées ces temps derniers au sujet du littoral de la Vendée, et qui se répètent avec plus de raison à propos des Saintes-Maries et de la curieuse et antique église qu'il s'agirait de protéger, se sont également fait jour en Angleterre. M. Mathews est venu jeter un cri d'alarme, en annonçant que, chaque année, la mer enlèverait à la Grande-Bretagne un poids de 2 millions de tonnes de matériaux. Étant donné qu'il s'agit d'îles attaquées de toutes parts par la vague, les patriotes les plus enthousiastes songeaient déjà, comme à un moment très proche, à l'instant où il ne resterait plus rien du territoire des îles Britanniques. Pour calmer ces inquiétudes, une enquête a été décidée, et des techniciens se sont attaqués au problème; ils ont apporté les renseignements les plus sûrs, qui sont susceptibles de calmer cette épouvante irraisonnée.

Sans doute, les falaises de l'Angleterre, comme celles de la France, sont continuellement assaillies à leur base par les lames, qui les délitent et les usent, quand elles ne les font pas s'effondrer par énormes pans; néanmoins, la Grande-Bretagne augmente de superficie dans l'ensemble. Ce n'est pas seulement une compensation qui se fait, c'est un véritable gain sur la mer. C'est surtout dans les estuaires, à l'embouchure des fleuves, que ces gains se produisent; des dépôts de galets et de sable se forment, qui proviennent du reste de la démolition de falaises.

Des comparaisons curieuses et exactes ont été faites; et l'on a pu en conclure que si, en trente-cinq ans, l'Angleterre proprement dite a perdu une surface de 2 656 hectares par suite des empiètements de la mer, des effondrements de falaises, par contre elle a gagné 19 200 hectares, grâce aux formations d'atterrissements. De son côté, l'Écosse a perdu 326 hectares, mais pour en gagner 1882;

enfin, pour l'Irlande, la perte serait de 453 hectares, et le gain de 2 688.
Toutefois, il ne faut pas oublier que les surfaces disparues étaient
le plus souvent des terrains fertiles; tandis qu'il faut assez longtemps pour que les atterrissements, qui sont des terrains salés,
soient utilisables, au moins pour la culture.

Qu'on ne s'étonne pas, du reste, des résultats révélés par cette
enquête : les falaises que la mer démolit représentent un gros
volume pour une faible surface disparue, tout simplement parce
qu'il s'agit de massifs très élevés au-dessus de la mer; tandis que les
surfaces ajoutées au pays ne sont qu'à faible niveau au-dessus de
l'eau, en surface bien plus qu'en épaisseur.

LES NOUVEAUX GISEMENTS
DE MINERAI DE FER EN FRANCE

Il n'est pas besoin d'être un grand savant pour savoir ou, si l'on
veut, pour constater le rôle primordial que joue le fer (et surtout
l'acier, qui est un fer particulier additionné de carbone) dans la vie
moderne. Évidemment, pas de chemins de fer sans ce métal, qui
nous fournit les rails et les locomotives remorquant les convois.
Nos immenses ponts, de même que les navires géants dont nous
aurons bien des occasions de parler dans ce livre, nos maisons
mêmes, du moins dans leur charpente et nos automobiles, ne
pourraient se fabriquer sans l'acier. On ne s'étonne pas après cela
de voir combien prodigieuse est la consommation de l'acier et du
fer à notre époque. Et comme de juste, pour obtenir ce fer et cet
acier, il faut de la fonte; c'est-à-dire d'abord du minerai de fer,
puisque c'est ce minerai, par transformation et réduction dans le
haut fourneau, qui donne ces millions et ces millions de tonnes de
fonte qu'exige le monde chaque année.

En présence de cette consommation continuellement croissante
de fonte et de fer ou d'acier, il y a des gens qui, comme toujours,
s'inquiètent : ils se disent qu'un jour nous n'aurons, nous ne trou-
verons plus dans le sol le minerai indispensable. Il est indéniable
qu'un grand nombre de pays font venir de contrées étrangères, et
souvent lointaines, cette matière première dont leur métallurgie et
toutes leurs industries ont tant besoin. La France est à cet égard
fort bien partagée, en ce sens qu'elle possède l'immense bassin,
comme on dit, de Briey, les gisements vastes et puissants de la
Lorraine, qui alimentent la sidérurgie de cette région et même la
métallurgie de pays étrangers, l'Allemagne par exemple. De plus,
une nouvelle et heureuse chance se présente pour nous. On vient

de découvrir et l'on a commencé de mettre en exploitation d'autres gisements de minerai de fer qui peuvent nous rendre les plus grands services : ce sont les gisements de Normandie et d'Anjou.

Il faut parler surtout des gisements de minerai qui se rencontrent dans une partie de la Normandie et dans la région de Caen en particulier. On n'avait pas l'habitude de considérer ces régions comme des pays miniers; mais il en est tout autrement aujourd'hui. Du reste, il ne faut pas oublier que, dans le courant de XIXᵉ siècle, l'industrie métallurgique a eu, à une certaine époque, une réelle importance dans ces deux régions. On pourrait dire maintenant, étant surtout donnée l'importance des exploitations de minerai de fer dans la région normande, que la France va avoir trop de ce minerai pour ses besoins. Mais c'est une surabondance qui n'a pas d'inconvénients, car on trouvera toujours à s'en défaire à bon compte en le vendant à ses voisins.

Que nos lecteurs sachent bien d'ailleurs que la présence du fer, du minerai de fer, fer généralement combiné avec de l'oxygène, n'est pas chose rare dans le sol, dans la croûte de notre globe. Il abonde un peu partout; mais souvent la proportion de fer est si faible, qu'on ne peut tirer pratiquement parti de ce minerai; il coûterait cher à transformer en fer ou en acier. Ce qui est intéressant, c'est de trouver ce qu'on est convenu de nommer du minerai riche, c'est-à-dire contenant une proportion de métal suffisante. Et c'est ce qui s'est produit pour les gisements de Normandie.

LES TREMBLEMENTS DE TERRE ET LES DÉCOUVERTES MINIÈRES

ON ne voit pas très bien, à première vue, quelle relation il peut y avoir entre les deux choses. D'ordinaire, pour des gisements de minerai, des mines, il faut que des spécialistes, des *prospecteurs*, comme on les appelle d'après le terme anglais, examinent minutieusement le sol, et arrivent à se procurer des données sur le sous-sol en exécutant des forages, des trous plus ou moins profonds. De la sorte, ils accumulent des indications sur la composition de ce sous-sol et en déduisent que, à telle ou telle profondeur, il existe tel minerai, tel métal précieux pour ses usages ou sa rareté.

Mais parfois des circonstances naturelles mettent le sous-sol accidentellement à nu. C'est ce qui pourra se produire, si, sous l'influence de cette érosion de certaines côtes dont nous parlions, un grand pan de falaise s'abat, en mettant à nu l'intérieur du sol, là où auparavant il était complètement masqué aux yeux. Or, les tremblements de terre, qui produisent quelquefois des crevasses largement ouvertes, qui font écrouler des pentes, des falaises, peuvent découvrir des gisements dont personne ne se doutait. Naturellement, il faut que quelqu'un d'expert passe par là et aperçoive la masse mise à nu, reconnaisse l'apparence caractéristique de tel ou tel minerai, pour que cette mise à nu ait des conséquences pour l'industrie minière. C'est ce qui s'est produit il y a peu de temps dans la fameuse région de l'Alaska, célèbre par les découvertes et les exploitations aurifères qui s'y font.

Dans le sud-ouest de cet Alaska, un tremblement de terre très violent s'est produit, qui a fait écrouler des glaciers à l'ouest de Valdez, où se trouvent des camps de mineurs. Ces mineurs sont venus quelques jours après, par curiosité, constater les ravages causés par la secousse sismique et leur œil de gens du métier a été immédiatement attiré par des gisements qui auparavant étaient complètement recouverts par le glacier. C'est d'ailleurs le frottement des glaces qui avait peu à peu érodé le sol et dégagé les gisements. Il semble d'ailleurs qu'ils présentent une richesse exceptionnelle. Aussi, dès que le fait a été connu, des milliers et des milliers de mineurs se sont précipités vers cette contrée, en abandonnant les territoires moins riches où ils travaillaient auparavant. Le centre de la nouvelle région minière se nomme Port Wells, et il y est arrivé des mineurs venant un peu de tous les points de l'Alaska, en particulier de Valdez, de Cardova et d'autres villes du sud de l'Alaska.

Et voilà comment des phénomènes naturels, particulièrement redoutables et périlleux, peuvent être mis à profit par les gens avisés, à condition qu'ils possèdent les connaissances professionnelles indispensables pour en savoir tirer parti.

LES EXPÉDITIONS ANTARCTIQUES
ET LA DÉCOUVERTE DU PÔLE SUD

Les découvertes géographiques se multiplient comme les autres. Il n'y a pas longtemps que le pôle nord a été atteint par Peary, après que du reste un explorateur pour rire avait prétendu y être parvenu lui-même; il ne restait donc plus à conquérir que le pôle antarctique. Ce pôle sud était d'accès encore plus malaisé que l'autre, par suite des montagnes qu'il fallait escalader pour s'en approcher. Il est vrai que nos moyens se sont perfectionnés, en cette matière comme en toute autre : et c'est pour cela que, à peu d'intervalle, les deux pôles ont été atteints; alors que, depuis tant d'années, de nombreux explorateurs avaient en vain couru les plus terribles dangers, avaient même souvent perdu la vie sans pouvoir faire cette découverte sensationnelle.

Comme il n'y avait plus rien à accomplir de tout à fait remarquable dans les parages du pôle nord, les audacieux se sont rabattus sur le pôle sud. Dès le commencement de l'année 1912, une série d'hommes déterminés s'étaient lancés dans ce périlleux voyage. Une expédition anglaise avait été formée par le capitaine anglais Scott, qui s'est déjà fait connaître par ses explorations polaires, et une expédition norvégienne, dirigée par le commandant Amundsen, avait été formée et était partie pour les mêmes régions. Peu de temps après, les Australiens formaient, eux aussi, une expédition polaire commandée par le Docteur Mawson, expédition qui voulait profiter de ce que le sud du continent australien n'est pas très éloigné d'une portion des terres antarctiques. Il faut ajouter à cela que le lieutenant allemand Filchner avait également constitué une expédition pour attaquer le pôle, en passant par la nouvelle Georgie; et qu'enfin le lieutenant japonais Chiratsé avait composé une expédition analogue avec un armement des plus complets.

Il ne faut pas oublier non plus que la découverte du pôle sud était considérablement facilitée par l'admirable exploration polaire accomplie, durant l'été austral 1908-1909, par le célèbre lieutenant Shackleton, qui a été jadis le second du capitaine Scott. Le lieutenant Shackleton n'était pas arrivé exactement au pôle sud, il avait dû s'arrêter à 178 kilomètres de ce point (qui n'a guère qu'un intérêt géographique); et cependant il n'avait pas hésité à s'imposer des privations de toutes sortes, des efforts inouïs. Du moins, grâce à lui, on savait que le pôle sud se trouve sur un immense plateau de glace à quelque 3.200 mètres au-dessus du niveau de la mer. Pour l'atteindre, il ne fallait pas seulement s'exposer à un hivernage terrible, et aux épreuves qui sont réservées à tous ceux qui se hasardent dans les solitudes glacées des régions polaires; l'on devait encore se préparer à de vraies ascensions, à de l'alpinisme prolongé et extrêmement pénible.

Dans cette effrayante course au pôle sud, à laquelle se livraient les diverses expéditions que nous avons indiquées, c'est au capitaine norvégien Amundsen qu'est échue la palme du succès. Au commencement de 1912, il est revenu à Hobart, en Tasmanie, avec le fameux bateau, le *Fram*, qui avait servi à l'illustre Nansen dans son admirable campagne vers le pôle nord. Le *Fram* est merveilleusement construit pour des expéditions de cette sorte, et c'est en partie à lui qu'Amundsen doit d'avoir réussi, bien entendu en même temps qu'à son courage et à celui de ses compagnons, et à sa connaissance des régions antarctiques. Il a pu arriver au pôle sud, et il y a séjourné durant trois jours, notamment pour effectuer des observations astronomiques lui permettant d'affirmer en toute sécu-

rité qu'il a bien atteint ce point tant visé depuis si longtemps. Après
avoir quitté le *Fram*, solidement amarré en un point minutieusement choisi, Amundsen a dû effectuer, pour conquérir le pôle, un
voyage excessivement dur et dangereux de 1 400 kilomètres. Il avait
pénétré dans le continent antarctique par la mer de Ross, ce golfe
profond devant lui épargner une bonne partie du voyage à pied.
C'est du reste le chemin qu'avait pris Shackleton, et qui lui avait
partiellement réussi.

Comme toujours pour ces explorations, l'explorateur norvégien
avait préparé sa route avant de s'y engager définitivement; il y
avait disposé trois dépôts d'approvisionnements, qu'il devait ensuite
retrouver successivement sur la route du retour, alors qu'il se trouverait forcément à peu près démuni de tout. Les approvisionnements
s'étageaient, pour ainsi dire, jusqu'à 82° de latitude sud. Tout le
personnel de l'expédition avait, durant six mois, hiverné en dehors
du bateau et dans des huttes de neige. Il fallut 54 jours pour
atteindre enfin le plateau où se trouve le pôle, plateau auquel on
a donné le nom du souverain de la Norvège, Plateau du Roi
Haakon VII. Le retour n'exigea que 41 jours, car l'on profita de la
connaissance que l'on avait acquise de cette région montagneuse,
où l'on avait à tourner, pour ne point les escalader, des pics de
quelque 4500 mètres de hauteur.

Voici donc une nouvelle découverte géographique qui n'est plus
à faire : l'homme, dans son audace, a su atteindre les deux pôles de
la terre. Mais combien, dans le domaine de la géographie, ne reste-
t-il pas encore de régions à parcourir pour les bien connaître, et
notamment ces territoires couverts de neige et sans intérêt pratique
que sont les solitudes arctiques ou antarctiques!

LES VOYAGES
SUR LES GRANDS FLEUVES ÉQUATORIAUX
ET LES BATEAUX DÉMONTABLES

Nous parlions des découvertes qui demeurent encore à effectuer
dans tant de pays; le fait est certain que, même dans des pays
que l'on tient, et avec raison, pour civilisés, il y a encore une foule
de régions qui pratiquement sont encore inconnues ou bien peu
connues. Les voies de communication y sont rares ou absentes, en
ce sens qu'il n'y existe pas de routes, encore bien moins de chemins
de fer. On se déplace comme on peut, et l'on utilise surtout les
cours d'eau, qui sont des chemins qui marchent, ainsi qu'on l'a dit,
mais ils marchent la moitié du temps en sens inverse de la direction

qu'on veut suivre, puisqu'ils coulent constamment dans le même sens. D'autre part, parmi ces cours d'eau, il y en a un grand nombre qui n'ont que bien peu de profondeur, et, pour y naviguer, il faut se servir des petites embarcations construites spécialement par les gens du pays, ou alors réclamer aux constructeurs de bateaux de la vieille Europe des bateaux pouvant répondre à ces besoins spéciaux et à ces difficultés.

Pour tous les voyages et aussi les explorations dans les pays tropicaux, il faut des bateaux particuliers, et d'autant que, dans ces contrées, la chaleur est le plus ordinairement intense. Comme

UN BATEAU THORNYCROFT POUR LA NAVIGATION SUR LES FLEUVES ÉQUATORIAUX.

conséquence, on ne peut songer à installer les cabines des passagers, des voyageurs utilisant ces bateaux, dans l'intérieur de la coque, comme cela se passe pour les bateaux classiques. Le plus souvent même ce serait presque criminel que d'obliger les chauffeurs des chaudières à travailler et à demeurer enfermés sous le pont, dans une chambre de chauffe où l'air extérieur ne peut guère pénétrer ; et c'est pour cela que non seulement les cabines sont disposées au grand air, généralement sur une sorte de pont à jour formant un second étage au-dessus du pont proprement dit du bateau ; mais encore les chaudières, les machines et le reste des installations propulsives sont sur le pont même. D'ailleurs, il y a une raison qui fait que l'on n'aurait pas la possibilité d'installer aisément toute cette machinerie et la chambre de chauffe sous le pont : c'est que la coque est très peu profonde, parce que le bateau ne doit avoir qu'un tirant d'eau très faible. Il ne peut que s'enfoncer très modérément, puisque ces cours d'eau, demeurés tels que les a faits la nature, encombrés de bancs de sable, de rapides, de roches qui les barrent partiellement, ne présentent eux-mêmes, au moins sur certains points de leur cours, qu'une profondeur extraordinairement faible.

Les Anglais, dont le domaine colonial est considérable dans des pays où les cours d'eau jouent un rôle indispensable comme moyens de transport, et qui sont des spécialistes dans la construction des navires, savent admirablement fabriquer ces bateaux spéciaux, et pour l'édification de nos lecteurs, rien ne vaudra mieux que de leur mettre sous les yeux un de ces bateaux, qui sort des chantiers de la fameuse maison Thornycroft. Il s'agit ici d'un bateau qui n'aura guère à transporter des passagers, mais surtout des marchandises, pour une compagnie exploitant le caoutchouc sur le cours supérieur de l'Orénoque, ou plus exactement de son petit affluent, la rivière Ari Ari. Les marchandises sont empilées sur le pont là où il y a de la place libre, et aussi au-dessus de la charpente que l'on aperçoit sur la photographie, qui sert à supporter également des toiles abritant l'équipage des rayons du soleil.

On vit au grand air et l'on travaille de même à bord de ce petit bateau. On remarquera que la propulsion en est assurée par une roue à aubes qui se trouve à l'arrière ; il ne faut pas songer, pour les voyages et la navigation que fait un bateau de ce genre, à recourir à une hélice : il faudrait qu'elle plongeât dans l'eau de toute sa hauteur, et l'on ne doit pas oublier que, justement, il s'agit de naviguer par faible profondeur d'eau. On remarquera aussi les chiffres qui apparaissent sur les flancs du bateau : ce sont tout simplement des repères pour le montage de l'embarcation. En effet, les bateaux de ce genre partent d'Europe divisés en sections que l'on assemblera ensuite sur place, à l'aide de boulons. Ce n'est pas principalement pour la facilité de l'embarquement et de l'arrimage dans la cale du grand navire qui les emportera à destination qu'on les fait démontables. Comme c'est le cas pour le modeste navire construit par les Thornycroft que nous présentons à cette place, il faut fréquemment les transporter par terre au delà d'une série de rapides, d'un passage infranchissable, jusqu'au bassin fluvial, à la région où ils trouveront assez d'eau pour naviguer. Comme il est alors indispensable que le transport par terre se fasse à bras d'hommes, ou tout au plus sur des chariots très primitifs traînés par des bêtes de somme, il ne faut pas que l'on se trouve en présence de charges, de morceaux dépassant la force des porteurs réunis ou la résistance du chariot. Et c'est pour cela que les bateaux de ce genre sont composés d'une série de sections ne présentant chacune qu'un poids et un volume pas trop considérables. Les chiffres et les marques peints sur la coque et les autres parties du mécanisme permettent, ainsi que nous venons de le dire, de remonter le petit navire une fois arrivé à l'endroit où l'on pourra le lancer et où il commencera à naviguer régulièrement.

Le bateau que voici, bien typique des embarcations de ce genre, a une longueur de 15 mètres environ pour une largeur de 3 m. 60; le creux, la profondeur de sa coque, est seulement de 1 m. 20. Quant au tirant d'eau, à la profondeur dont il s'enfonce dans l'eau, il ne dépasse point 60 centimètres, même quand le bateau a son plein chargement. Il n'y a pas une des pièces entre lesquelles peut se diviser ce bateau dont le poids excède 600 kilogrammes. La chaudière est à l'avant, le chauffeur peut l'alimenter au bois, tout en respirant l'air, qui sans doute n'est pas frais, mais du moins compense un peu la chaleur du foyer. La machine est à l'arrière, et l'on voit sur la photographie le mécanicien à son poste. On comprend qu'avec le tirant d'eau que nous avons indiqué, pareil bateau peut passer pour ainsi dire partout. Il comporte un cabestan à vapeur qui permet de tirer le bateau, s'il vient à s'échouer sur un banc de sable, et cela en amarrant un câble à quelque arbre situé à une certaine distance sur la rive, ce câble venant ensuite s'enrouler sur le cabestan.

Bien que dans des proportions variables, on peut dire que tous les bateaux qui servent aux explorations, aux transports de troupes ou autres dans les pays nouveaux, et en particulier dans les régions tropicales, sont construits sur ce modèle et offrent les mêmes avantages.

LES ENGRAIS BIZARRES

LES méthodes agricoles et culturales ont fait de grands progrès durant la fin du xixᵉ siècle et le commencement du xxᵉ; mais l'agriculture et la culture en général sont bien loin de se faire aussi scientifiquement que les autres industries. Nous parlerons bientôt de labourage, et nous verrons réellement que ce labourage ne s'exécute pas très différemment de la manière dont il se faisait il y a des siècles et des siècles. Pour les engrais, on suit de même presque toujours les vieilles méthodes, qui ont sans doute rendu bien des services, mais sont certainement susceptibles de se perfectionner. Quand il s'agit de donner des engrais aux plantes, aux grains semés qui commencent à germer, on recourt souvent encore au fumier des étables, fumier des chevaux, des bœufs, que l'on enterre dans le sol afin qu'il s'y décompose et fournisse à la plante une partie des éléments dont elle a besoin pour se nourrir et se développer.

Un grand progrès se manifesta quand on apprit à tirer parti des guanos, cette accumulation de déjections de milliers et de milliers d'oiseaux que l'on trouvait principalement dans certaines îles de l'Amérique du Sud. On a fait mieux encore en utilisant comme engrais des nitrates de soude, qui se rencontrent en masse épaisse sur des étendues considérables au Chili. Répandus dans les champs, ces nitrates sont des fertilisants admirables pour maintes récoltes, des aliments pour le grain de blé, ou plutôt pour ce grain de blé quand il s'est transformé en une petite plante sortant de terre et ne demandant qu'à monter et à donner de nombreux épis, si elle trouve une nourriture suffisamment abondante et appropriée. On a amélioré encore ces dernières années les conditions dans lesquelles on peut fournir des engrais aux cultures, engrais naturellement aussi abondants et aussi bon marché que possible, en imaginant de tirer, de l'air atmosphérique, des nitrates artificiels, des engrais qui ont pour base l'azote contenu dans l'air que nous respirons. Nous n'avons pas d'ailleurs à décrire ce procédé, qui n'est plus aujourd'hui une nouveauté ; on sait sans doute que le fond de la méthode consiste à faire jaillir de multiples et minuscules étincelles électriques à travers l'air atmosphérique.

Mais voici une innovation bien curieuse en matière d'engrais : il s'agirait de tirer parti, pour surexciter la végétation des plantes, de métaux ou de métalloïdes que l'on utilisait autrement, mais que l'on ne se doutait pas pouvoir aider aux cultures et à l'agriculture. M. Demolon, M. Chancrin Desriot, ont fait des constatations très intéressantes et pratiques à cet égard ; de son côté, à l'Institut Pasteur de Lille, M. Boullanger a poursuivi des essais qui prouvent les bons résultats que peut donner cette méthode qui semble paradoxale au premier abord. Les nouveaux engrais qu'il s'agit d'introduire dans l'agriculture tout à fait moderne, sont à base de soufre, de manganèse, de sulfate de fer, d'alumine, d'uranium, alors que le manganèse par exemple ne servait guère jusqu'ici qu'en métallurgie dans la fabrication de l'acier ; que le soufre était employé à la préparation de certaines allumettes, au traitement des feuilles de vignes malades, à la fabrication de cet acide sulfurique, caustique violent qui est utilisé par une foule d'industries proprement dites. Du reste, il faut très peu de ces substances, de ces métaux ou métalloïdes, pour jouer un rôle en agriculture et agir puissamment sur la végétation. Ce sont des engrais *catalyseurs*, comme on les appelle savamment : en ce sens que quelques parcelles de soufre, de manganèse, venant au contact des racines de la plante, feront un peu comme le tout petit morceau de mousse de platine qui allume le bec de gaz avec un allumoir dit automatique. Ces parcelles de soufre impriment une impulsion curieuse à la végétation, lui donnent, pourrait-on dire, un coup de fouet.

Il s'en faut d'ailleurs que ces engrais catalyseurs conviennent tous indistinctement aux mêmes plantes. On a constaté, par exemple, que ce qui réussit le mieux avec la carotte, c'est le soufre en fleurs ; on obtient de moins belles récoltes avec le sulfate d'alumine, le

sulfate de manganèse, le sulfate de soude. Le sulfate de fer, lui,
semble être sans aucune influence ! Pour les haricots et les épinards,
les récoltes sont considérablement accrues quand on distribue à ces
végétaux un peu de soufre; pour la pomme de terre, le sulfate
d'alumine réussit à merveille. On le voit, c'est toute une nouvelle
méthode de culture qui s'inaugure. Le jardinier et le cultivateur
de demain vont faire des commandes au marchand de produits
chimiques, et la ferme deviendra un laboratoire où l'on dosera de
minimes proportions de substances chimiques, pour obtenir de belles
récoltes de betteraves, de blé ou d'oignons !

LES DANGERS
DES ENGRAIS CHIMIQUES

Qu'on ne se fie pas trop, pourtant, à ces nouveaux engrais et aux
engrais chimiques qui vont s'introduire de la sorte à la ferme,
sans doute traîner un peu partout à la portée des animaux, et qui,
à coup sûr, se trouveront dans les champs à la portée des bestiaux
notamment. A cet égard, des constatations un peu surprenantes ont
été faites par un agronome et chimiste allemand, M. Otto Brandes.
Ses expériences et observations ont porté sur un sel de potasse que
l'on utilise déjà depuis assez longtemps comme fertilisant, en addition au fumier qui se conserverait bien mieux avec cette matière
complémentaire, en ne perdant qu'une faible partie de son ammoniaque. Le sel de potasse dont il s'agit, que l'on trouve surtout dans
certaines mines allemandes, se nomme de la kaïnite. Du reste, cette
kaïnite est d'autant plus appréciée qu'elle constitue un bon insec-
ticide; sa présence peut contribuer à détruire un grand nombre
d'insectes qui s'attaquent aux cultures, aux plantes, et y causent de
sérieux ravages. Pour lutter contre les insectes, les champignons
qui nuisent aux cultures diverses, on répand la kaïnite sur le sol
même, où une bonne quantité y demeure un certain temps à la
portée des animaux qui vagueront par les champs et pourront trop
facilement en absorber quelques parcelles en prétendant seulement
avaler des herbes, des feuilles. Il suffira d'un fragment de 2 grammes
de cette kaïnite dans l'estomac d'une poule pour causer la mort de
celle-ci; des doses plus faibles suffiront pour déterminer chez l'animal
une maladie qui ressemble beaucoup à la diphtérie des volailles.
Quant aux morceaux de kaïnite que l'on dépose sur la litière des
animaux de la ferme, pour qu'elle s'incorpore au fumier que don-
nera cette litière, elle peut faire naître une vive inflammation de
la peau et du sabot des animaux.

C'est donc tout un apprentissage que doit subir l'agriculteur moderne et scientifique, pour ne pas mésuser des produits chimiques qui vont s'introduire à la ferme, et pour que ces produits nouveaux ne causent pas, d'une manière quelconque, des accidents plus ou moins graves.

LA MACHINE A TRAIRE LES VACHES

BIEN que le passage des anciennes méthodes aux nouvelles impose le plus souvent tout un apprentissage comme nous le disions, des efforts et aussi des dépenses (quand il s'agit de remplacer le vieux matériel par un plus perfectionné), il n'est pas possible de ne point suivre le progrès. Sans cela, ceux qui sauraient adopter les procédés scientifiques, les méthodes plus avantageuses, plus économiques, attireraient à eux toute la clientèle, au détriment de ceux qui demeureraient fidèles aux anciens errements. Du reste, le plus ordinairement, les machines nouvelles ne sont inventées, en matière de culture, d'agriculture, de travaux de la ferme, que parce que les travailleurs manuels ne font pas assez d'ouvrage pour le prix qu'on les paye, que les salaires augmentent, comme on dit, et que les travaux de la ferme arrivent à se faire trop coûteusement et aussi trop lentement.

C'est une transformation de ce genre qui commence de se réaliser pour la traite des vaches, ou plutôt qui a déjà commencé de se réaliser, dans ce qu'on nomme les pays neufs, ceux où l'on n'est pas arrêté par de longues traditions et où l'on n'hésite pas à adopter les nouvelles méthodes, quand on a vu qu'elles sont susceptibles d'assurer des résultats avantageux. Nous voulons parler des États-Unis, du Canada et aussi de l'Australie, où l'on manque de travailleurs des champs, et où ceux que l'on trouve se font payer extrêmement cher, justement parce qu'ils sont peu nombreux et qu'on se dispute leur concours. On ne doit pas oublier que, même dans les vieilles contrées, en France en particulier, la population abandonne malheureusement de plus en plus la campagne et les travaux des champs. Il en est sensiblement de même pour beaucoup de pays européens. La machine à traire les vaches pourra donc, étant donnée cette pénurie croissante d'ouvriers agricoles, rendre de signalés services. Dès maintenant, il y a des dizaines de milliers de vaches qui, aux États-Unis ou en Australie, sont traites mécaniquement; au Danemark, où les agriculteurs sont très partisans du progrès, on dispose d'appareils pour traire mécaniquement un millier de vaches; en France, on a essayé timidement quelques-unes de ces machines, dont il existe du reste des types très nombreux.

Il y a, en réalité, bien des années que l'on avait essayé de réaliser

la traite mécanique des vaches. Cette opération sera forcément
bien plus rapide, comme tout ce qui se fait mécaniquement; elle

UNE INSTALLATION MÉCANIQUE DE TRAITE DES VACHES.

sera moins coûteuse, puisqu'il suffira d'un homme surveillant les
machines pour opérer simultanément sur tout un troupeau de
vaches. Enfin, la traite sera plus propre, le lait passant directement
dans les récipients de récolte sans que les mains du vacher puissent
le souiller, sans que la poussière et les détritus divers puissent y
tomber. Dès 1870, certains inventeurs avaient combiné des appareils qui imitaient à peu près les mouvements de pression des doigts
du laitier sur les mamelles de la vache; ces mouvements étant eux-
mêmes destinés à copier ce que fait le petit veau qui tète sa mère.
Plus tard, en 1878, une fermière imagina d'aspirer le lait hors des
trayons du pis de la vache, ainsi qu'on dit également, au moyen
d'une sorte de pompe : c'était déjà du vide, de la traite par le vide.
Ce principe a été appliqué mécaniquement de façon plus heureuse
et mieux combinée, en 1883, dans une machine américaine qui a
rencontré encore peu de succès. Depuis, de nombreuses machines
ont été inventées, les inventeurs bénéficiant des écoles faites par
leurs devanciers; tous les essais ont contribué à faire réaliser des
progrès importants au point de vue de cette idée et de cette méthode
si intéressantes. En Nouvelle-Zélande, on a construit une machine
à traire qui y est employée assez couramment; aux États-Unis,
divers inventeurs ont combiné des appareils qui donnent tous des
résultats vraiment pratiques et bons.

Bien entendu, un dispositif de ce genre est avantageux là surtout
où l'on a un grand nombre de vaches à traire, car on peut opérer simultanément sur elles, comme le montre une des gravures de ce livre.
Si nous considérons la machine américaine à traire Umrach, nous
verrons qu'on attache aux mamelles de chaque vache des sortes de
tuyaux suçoirs en aluminium très légers, et garnis chacun d'un
bourrelet de caoutchouc afin de ne pas blesser l'animal ; cela s'adapte
exactement aux trayons, et le vide peut se faire dans la canalisation
reliée aux suçoirs. Tous les suçoirs sont, en effet, reliés par des
tuyaux d'aspiration à une pompe aspiratrice, qui peut être actionnée
soit à bras, soit à l'aide d'un petit moteur à pétrole, soit par un
moteur électrique, si l'on est dans une ferme tout à fait moderne
où l'on dispose du courant électrique. Mais il faut ajouter qu'un
petit mécanisme commandé par celui-là même qui actionne la
pompe, fait agir des sortes de valves, qui viennent presser sur le
pis de la vache, comme le font les doigts de la fermière ou du
laitier. L'on arrive ainsi à ce que les aspirations et les pulsations,
les pressions successives assurent la traite dans d'excellentes
conditions.

Tout le matériel est ou en bronze, bien entendu nickelé soigneusement, ou en aluminium. On peut tout démonter, nettoyer, laver ;

UNE VACHE EN COURS DE TRAITE.

et c'est ainsi que la traite se fait dans des conditions de propreté
absolue. Les animaux s'habituent très vite et très facilement à cette
traite mécanique, après s'en être montrés peut-être un peu étonnés

les premières fois. On estime que cette façon de les traire les fatigue
moins que l'opération à la main, au moins quand celle-ci n'est pas
très bien faite ; et il est de plus en plus difficile de se procurer des
vachers ou des vachères connaissant bien leur métier, puisque tout
le monde déserte la campagne. Très aisément et avec une rapidité
surprenante, un seul homme assurera, à l'aide de cet appareil, la
traite simultanée de dix vaches. On a la possibilité de disposer de
sortes de petites stations de traite mécanique automobiles ; on mon-

MACHINE DE TRAITE SE FIXANT PAR DES SANGLES SOUS LE VENTRE DE LA BÊTE.

tera sur un chariot un moteur tonnant, un moteur à pétrole, et la
pompe aspiratrice, et l'on emportera dans les pâturages le tout avec
les tuyaux d'aspiration et les trayons suçoirs. Les vaches seront
alors traites tout en demeurant dans les champs, comme c'est, du
moins en été, si souvent la coutume.

Ajoutons encore que, pour les petites exploitations où il n'existe
pas un important troupeau de vaches, on a imaginé et construit des
petites machines dont la pompe d'aspiration se manœuvre avec les
pieds : le vacher s'installe sur une sorte de petit siège rappelant
la selle d'une bicyclette, il appuie ses deux pieds sur des pédales,
après avoir mis en place les appareils de succion, et le lait est aspiré
dans les tuyaux, d'où il arrive au seau où le lait tiré s'accumule, à
l'abri de la poussière bien entendu. C'est le cas notamment de la
machine Delta, qui est destinée à traire deux vaches simultanément.
Dans ses détails, cette machine ne diffère pas beaucoup des autres.

Sur la canalisation par où s'écoule le lait aspiré, on dispose généralement d'un tube de verre, souvent même un gobelet de verre par
mamelle; on voit ainsi le lait couler par chacun des trayons, et l'on
peut, à l'aide d'un robinet, arrêter l'aspiration et la traite pour la
mamelle ou les mamelles qui semblent vidées.

Sans doute, la traite mécanique est moins poétique que la traite à
la main, la laitière assise à terre près de la bête familière; mais
cette traite nouveau genre et scientifique, peut-on dire sans exagération, a des avantages tels qu'on ne peut que désirer la voir se
généraliser. Cela surtout à une époque où le prix du lait augmente
tant, en partie par suite du salaire relativement élevé qu'on est
obligé de payer aux domestiques de ferme.

LA CUEILLETTE MÉCANIQUE DU COTON

Nous disions que les machines s'introduisaient de plus en plus
dans la culture et l'agriculture, et que l'industrie agricole
devait suivre le progrès scientifique comme toutes les autres industries. Voici une machine qui n'est pas précisément destinée à la
culture en France, mais qui n'en est pas moins intéressante. Elle
mérite d'être connue, car elle montre bien toute l'ingéniosité des
inventeurs, des constructeurs, et elle prouve aussi tout ce qu'on
peut attendre de la technique moderne et des ingénieurs.

Nos lecteurs savent sûrement que l'on fait, dans le monde, une
énorme consommation de coton. Ce coton, on le récolte comme de
juste sur les cotonniers, en détachant les capsules qui contiennent
le fruit et qui sont entourées d'une masse de petites fibres blanches
que nous retrouvons à peu près telles quelles dans l'ouate et le
coton hydrophile dont on fait tant usage à notre époque. Bien
entendu, quand on nous vend le coton hydrophile, les petites fibres
ont subi toute une série de préparations; mais ce sont ces petites
fibres emmêlées que l'on démêle les unes des autres et que l'on
tord, pour en faire les fils de coton qui servent ensuite au tissage.
Le monde consomme des quantités prodigieuses de coton et de
tissus de coton, parce que c'est une matière qui ne coûte pas cher,
bien moins cher que la laine, et elle a du reste des qualités que ne
présente pas celle-ci. Malheureusement, la cueillette des capsules
du cotonnier, des petites boules de fibres blanchâtres, est très longue
et très coûteuse : elle se fait à la main. Or, aux États-Unis, où se
produit encore et de beaucoup la plus grande quantité du coton qui
alimente les filatures et les tissages du monde, on ne peut guère
utiliser pour cette cueillette que les nègres du Sud. Ces nègres
exigent de forts salaires, quoi qu'on puisse en penser : et leur tra-

vail coûte d'autant plus cher qu'ils sont généralement très pares-
seux; que de plus ils n'aiment guère à travailler tous les jours de
la semaine : ils entendent toujours se reposer au moins le samedi
et le dimanche, et très facilement ils refuseront de se remettre à
la besogne tant qu'ils auront encore en poche un peu de l'argent
antérieurement gagné. Ces absences des cueilleurs de coton peuvent
avoir de très graves inconvénients, car il faut récolter les capsules
du cotonnier au moment précis où elles sont mûres au point de
vue des fibres que l'on veut en tirer. Aussi, depuis bien longtemps,
les cultivateurs américains de coton cherchaient-ils à combiner une
machine qui pût cueillir mécaniquement le coton, avec le concours
d'aussi peu d'ouvriers agricoles que possible.

La pénurie de main-d'œuvre est telle que, à ce qu'on raconte tout
au moins, un planteur de la Louisiane aurait fait venir, vers 1820,
toute une cargaison de singes du Brésil, pour essayer de les dresser
à cueillir le coton. Cela n'aurait certainement donné que de très
mauvais résultats, puisque toutes les capsules ne mûrissent pas en
même temps, et qu'il faut distinguer sur la plante les capsules
mûres, que l'on enlève de suite, de celles qui ne le sont pas, et
pour lesquelles on repassera plus tard dans les champs de cotonniers. Mais on se dira que, si cette cueillette du coton nécessite tant
d'observation et d'attention, il ne faut pas songer à demander à une
machine de faire la distinction entre les capsules mûres et celles
qui ne le sont pas. Qu'on ne s'y trompe point cependant : on peut
parfaitement obtenir des machines une quasi-intelligence, si l'on
sait combiner des dispositifs pouvant répondre aux opérations qu'on
veut leur confier. Pour les capsules de cotonnier en particulier, celles
qui ne présentent pas un suffisant degré de maturité offrent bien
plus de résistance à l'arrachement que les autres; et l'on a la possibilité de disposer des organes qui exerceront une traction exactement déterminée sur les boules de fibres, réussissant à les détacher si elles ne tiennent plus bien à la plante, y échouant au contraire si la résistance est un peu marquée. Elles laisseront par
conséquent sur l'arbuste, pour une autre récolte, les capsules qui
ont encore besoin d'un certain temps de maturation.

C'est en se basant sur ce principe, que l'on est arrivé à imaginer
et à faire fonctionner de façon satisfaisante des machines à cueillir
le coton. Il en existe déjà plusieurs systèmes, mais nous dirons un
mot de celui qui est le plus connu : cela suffit à montrer l'ingéniosité
que l'on dépense pour ces machines culturales et pour faire saisir
le principe employé.

M. Angelus Campbell, celui qui a enfin réussi à créer une machine
à récolter le coton donnant d'excellents résultats, a commencé ses
tentatives il y a plus de vingt-cinq ans : ce qui prouve que, pour
réussir, il faut le plus ordinairement beaucoup de persévérance.

Tout naturellement, aux débuts, il a été en butte aux plaisanteries des planteurs de coton, qui ne pouvaient croire que l'on parviendrait à combiner une machine possédant une certaine intelligence. M. Campbell avait commencé par construire une machine qui ne fonctionnait pas trop mal en elle-même, mais qui devait être traînée dans les plantations par des mules, des bêtes de trait, tout comme les faucheuses mécaniques. En effet, vers 1889, la machine en question réussissait à cueillir des capsules sur les arbustes, si on la faisait marcher lentement en la surveillant minutieusement, car l'automobilisme n'était pas encore né (il ne fallait pas songer à doter la machine d'un moteur tonnant, à pétrole, qui aurait mis en mouvement à la fois les petits doigts métalliques détachant les capsules et les roues du chariot supportant la machine de cueillette, destinés à la promener d'un bout à l'autre d'une plantation, ou plus exactement d'un bout à l'autre des rangées d'arbustes constituant une plantation). L'attelage de mules, sous la conduite de son conducteur nègre, marchait à une allure très variable; souvent, un coup de fouet faisait mal à propos partir les mules à très vive allure, et les doigts métalliques arrachaient tout : capsules, et aussi feuilles ou branches, entre lesquelles se déplaçait la machine. Nous venons de dire que c'étaient des doigts métalliques qui devaient agripper les capsules en s'accrochant suffisamment aux fibres sortant des capsules. En réalité, M. Campbell n'était pas arrivé tout de suite à imaginer ni à construire ces doigts de métal. Il avait essayé des doigts métalliques, qui étaient d'un contact brutal et arrachaient bien des fibres, mais laissaient la capsule en place, ou bien enlevaient aussi bien les capsules mûres que celles qui ne l'étaient pas. Il avait essayé également de soies de porc. Finalement, il en est arrivé à employer, et avec un plein succès, des aiguilles d'acier très longues et barbelées; ce sont ces fines barbelures qui accrochent les fibres des capsules et qui entraînent celles-ci, si elles sont suffisamment mûres. Quant à la commande du chariot et de la machine cueilleuse, on put enfin l'assurer à l'aide d'un de ces moteurs tonnants, dits automobiles, dont un peu pour tout et partout on fait tant usage à l'heure actuelle.

La machine cueilleuse de coton se déplace dans la plantation à la vitesse d'un homme marchant au pas et en se glissant entre les rangées d'arbustes; elle presse les cotonniers, et fait venir au contact de toutes leurs branches, par conséquent de toutes les capsules, des cylindres verticaux tournant constamment, grâce au moteur qui assure en même temps le déplacement régulier du véhicule portant la machine cueilleuse proprement dite. Ces cylindres portent tout autour d'eux les doigts barbelés, les aiguilles dont nous parlions; ces doigts sont au nombre de plus de 800. Aucune capsule ne peut échapper à leur contact, et pourtant ce contact est si doux,

que la plante n'est aucunement détériorée, pas plus que celles des
capsules qui, parce qu'elles n'étaient pas encore mûres, ne seront
récoltées qu'un peu plus tard, lors d'un nouveau passage de la
machine. La machine comprend une sorte de pompe aspiratrice, et
c'est sous son action et grâce à des courroies transporteuses, que
toutes les capsules cueillies mécaniquement sont dirigées vers
l'arrière de la machine et du véhicule; là, ce coton (car c'est du
coton non encore égrené, non encore détaché des capsules) est
emmagasiné dans des sortes de sacs, que l'on videra dès qu'ils
seront pleins, pour continuer plus loin la récolte. Il suffit d'un
homme et d'un enfant pour conduire cette machine et effectuer
la cueillette avec une rapidité surprenante, de la façon la moins
coûteuse. La machine à cueillir le coton ramasse au moins 10 fois
plus de coton qu'un nègre travaillant de ses mains. Sans doute il
faut payer la machine, il faut également payer l'essence que consomme son moteur, il lui faut aussi de l'entretien, des réparations;
mais, tout compte fait, cette application du machinisme amène ce
résultat que la récolte de la précieuse fibre du cotonnier revient
environ six fois moins cher que si l'on se soumettait aux fantaisies
des ouvriers agricoles nègres. Et, comme conséquence, les tissus
et les vêtements que l'on pourra tirer ultérieurement de ces fibres
coûteront bien moins cher eux-mêmes.

L'HORTICULTURE
ET LE GOUDRONNAGE DES ROUTES

Il est souvent bien difficile de tout concilier; et quand on croit
avoir trouvé quelque chose d'excellent en soi pour lutter contre
un mal déterminé, on s'aperçoit à regret et avec stupéfaction, que
ce procédé, cette méthode a par ailleurs des conséquences tout à
fait regrettables. En matière de culture, d'agriculture, d'horticul-
ture, on a fréquemment des surprises bien désagréables, du genre
de celle dont nous parlions à propos de certains engrais nouveaux.

Nos lecteurs connaissent assurément toutes les plaintes qui se
sont fait entendre au sujet de la circulation à grande vitesse des
voitures automobiles sur nos routes. Sous l'action des bandages
pneumatiques, qui pompent pour ainsi dire le sol et le sable, les
tout petits cailloux qui réunissent entre elles les pierres du macadam
de la chaussée, celle-ci s'use avec une rapidité déplorable, ce qui
entraîne des dépenses de réfection très élevées. Mais, de plus, ce
sable que les pneumatiques soulèvent est mis en suspension dans
l'air un certain temps : autrement dit la voiture mécanique, en
passant, soulève des nuages de poussière; et cela constitue un autre

inconvénient grave. On ne peut pourtant pas revenir en arrière et
interdire la circulation de ces automobiles, qui, à des égards multiples, rendent tant de services. Il fallait découvrir un remède,
remède qui pourrait donner de la solidité à la chaussée, c'est-à-dire
qui lierait de telle sorte les petits cailloux et le sable aux grosses
pierres, que le pneumatique ne pourrait plus les séparer, ni détruire
la chaussée, ni soulever de poussière. Les chercheurs se sont mis à
la besogne; et ce qu'on a trouvé de mieux jusqu'ici, c'est tout simplement le goudronnage des routes. On étend du goudron bouillant
sur la chaussée, et cela forme comme un ciment qui attache les uns
aux autres tous les matériaux composant cette chaussée. En fait,
les poussières diminuent beaucoup, au grand avantage de tous;
mais elles ne disparaissent pas complètement : les plantes s'en
ressentent et en souffrent. Ce ne sont plus simplement des particules de terre ou de pierre qui sont arrachées du sol, mais aussi des
petites parcelles goudronneuses; et le goudronnage n'est pas du
tout à recommander pour les branches, les brindilles et surtout les
feuilles des plantes et des arbres.

Si bien que, depuis un certain temps, des spécialistes comme
M. le professeur Mangin, M. Gatin et d'autres, ont pu faire des
constatations vraiment alarmantes au sujet de l'influence nocive des
poussières se détachant des routes goudronnées, sur les arbres, les
arbustes et les plantes qui sont dans le voisinage de ces routes. On
avait déjà constaté, dans le bois de Boulogne à Paris, que les arbres
bordant les chaussées goudronnées dépérissaient depuis l'introduction de ce procédé. Des expériences méthodiques ont été faites
dans les pépinières de Longchamps, et l'on a pu se rendre compte
que les poussières goudronneuses brûlent réellement les feuilles du
noyer, du sycomore, de l'orme, du groseillier, de la symphorine; le
seringat et le rosier souffrent encore davantage; les rameaux de ces
arbres ou arbustes se rabougrissent sous cette influence nocive.
Parfois, la plante se défend (car les végétaux sont dotés par la
nature de véritables procédés par lesquels ils savent se défendre
dans une certaine mesure contre les agents extérieurs) : elle produit
du liège, une sorte d'écorce supplémentaire, qui forme un revêtement contre les poussières. Malgré tout, la végétation se ralentit
chez la pauvre plante. Fréquemment, du reste, l'action nuisible du
goudron ne s'accuse pas tout de suite : ce n'est que chose remise.
L'arbre ou arbuste n'accumule plus aussi bien ce qui plus tard doit
servir à son entretien : il dépérira, tantôt dans quelques mois, tantôt
dans une année ou plus. Mais l'influence mauvaise se manifestera
sûrement quelque jour.

Nous voilà donc bien embarrassés, car il faut empêcher les
terribles poussières de se soulever au passage des automobiles :
nos poumons en souffriraient étrangement; et il faudra sans doute

trouver autre chose que le goudronnage pour lutter contre l'usure
rapide des chaussées, puisque ce procédé, s'il se généralisait, viendrait gravement nuire à ces végétaux qui nous sont si nécessaires.

LE LABOURAGE AUTOMOBILE
ET L'AUTOMOBILISME A LA FERME

Nous disions que l'automobilisme rend des services signalés;
mais il en peut rendre bien davantage. En effet, il existe
encore une foule de circonstances où l'on pourrait le mettre à
contribution si l'on savait s'y prendre, et si l'on ne demeurait pas
trop aux anciennes méthodes sans vouloir accepter le progrès scientifique, technique et industriel. Nous en donnions un bon exemple
sous la forme de cette curieuse machine à cueillir le coton qui va
remplacer les nègres au sud des États-Unis. Or, c'est précisément

UNE MACHINE DE LABOURAGE AUTOMOBILE.

dans le domaine de l'agriculture qu'il y a beaucoup à faire pour
tirer parti des machines, qui font merveille dans les industries
ordinaires, et tout particulièrement de l'automobile et du moteur
tonnant.

D'une façon générale, et à part la machine à battre le blé, qui est maintenant le plus souvent mue par une machine à vapeur (le battage au fléau ayant disparu presque partout), les travaux de la ferme se font encore à peu près comme ils se faisaient il y a des

CHARRUE MULTISOCS REMORQUÉE MÉCANIQUEMENT.

siècles. Sans doute on emploie assez fréquemment les faucheuses et les moissonneuses mécaniques, qui ont été inventées par les Américains; mais faucheuses et moissonneuses sont tirées par des attelages de chevaux, car nous ne sommes pas encore au moment où nous pourrons complètement renoncer aux services de ces courageuses bêtes. Mais alors qu'on voit tout se transformer, et que les véhicules mécaniques tendent si rapidement à se substituer aux véhicules à traction animale dans les villes, même pour le transport des marchandises, on est bien en droit de songer à une transformation analogue dans les travaux de la ferme. On doit bien penser qu'un jour la machine animale sera remplacée, pour les labours en particulier, par la machine proprement dite.

Quand on veut exécuter un travail très pénible, exigeant une force considérable, ou encore qui doit se faire à une allure très vive, la machine animale perd une bonne partie de ses qualités. Il ne faut pas, en effet, demander au cheval d'aller réellement vite : ou alors il n'est plus capable que d'un travail assez faible. Si on lui impose de se déplacer à une allure de 18 kilomètres à l'heure par exemple (ce qui ne peut s'exiger que d'une bête exceptionnelle) il ne fera plus dans sa journée que les 7 centièmes environ du travail qu'il exécuterait s'il marchait à 4 kilomètres. Puis n'allez pas croire qu'en associant, c'est-à-dire en attelant ensemble 5, 6, 7 ou 8 chevaux, vous allez obtenir d'eux une besogne qui représentera 5, 6, 7 ou 8 fois celle que vous feriez avec un seul cheval. Huit chevaux attelés

CHARRUE PIOCHEUSE AUTOMOBILE.

ensemble, comme cela est nécessaire pour les gros charrois ou pour les labours à grande profondeur qui s'imposent souvent en agriculture, ne feront plus chacun que les 4 dixièmes du travail qu'ils auraient rendu s'ils avaient travaillé seuls. Pourtant, pour obtenir un gros effort, il faut bien les associer!

Voilà pourquoi on cherche à les exécuter mécaniquement ces travaux de la ferme, ces travaux de labour surtout, qui sont une des besognes les plus dures et aussi les plus importantes de l'industrie agricole, qui doivent s'effectuer aussi vite que possible quand le temps est favorable. Et voilà pourquoi aussi, ces temps derniers, des expositions de motoculture, comme on dit, de culture par mécanismes automobiles, se sont organisées en France; pourquoi on a essayé, en France également, divers appareils plus ou moins ingénieux pour appliquer l'automobilisme aux travaux de la ferme; pourquoi des inventions analogues se réalisent, dans les divers pays étrangers; et pourquoi enfin des progrès très rapides se font en ces matières. Nous ne passerons pas en revue les divers appareils de ce genre existant déjà; mais nous donnerons une idée de la façon dont ils sont construits et fonctionnent.

Sans doute, avant l'application du moteur tonnant aux travaux de la ferme, on avait déjà essayé du machinisme : notamment sous la forme de la charrue à vapeur. Maintenant encore, certains constructeurs, surtout en Allemagne et en Angleterre ou dans l'Amérique du Nord, inventent des systèmes perfectionnés de labourage à

LE CULTIVATEUR AUTOMOBILE MAC KINNEY.

vapeur. Ce qu'on appelle en fait charrue à vapeur, c'est une charrue à plusieurs socs, pouvant par suite labourer d'un seul coup une vaste surface, que traîne une locomotive routière se déplaçant dans le champ en avant de cette charrue, ou que remorque, tire, par l'intermédiaire d'un câble, un treuil commandé par la machine à vapeur installée de façon fixe à une extrémité du champ. On est arrivé couramment à actionner, à l'aide soit de locomotives routières, soit d'une série de renvois, de câbles passant sur des poulies et des câbles, des charrues à 10 et 12 socs qui assurent une rapidité de travail très grande et très avantageuse. Mais cette combinaison est coûteuse, parce qu'il faut un matériel considérable, et l'on ne peut en faire les frais que si l'on a d'énormes surfaces de culture à travailler. On a songé alors à recourir à la charrue et au labourage électriques. Au moyen de fils, de conducteurs, on fait arriver le courant électrique à la limite du champ où doivent se faire les labours; on installe un treuil muni d'un moteur électrique; et c'est ce treuil qui remorque de bout en bout la charrue par un mouve-

ment alternatif. Ce matériel coûte bien moins que le matériel à
vapeur, on peut sans peine le transporter sur place, il est de conduite
très facile; point n'est besoin d'apporter dans le champ du combustible et de l'eau comme pour une machine et pour le labourage à
vapeur. Tout naturellement on peut, avec ce système, disposer d'une
grande force motrice et s'attaquer aux labours les plus malaisés,
puisqu'il suffit de faire venir dans le champ du courant en quantité
suffisante. Encore faut-il se trouver dans une région où existe une

LA CHARRUE PIOCHEUSE KOENIG-SAINT-GEORGES.

distribution de courant électrique, et emprunter ce courant à un
conducteur ne passant pas trop loin des terres à labourer.

Mais, avec l'automobilisme, tout est simplifié : le moteur tonnant
ne réclame pour fonctionner toute la journée qu'un peu d'essence
et d'eau qu'il peut emporter avec lui.

Et le labourage automobile va se combiner de la façon la plus
commode avec tous les autres travaux de la ferme effectués mécaniquement à l'aide du moteur tonnant. On peut aisément combiner
une charrue automobile composée d'un véhicule traînant la charrue
ou la remorquant à distance par l'intermédiaire d'un câble. Ce
véhicule pourra ensuite tirer des chariots, des charrettes, dans les
champs ou sur les routes, pour le transport des récoltes, par exemple,
tirer de même une herse, une faucheuse, un râteau, etc. Une fois
de retour à la ferme, il deviendra même comme une petite station
de force motrice, grâce à un système qui permet d'immobiliser ses

roues et de faire tourner une poulie disposée en un point quelconque
de la voiture, cette poulie commandant, grâce à une courroie, les
appareils les plus variés de la ferme : que ce soient les écrémeuses,
les barattes, les coupe-racines, les hache-paille, etc.

Les inventions les plus diverses et les plus ingénieuses se sont
multipliées ces temps derniers sur ce sujet. M. Bajac, un constructeur français, a imaginé un tracteur automobile qui peut remplacer
les attelages ordinaires dans tous leurs usages; il peut aussi, par

TRACTEUR AUTOMOBILE AGRICOLE A USAGES MULTIPLES.

son moteur, commander un treuil sur lequel s'enroule un câble, et
servir parfaitement au soulèvement des charges, à l'engrangement
des récoltes; il a la possibilité de devenir une véritable petite usine
de force motrice du genre de celle à laquelle nous faisions allusion.
Ainsi, le travail au champ fini, la machine de traction peut revenir
par les routes et rentrer la charrue sous le hangar; elle aura la
faculté également de traîner la charrette qui aura emporté au
champ le fumier; en arrivant, elle fera les travaux pénibles auparavant demandés aux bras des hommes.

Comme exemples de ces applications de l'automobilisme à la
ferme, nous pourrions signaler les tracteurs tout récemment imaginés par la Cie anglaise Daimler, de Coventry, qui sont étudiés tout
spécialement pour rendre ces services multiples que nous venons
d'indiquer. Le tracteur qui a porté le fumier sur les terres à labourer,
une fois rentré, actionnera la machine à battre, sans que le fermier

ait besoin de payer très cher une entreprise de battage qui lui
louerait une machine à vapeur pour quelques jours.

Mais l'automobilisme agricole donne déjà lieu à des inventions
encore plus originales, parce qu'il s'agirait de modifier même les
procédés de labour. C'est le cas notamment pour la machine uni-
verselle et automobile à piocher du système Kœnig-Saint-Georges,
qui est construite à Zurich. Disons avant tout que l'appareil de
labour, ou plutôt de piochage, qui est monté derrière la machine,

STATION MÉCANIQUE A LA FERME FOURNIE PAR UN TRACTEUR DAIMLER.

peut s'enlever rapidement; et l'automobile sert alors de camion ou
même de tracteur pour un autre véhicule. A l'arrière de cette
curieuse machine piocheuse est un gros tambour, que fait tourner
une chaîne actionnée par le moteur tonnant disposé sur la voiture.
Au pourtour du cylindre sont montées quatre séries d'instruments
d'acier, qui ressemblent un peu à un marteau, un peu à une pioche.
La rotation du cylindre lance ces marteaux contre le sol, les fait
pénétrer en terre au fur et à mesure que tourne l'appareil. Chaque
pioche (il y en a de 20 à 25 par rangée) s'enfonce donc dans la terre
et soulève une motte comme le ferait la bêche classique. Ce procédé
rappelle donc beaucoup le travail à la main, qui est si excellent par
ses résultats, mais a le tort d'être coûteux; ici, effectué à la machine,
il serait moins onéreux.

Parmi cette série innombrable d'appareils automobiles de culture, nous pourrions signaler le Cultivateur automobile inventé par un Américain, M. Mac Kinney, où nous trouvons aussi des sortes de pioches montées sur des tiges à ressort ; la machine passe aisément par-dessus des plantes peu hautes et laboure entre les rangées. C'est encore le tracteur automobile agricole Edmond Lefèvre, qui comporte des chaînes articulées dotées de palettes verticales s'enfonçant dans le sol au fur et à mesure qu'avance la machine : ce qui permet au véhicule, tout en étant fort léger, de tirer derrière lui une charrue multisocs. Un tracteur de ce genre exerce un effort certainement supérieur à 50 ou 60 chevaux attelés devant une charrue. Il y a encore l'appareil laboureur Gilbert, exposé récemment au Concours agricole de Paris, qui peut faire entrer profondément dans le sol un disque tel qu'on en emploie maintenant couramment pour le labourage.

Toutes ces machines sont encore bien nouvelles sans doute ; elles sont susceptibles de recevoir des perfectionnements plus ou moins importants. Mais telles qu'elles sont, elles montrent déjà tout ce que l'agriculture peut attendre de l'automobilisme et des progrès constants de l'art de l'ingénieur et du constructeur.

L'EAU

LA MER ⚬ LA MARINE

⚬ ⚬ ⚬

L'EAU D'ALIMENTATION
DANS LES GRANDES VILLES.
LES INSTALLATIONS DE MEXICO

Personne n'ignore que l'eau joue dans notre vie un rôle de première
importance : pourtant nous ne nous en rendons compte que
quand elle nous fait défaut, lors même que ce ne serait que partiellement. Nous en utilisons chaque jour de grandes quantités, car non
seulement elle entre dans notre alimentation et dans celle des animaux que nous employons, mais elle est encore indispensable aux
soins de propreté qu'exige notre corps ainsi qu'au lavage du linge,
au nettoyage des mille et une choses de la maison. Elle sert également à la cuisson des aliments. Le nettoyage des rues des villes en
réclame aussi des quantités non moins importantes ; et il ne faut pas
oublier non plus l'arrosage, et des rues, durant les chaleurs, et surtout
des jardins, des cultures diverses. A la campagne, on se la procure
en allant la chercher dans les cours d'eau, en la puisant, du reste
péniblement, dans des puits ; au surplus les habitudes de propreté
sont moins développées certainement dans les campagnes, justement
parce qu'il n'est pas souvent aisé d'avoir en abondance cette eau si
indispensable. En tout cas, la population n'est pas nombreuse, on
peut s'installer près d'un cours d'eau, la place n'est pas ménagée, on
a la faculté de creuser assez facilement des puits suffisant à peu
près aux besoins. Mais dans les villes, chaque fois qu'il s'agit d'agglomérations où les maisons se touchent, où fréquemment même
les appartements sont superposés les uns au-dessus des autres en
plusieurs étages, il ne faut plus songer à aller chercher de l'eau à
la rivière, qui ne suffirait pas toujours, et qui, fréquemment, est
à assez grande distance de ces maisons et des appartements ; de

même il serait bien pénible pour chacun d'aller puiser de l'eau au puits pour remonter plusieurs étages avec cette charge; encore faut-il ajouter que l'on n'a guère la place de creuser des puits. On ne doit pas oublier non plus que cette agglomération d'habitants risque de contaminer, comme on dit, l'eau de la rivière ou des puits; les eaux domestiques, tous les déchets de la vie agglomérée

LES GROSSES CONDUITES D'EAU DE MEXICO.

s'enfoncent dans le sol ou s'écoulent vers le cours d'eau. L'eau des puits ou de la rivière n'est alors plus potable.

C'est pour cela que, au fur et à mesure que les villes un peu importantes se multiplient, au fur et à mesure aussi que l'on s'aperçoit que, même à la campagne, l'eau des cours d'eau et des puits contient des matières malsaines, écoulées des fumiers ou d'ailleurs, des germes de maladies, on crée de plus en plus des services d'alimentation d'eau pour les agglomérations, petites ou grandes. On essaye d'aller capter des sources, des eaux pures dans des régions où il n'y a pas d'habitations; et l'on amène ces eaux jusqu'à la ville qu'il s'agit d'alimenter, en établissant pour cela de longues canalisations, d'énormes conduites, qui se prolongent parfois sur des dizaines ou des centaines de kilomètres. L'eau est amenée alors dans des réservoirs installés dans la ville ou aux environs de la ville à alimenter, et elle est refoulée de manière qu'elle s'élève aux divers étages des différentes maisons de l'agglomération.

Tout naturellement, de grandes villes comme Paris, comme

LA CONSTRUCTION DES RÉSERVOIRS EN BÉTON ARMÉ DE MEXICO.

Londres, New-York, etc., possèdent des services d'eau formidables, qu'il faut du reste constamment agrandir, au fur et à mesure que la consommation augmente avec la population et les habitudes plus grandes de confort et de propreté. Dans tous les pays, il en est de plus en plus de même. C'est ainsi que, tout récemment, des travaux considérables ont été exécutés à Mexico, la capitale du Mexique, afin de la doter d'un puissant service d'eau pure et fraîche. Cette eau est captée dans la montagne, et des pompes la chassent dans d'énormes canalisations posées sur des kilomètres et des kilomètres, canalisations le plus souvent placées dans une large tranchée, recouvertes de terre et faites de ce ciment armé qui est si employé maintenant dans les constructions, et dont nous aurons occasion de reparler plusieurs fois. Sur certains points, cette conduite n'a pas moins de 1 m. 40 de diamètre. Des appareils spéciaux avaient été inventés pour monter rapidement les cercles métalliques qui formaient l'armature de la conduite, armature qui était ensuite noyée dans du ciment que l'on coulait tout autour.

L'eau arrive de la sorte dans d'immenses réservoirs construits

tout auprès de la ville même; ces réservoirs ont au total une capacité réellement extraordinaire de plus 200 000 mètres cubes d'eau.
Eux aussi ont été construits en béton armé, ce qui est à peu près la
même chose que le ciment armé. Ce sont de vastes bassins circulaires
creusés en terre et recouverts d'une sorte de toiture, de couvercle,
fait lui aussi de béton armé. Ce toit est supporté par toute une série
de piliers construits dans le bassin même; les piliers, les parois du
bassin, la toiture, sont constitués de tiges métalliques disposées
convenablement et enrobées, noyées dans du béton. La chose une
fois terminée, on dirait une construction en maçonnerie; mais cette
maçonnerie est légère, peu épaisse et présente pourtant une solidité
à toute épreuve. D'autres pompes ont été installées tout à côté de
ces bassins réservoirs; elles chassent l'eau dans une canalisation
faite de conduites de tout diamètre, posées sous les rues de la ville,
et apportant à toutes les maisons, à tous les habitants, une eau
salubre et fraîche. Semblable installation coûte fort cher, nécessite
des travaux considérables; mais elle a l'influence la plus précieuse

LES RÉSERVOIRS TERMINÉS.

sur la santé et l'hygiène. Et c'est pour cela que, de tous côtés, l'on
s'efforce d'amener aux agglomérations de l'eau en abondance et ne
contenant pas de germes de maladies.

LA PURIFICATION A L'EAU DE JAVEL
DE L'EAU ALIMENTAIRE

O<small>N</small> avouera que la chose peut sembler bizarre au premier abord, étant donné que, si l'eau de Javel rend de grands services pour le nettoyage, notamment pour le blanchissage du linge (en y faisant

ÉTABLISSEMENT DE BASSINS DE POMPAGE EN BÉTON ARMÉ.

toutefois trop souvent des trous, quand on l'utilise avec excès), il paraît étrange de la mélanger à l'eau que nous allons boire. Si elle est corrosive pour notre linge, ne va-t-elle pas exercer une action nocive sur la muqueuse de notre estomac? A la vérité, on prend des précautions pour ce traitement, et pour faire consommer ensuite l'eau qui a été ainsi stérilisée, débarrassée des germes nuisibles qu'elle peut contenir. Mais il est intéressant précisément de montrer comment s'opère cette stérilisation et de rechercher si vraiment cette méthode est bonne et sans dangers.

C'est particulièrement à Paris, et durant une période toute récente où l'eau d'alimentation faisait quelque peu défaut, que l'on commença à pratiquer cette méthode; depuis lors, comme elle semblait y avoir donné de bons résultats, on s'est mis à l'imiter un peu de tous côtés, et dans de mauvaises conditions fréquemment. En fait, ce n'est pas précisément de l'eau de Javel, mais bien un produit chimique assez voisin que l'on emploie de la sorte pour ce traitement de l'eau : c'est de l'hypochlorite de soude, tandis que l'eau de Javel est de l'hypochlorite de potasse (distinction chimique que nos lecteurs n'apprécieront peut-être pas à toute sa valeur). Pour remédier à l'insuffisance de l'eau d'alimentation provenant des sources captées par la Ville de Paris, on s'est mis à puiser un certain nombre de milliers de mètres cubes d'eau dans la Marne à Saint-Maur. Or, cette eau est loin d'être pure, c'est-à-dire propre, car bien des agglomérations y laissent s'écouler des eaux domestiques. On additionnait donc cette eau d'hypochlorite de soude, dans une proportion minutieusement déterminée, et on laissait agir six heures. Par suite de la chaux, de la magnésie et des matières organiques contenues dans l'eau, le chlore, qui est à la base de l'hypochlorite, s'associait en grande partie, se fixait à ces substances, tuant les germes dangereux ou formant des composés qui n'étaient plus nuisibles à la digestion de ceux qui allaient consommer cette eau. Tout au plus restait-il un peu de ce chlore, que les fonctionnaires du Service des eaux affirmaient être sans mauvaise action sur l'estomac.

En fait, cette méthode n'est pas sans dangers, même quand elle est bien pratiquée et très rigoureusement surveillée, et le Ministère de la Guerre français a refusé de l'employer pour les eaux servant à l'alimentation des soldats. Au surplus, si la dose de chlore ou d'hypochlorite est insuffisante, les germes pathogènes, germes de maladies, ne sont pas tous détruits, et l'on consomme sans méfiance de l'eau d'une rivière sale, en se figurant que la javellisation, comme on dit, rend cette eau potable. Il y a donc là une découverte dont on fera bien de ne pas s'enthousiasmer.

LA STÉRILISATION DE L'EAU
PAR LES RAYONS ULTRAVIOLETS

COMME il est particulièrement malaisé de trouver des eaux pures, même quand ce sont ce qu'on appelle des eaux de sources, comme on ne sait pas quand on doit avoir confiance dans une eau au point de vue des germes de maladie qu'elle peut contenir, on s'efforce de trouver de bons procédés de stérilisation, autrement dit de destruction des germes que cette eau tient en suspension. Et depuis quelque temps on s'est enthousiasmé pour le traitement par les rayons ultraviolets.

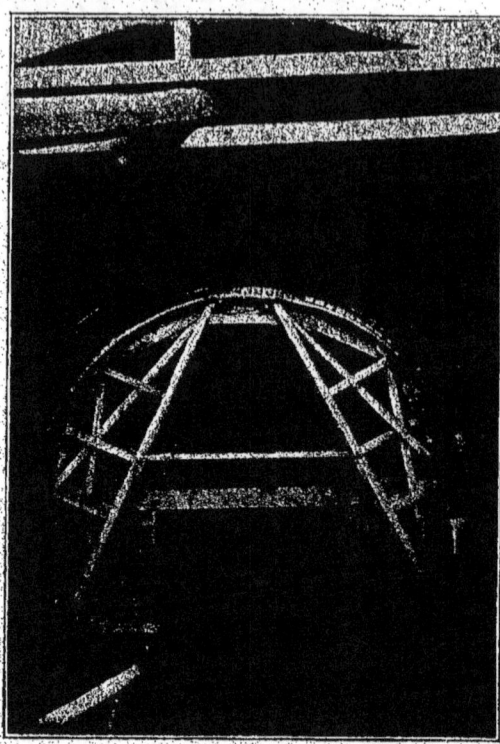

LE MOULE EN BOIS SERVANT AU COULAGE DU BÉTON.

On sait probable-
ment que la lumière
du soleil peut se dé-
composer (par l'inter-
médiaire d'un prisme
de verre notamment)
en une série de cou-
leurs, qui constituent
son spectre. Au com-
mencement de ce
spectre se trouvent
les radiations vio-
lettes, qu'aperçoit
bien notre œil; mais
avant elles, en réa-
lité, il y a dans le
spectre des rayons
que l'œil humain ne
voit pas, les rayons
ultraviolets, et qui
ont une puissance
microbicide extraor-
dinaire (en même
temps d'ailleurs
qu'une action nocive
sur l'œil humain,
quand ils lui arrivent
seuls et directement).

Ces rayons sont riches en radiations chimiques, disent les savants,
et ce sont [ces radiations chimiques qui agissent si puissamment
sur les bactéries. Il était donc logique de les mettre à contribution
pour la stérilisation de l'eau et aussi de tous les liquides alimentaires dans lesquels peuvent se trouver des germes dangereux.
Mais il fallait pouvoir créer des sortes de lampes spéciales émettant
de ces radiations violettes, et les plonger dans le liquide à stériliser.
Or il était impossible de constituer de verre les parois d'une lampe
stérilisante à rayons violets, puisque ceux-ci ne traversent pas ce
corps transparent.

Il a fallu attendre, pour résoudre le problème, que l'on ait trouvé
le moyen de fondre le quartz et d'en fabriquer des globes, des
ampoules de lampes à radiations violettes. Aujourd'hui, cette fabrication est courante; et quant à obtenir en quantité de ces rayons
violets, rien n'est plus aisé. On a pour cela à sa disposition notamment la lampe électrique dite à vapeurs de mercure inventée par
M. Cooper-Hewitt, où un arc électrique se forme par passage du

courant au milieu de vapeurs de mercure. De plus, on possède, entre autres, la lampe stérilisante à rayons ultraviolets imaginée par M. Billon Daguerre. On plonge cette lampe dans l'eau à traiter, et très rapidement son action se fait sentir, les radiations *fusillant* les bactéries, ainsi que le dit pittoresquement l'inventeur. Des appareils de ce genre sont couramment construits ; la ville de Marseille en possède qui donnent d'excellents résultats ; de nombreuses écoles traitent de même l'eau qu'elles font boire à leurs élèves ainsi que certaines casernes. Et il semble que l'on a là une ressource précieuse pour se procurer de l'eau ne présentant plus de dangers de contagion.

L'EAU ET LA VÉGÉTATION. LES GRANDES CONDUITES D'IRRIGATION EN ESPAGNE

Comme nous le disions plus haut, ce n'est pas seulement aux êtres humains que l'eau est indispensable, mais aussi aux plantes. Sans doute, l'arrosage, complétant ce que fournit la pluie, n'est

VUE INTÉRIEURE DE L'ARMATURE PENDANT SON EXÉCUTION.

ordinairement pratiqué que dans les jardins ou dans les cultures des maraîchers, aux alentours des villes ; mais il est des pays où la pluie est si rare, que l'on est obligé de pratiquer de véritables arrosages des grandes cultures, des champs, et cela au moyen de canaux d'irrigation amenant de l'eau prise le plus souvent très loin, et pour laquelle il a fallu établir des canalisations et canaux très coûteux. C'est ce qu'on est particulièrement obligé de faire dans certaines parties de l'Espagne, où le climat est terriblement sec; et c'est ainsi que, tout récemment, l'on a dû créer le canal d'Aragon et Catalogne, destiné à arroser ces deux provinces, en accumulant dans

POUR DONNER IDÉE DE LA DIMENSION DE LA CONDUITE.

des réservoirs l'eau de la fonte des neiges provenant des régions montagneuses.

Très souvent ce canal se présente sous l'apparence classique que nous connaissons bien; mais souvent aussi il a fallu poser une véritable et énorme conduite, pour donner passage à la masse d'eau sous terre, et spécialement en siphon à la traversée de vallées plus ou moins profondes. C'est ce qui a été fait notamment à la traversée des vallées d'Albeda et de Sona. Nous donnons des photographies qui renseignent déjà bien sur la manière dont cette conduite a été établie, et aussi sur les proportions formidables qu'elle affecte. Son diamètre intérieur est de 4 mètres; les photographies (dues à l'ingénieur M. Luina) ont été prises à un moment où la masse plastique de béton n'enrobait pas encore l'armature métallique des deux côtés, et où par conséquent l'on pouvait très bien juger du treillis bizarre formant cette armature. Bien entendu les éléments de ce treillis sont de fortes proportions. Ces conduites, comme de juste, sont faites de ce béton armé dont nous vantions plus haut les avantages.

Grâce à ces canalisations complétant le canal proprement dit, l'eau peut donc maintenant arriver en abondance à des terrains qui demeuraient auparavant arides, ou du moins sur lesquels les cultures ne donnaient presque jamais que de pauvres récoltes.

LA BOUSSOLE GYROSCOPIQUE

Si l'eau douce nous est précieuse, l'eau salée ne l'est pas moins : c'est la mer en effet qui établit vraiment des communications faciles entre les pays qu'elle sépare. Grâce à elle, et bien entendu aux inventions humaines qui ont permis la navigation, on peut communiquer, avec ces véhicules spéciaux que l'on nomme des bateaux, sans avoir besoin d'établir ces voies de communications coûteuses par leur construction et par leur entretien que sont les routes de terre, les chemins de fer, ou même les canaux. Une des plus grandes inventions en matière de navigation a été la boussole, qui ne s'est pour ainsi dire pas perfectionnée jusqu'à notre époque, depuis le xve siècle, où son usage s'est généralisé sous l'influence des Arabes, qui en avaient peut-être emprunté l'idée aux Chinois. Or voici que maintenant on commence à mettre à contribution un nouveau système de boussole, qui ne présenterait pas certains des inconvénients de la boussole classique que tout le monde connaît.

Il s'agit de la boussole, ou, comme on dit aussi, du *compas gyroscopique.* C'est une application de ce petit instrument de physique amusante que l'on vend couramment comme jouet dans les bazars,

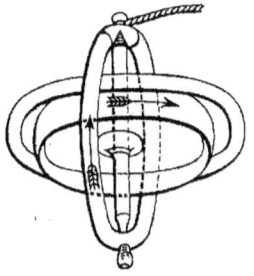

VUE D'UNE TOUPIE GYROSCOPIQUE.

le gyroscope, la toupie gyroscopique. Nos lecteurs savent probablement par expérience que cette toupie revient toujours à la position qu'elle occupait (une fois mise en rotation), si on tend de l'en écarter. Dès 1852, le savant Foucault avait montré que l'axe d'un gyroscope dont le disque est en mouvement vient se placer lui-même dans l'axe des pôles de la terre, sous l'action de la rotation du disque et de celle de la terre. On peut donc dire que c'est un indicateur de la direction de cet axe, et par suite du pôle nord; et l'on comprend immédiatement comment on en peut tirer parti puisque la boussole ordinaire, avec son aiguille aimantée se dirigeant toujours vers le nord, ne fait autre chose que nous donner elle aussi cette direction.

Tout naturellement il a fallu modifier quelque peu le gyroscope que l'on donne aux enfants, pour en faire le compas gyroscopique ; on a dû notamment le doter d'un moteur électrique qui assure sa rotation de façon continue, durant tout un voyage, à bord du navire où il est installé. Le compas gyroscopique est encore à ses débuts, et déjà il est accueilli avec enthousiasme : il n'a point, comme l'aiguille aimantée de la boussole classique, l'inconvénient de se laisser influencer par les masses de fer ou d'acier, et l'on sait que, dans les navires modernes, tout pour ainsi dire est fait de fer ou d'acier ! Le courant électrique qui circule dans tant de canalisations, surtout à bord des vaisseaux de guerre modernes, le laisse parfaitement indifférent. Le seul inconvénient de ce compas nouveau, c'est de nécessiter un moteur électrique et d'être d'un prix élevé. Mais c'est une dépense que l'on doit faire, au nom de la sécurité, à bord des navires de plus en plus grands et de plus en plus coûteux que l'on construit, pour la navigation de commerce comme pour la marine de guerre.

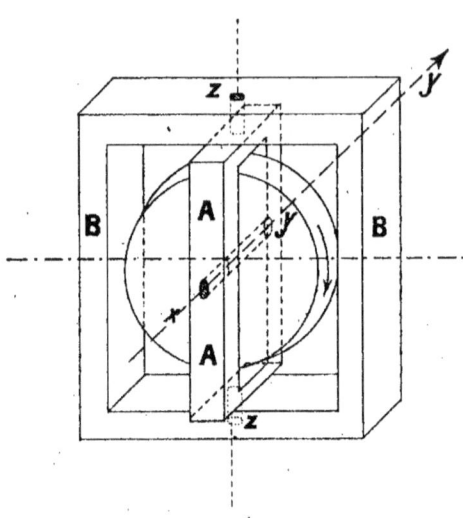

SCHÉMA D'UNE BOUSSOLE GYROSCOPE.

LA LUTTE CONTRE LE ROULIS

UNE des choses les plus fatigantes, parfois dangereuses, de la navigation maritime, c'est le roulis, l'oscillation d'un bord sur l'autre que subit le navire sous l'influence de la lame. Ce roulis gêne considérablement le tir des canons à bord des bateaux de guerre, en même temps que partout il met les estomacs à une dure épreuve. C'est pour cela qu'on essaye de le supprimer. On l'a tenté à l'aide d'un dispositif basé sur ce gyroscope dont nous parlions. On montait au centre du bateau un gyroscope de grandes dimensions ;

et comme ce disque tournant a toujours tendance à se refuser à subir un déplacement, il contribuait à empêcher le bateau qui le portait de pencher d'un côté ou de l'autre. Voici maintenant qu'un ingénieur allemand, M. Frahm, a trouvé un autre procédé qui donne de bien meilleurs résultats.

Il dispose, vers le milieu du bateau, deux réservoirs plein d'eau qui sont installés de chaque côté du navire; ces réservoirs ne sont pas complètement pleins de liquide, et de plus ils peuvent communiquer l'un avec l'autre par une canalisation que l'on a la possibilité du reste d'obturer plus ou moins complètement par un gros robinet. Si l'on suppose que le navire se penche d'un bord sous l'influence d'une lame qui le soulève latéralement, l'eau d'un des compartiments va commencer de s'écouler vers l'autre compartiment; mais elle met un certain temps à se déplacer de la sorte; et quand le roulis va se produire dans le sens inverse, le bateau oscillant un peu comme une balançoire, l'eau qui se sera déjà écoulée et qui continuait de passer vers le réservoir se trouvant le plus bas, va faire contrepoids relatif pour empêcher le second mouvement d'oscillation de se produire. Les choses se renouvelleront de même pour chaque coup de roulis; le déplacement de l'eau forme comme une sorte de frein, qui tend à équilibrer le bateau, à ralentir, à diminuer, souvent même à empêcher ses déplacements, ses inclinaisons d'un bord sur l'autre. Et voici comment l'invention de M. Frahm peut atténuer, au moins dans des proportions sérieuses, le roulis. Dès maintenant des *stabilisateurs antiroulis* ont été montés à bord de grands bateaux, allemands notamment; et il semble qu'ils y assurent aux passagers des avantages très appréciables.

UN NOUVEAU PHARE
SUR LE LITTORAL FRANÇAIS

LA suppression du roulis n'est pas seulement un confort, c'est encore une augmentation de sécurité, étant donné qu'un coup de roulis trop violent peut parfois causer des avaries. Or les questions de sécurité sont de première importance en matière de navigation maritime; car, si la mer fournit une voie de transport qui n'a pas besoin d'être entretenue, elle est sujette à bien des colères. Il faut ajouter à cela que ces routes maritimes sont terriblement dangereuses, à leurs extrémités nous entendons, quand on arrive au voisinage des côtes, là où des rochers submergés, des bancs de sable, des périls de toute espèce attendent le navire qui ne retrouve pas exactement la route pour rentrer au port. C'est pour cela que l'amélioration de l'éclairage du littoral de tous les pays se poursuit toujours

méthodiquement, bien que maintenant, pour les grands pays civilisés, cet éclairage soit déjà assuré dans d'admirables conditions.
Dans le but de le perfectionner encore, et de rendre plus sûrs les
abords du littoral français, l'on vient de terminer péniblement et
de mettre en service sur nos côtes de Bretagne le magnifique phare
dit de la Jument d'Ouessant.

Cette Jument d'Ouessant est tout simplement un des écueils qui
entourent l'île tristement célèbre d'Ouessant; elle est dans le sud-
ouest, au sud de la baie de Lampaul, et à une certaine distance du
phare de Créach. Sur ce littoral comme ailleurs, on a déjà fait
autant qu'on le pouvait pour prévenir à longue distance les marins
des écueils et des dangers qui les menacent. Nos lecteurs n'ont sans
doute pas oublié le fameux phare d'Eckmuhl, construit grâce à une
généreuse donation faite dans le but de protéger la navigation, et
qui est venu augmenter la série déjà nombreuse des phares éclairant
les côtes de la Bretagne, aux parages si redoutables. Néanmoins il
reste encore des dangers insuffisamment signalés; cela tient souvent
à ce que, par le brouillard, les rayons lumineux de nos plus puissants phares électriques, ou des phares éclairés à incandescence par
le gaz de pétrole et à l'aide d'un manchon, sont absorbés en très
grande partie par les particules d'eau en suspension dans l'air : les
marins ne reconnaissent pas assez tôt les régions dangereuses où ils
se trouvent, ils sont exposés à passer trop près des écueils, sur
lesquels fréquemment les courants les entraîneront en causant de
terribles naufrages.

Trop souvent encore, des sinistres se produisent parmi les navires
qui passent en vue d'Ouessant. Que l'on songe que, chaque année,
quelque 24 000 bateaux de toute sorte ont besoin de reconnaître
l'île célèbre pour trouver l'entrée ou la sortie de la Manche. Par
temps brumeux, ils sont obligés de s'aider de la sonde pour reconnaître les fonds : dès qu'ils s'aperçoivent que la sonde indique
moins de 100 mètres, ils doivent s'éloigner, parce que ces fonds relativement peu profonds annoncent le voisinage des dangers qui bor-
dent l'île d'Ouessant de tous côtés. Au reste, on se rappelle peut-
être le naufrage du navire anglais le *Drummond Castle*, qui s'est
produit dans ces parages, et qui a causé la mort de centaines de
personnes. Pour remédier au danger, le service des phares français
a résolu d'installer une série de signaux lumineux et sonores sur
certains des écueils qui se trouvent au pourtour de l'île : Pierres
Vertes, écueil de Leurvas, Jument d'Ouessant, etc. Si les bateaux
n'ont pas vu le phare électrique de Créach, à cause de la brume, ils
ne pourront manquer de passer près de ces signaux nouveaux, qui
jalonneront la route pour eux.

Mais la construction de phares sur ces écueils situés réellement en
pleine mer, au milieu de courants terribles, est particulièrement

malaisée; tel le phare d'Armen, qui demanda des années pour être terminé. Le nouveau phare de la Jument d'Ouessant n'a pas été moins pénible ni moins long à construire. La roche sur laquelle il est établi, on devrait même dire scellé, on ne pouvait l'atteindre naturellement qu'à basse mer; elle était alors baignée par un courant continu qui file souvent à raison de 8 nœuds, autrement dit de près de 15 kilomètres à l'heure. Il fallait que les embarcations amenant les travailleurs et apportant les matériaux, réussissent à s'immobiliser au milieu de ce courant. D'ailleurs l'établissement de phares aussi difficiles à construire revient extrêmement cher : heureusement, pour la Jument d'Ouessant, on a pu mettre à contribution la générosité d'un donateur, M. Potron, qui avait légué 400 000 francs pour l'érection d'un phare dans les parages dangereux du littoral de l'Atlantique et plus particulièrement d'Ouessant. Ces 400 000 francs ont d'ailleurs été insuffi-

LE NOUVEAU PHARE DE LA JUMENT D'OUESSANT.

sants : la dépense totale de la construction du nouveau phare n'a pas été de moins de 850 000 francs. Rien que la construction de la tour même et son aménagement ont coûté environ 710 000 francs; pour l'appareil d'optique et la lanterne, la dépense a été de 100 000 francs; et on a dépensé 40 000 francs à peu près pour le signal sonore, la sirène qui avertit ceux qui pourraient ne voir ni la tour ni son feu.

Ce n'est pas, comme de juste, la portion supérieure de la tour, toute la partie émergée de ce fût de maçonnerie de 42 mètres, qui a nécessité les efforts les plus pénibles. C'est surtout au début que les

séances des ouvriers sur le chantier de travail étaient particulièrement courtes : elles ne pouvaient se prolonger que tant que la
roche n'était pas recouverte par la marée montante. Durant la fin de
l'année 1904 (moment où l'on s'était mis au travail), on ne put
accoster que 47 fois la roche, et les ouvriers y travaillèrent en tout
52 heures! Dans le courant de l'année 1905, les heures passées sur la
roche ont été de 206 pour 59 accostages. Encore en 1906 et 1907,
même en 1908 (où pourtant le fût commençait à s'élever, modestement il est vrai), le nombre des heures oscilla entre 152 et 245. Il ne
suffisait point en effet que le chantier fût au-dessus de l'eau pour
qu'on y pût tenir : il fallait aussi qu'on y pût d'abord aborder, que
les embarcations, le chaland et le petit vapeur faisant le service du
chantier, ne fussent pas exposés, par suite de la vitesse des courants
et de la violence des vagues, à être projetés et brisés sur la partie
déjà construite du soubassement de la tour. Ajoutons que le temps
devait pas être assez favorable afin d'éviter aux ouvriers le risque
d'être emportés par un coup de mer.

Rien que pour aborder au plateau rocheux, des précautions de
toute sorte s'imposaient; quand les hommes étaient débarqués, les
embarcations s'éloignaient à une certaine distance, en s'amarrant
solidement à des bouées placées à l'avance. Les matériaux étaient
transportés à l'aide d'un grand bras horizontal, sur lequel on faisait
courir un chariot; au-dessous de ce chariot on suspendait les pierres
de taille, les sacs de ciment ou de chaux, les barres métalliques qui
servaient à assurer le scellement de la tour dans la roche. On disposait de treuils électriques, le courant étant produit par une petite
station génératrice montée à bord du bateau à vapeur qui venait
s'amarrer près du rocher.

Finalement, on est arrivé à pouvoir travailler près de 400 heures
en 1909, quelque 350 heures en 1910, et 400 en 1911. Maintenant
le phare est terminé, même dans ses aménagements intérieurs; son
optique et ses dispositifs d'éclairage ont été apportés et mis en place
et en fonctionnement. Cette tour de maçonnerie qui va défier les
injures du temps et de la mer, grâce à la solidité de sa construction
et des matériaux dont elle est formée, qui est reliée à la roche sous-
marine par des tiges d'acier de 75 centimètres à un mètre de long,
contient à sa base une citerne recevant l'eau de pluie pour l'alimentation de ses gardiens. C'est en outre un vestibule d'entrée, une
cuisine, trois chambres à coucher, une pièce formant bureau, une
grande salle, tout en haut, contenant les réservoirs à pétrole qui
fournissent l'éclairant à l'appareil lumineux, et aussi les moteurs,
les appareils commandant le fonctionnement du signal sonore. La
galerie supérieure porte, comme de juste, la lanterne vitrée où est
installé le dispositif optique et d'éclairage. Le nouveau phare,
lançant des groupes de trois éclats de 15 en 15 secondes, a une

portée de 20 milles marins (chaque mille valant 1 852 mètres); cela du moins quand le temps est clair. Par temps brumeux, sa portée reste encore de 7 milles marins. Grâce à lui, les écueils de la Jument d'Ouessant ne sont plus le danger redoutable qu'ils étaient jusqu'ici, et de nombreuses vies humaines seront certainement préservées chaque année.

LES GRANDS DOCKS MODERNES

CE n'est pas assez que les routes maritimes soient bien connues, que l'on puisse s'y diriger grâce à la boussole ou à d'autres instruments, que le littoral soit bien éclairé et bien balisé pour le navigateur qui arrive du large; il faut aussi que les navires présentent les meilleures conditions de sécurité, et qu'en entrant au port ils puissent être mis à sec, afin que leur coque soit visitée, nettoyée, qu'on s'assure qu'aucune avarie ne s'y est faite, et qu'on ait un moyen de réparer toute avarie subie. Pour mettre à sec le navire, on ne procède plus comme autrefois : les bateaux étaient de dimensions modestes, on les tirait à sec, ou on les conduisait en un point où la marée en descendant les laissait sur la grève, couchés sur le flanc. Maintenant il faut des installations spéciales pour cette mise à sec des bateaux, et ces installations, ce sont les docks de carénage, ou de radoub, ainsi qu'on les appelle également.

Un bassin de carénage, un dock ordinaire, est une sorte de bassin de maçonnerie communiquant avec la mer et le port dont il est une annexe; il est doté d'une porte d'entrée donnant accès aux navires qui viennent se faire caréner. Tout naturellement, il faut que la porte et le bassin même présentent une profondeur d'eau suffisante pour le tirant du navire à caréner. Quand celui-ci est entré, on ferme hermétiquement la porte, qui doit être parfaitement étanche; puis on met en marche de puissantes pompes, qui vont aspirer et rejeter au dehors toute l'eau qui remplissait le dock. Au fur et à mesure que l'eau baisse, on prend des précautions pour que le navire se maintienne debout, dans les meilleures conditions de stabilité, et sans fatigue pour sa coque quand toute l'eau aura été pompée : on a maçonné à l'avance au fond du dock de grosses traverses de bois, qu'on appelle les *tins*, et sur lesquelles la quille du bateau vient reposer; d'autre part, on dispose de chaque côté du navire, entre lui et le mur latéral du dock, des pièces de bois qui l'arcboutent et le soutiennent dans la position verticale. On comprend qu'ensuite rien ne sera plus facile pour les ouvriers que de descendre dans le bassin, dont les murailles sont disposées en escalier, pour travailler extérieurement à la coque du navire, à son

hélice et au reste, sans craindre l'envahissement de l'eau. Quand les
réparations seront terminées, on laissera peu à peu l'eau exté-

LE DOCK FLOTTANT SUR SON CHANTIER DE CONSTRUCTION.

rieure s'introduire à nouveau dans le bassin; le navire se remettra
à flotter au bout d'un certain temps; et quand on pourra ouvrir la
porte, il sortira du bassin et reprendra sa vie active.

Ces bassins de carénage sont obligés de présenter des dimensions
de plus en plus considérables, étant donnée la longueur croissante
et énorme que l'on donne aux navires : navires de guerre ou navires
de commerce. Nous en dirons quelques mots plus loin, de ces
monstres. Mais il est maintenant commun de voir des paquebots
dépasser 200 mètres de long, et le moment approche où ils auront
300 mètres. Pour les cuirassés et les croiseurs cuirassés, c'est la
même transformation qui se fait; il est fréquent aujourd'hui de
construire des navires de guerre présentant une longueur de 200 à
210 mètres, et pesant de 25 000 à 26 000 tonnes : on parle même
d'un déplacement, d'un poids de 30 000 tonnes pour les derniers
cuirassés projetés. A l'intention de ces énormes navires, il faut
naturellement prévoir et construire des docks de carénage propor-
tionnés.

Au reste, ces docks ne sont pas toujours des docks fixes, de ces

bassins dont nous expliquions la construction et le fonctionnement.
On recourt parfois et fort avantageusement aux docks flottants.
Le dock flottant est une sorte de navire, mais de navire d'un type
tout particulier. Il comporte un pont plat, fait d'une énorme caisse
à deux parois, divisée en un certain nombre de compartiments qui
peuvent être à volonté vides, pleins d'air, ou au contraire pleins
d'eau. Il va de soi que, si tous les compartiments sont pleins d'air,
ils vont faire flotter tout le caisson plat, ce navire d'une forme bien
bizarre (dont la disposition ne sera bien comprise qu'après examen
des photographies que nous donnons ici). Si au contraire une partie
des compartiments sont remplis d'eau, grâce à ce fait qu'on ouvrira
des robinets qui permettent à l'eau extérieure d'y pénétrer, le
caisson va s'enfoncer plus ou moins, suivant la quantité, le poids
d'eau qui l'alourdira. Mais, pour compléter la description du dock
flottant, nous devons dire (ce qu'on voit du reste) qu'il comporte
deux sortes de hautes murailles latérales : elles sont faites, elles
aussi, de deux coques d'acier disposées à une assez grande distance
l'une de l'autre ; elles sont divisées en compartiments, en ponts,
exactement comme un navire ; et il n'est pas, cette fois, besoin
d'admettre l'eau à l'intérieur de ces coques verticales, si l'on nous
permet l'expression. Leur rôle va être facile à comprendre, si nous

LE GRAND DOCK DE 82.000 TONNES SWAN HUNTER AND RICHARDSON.

supposons qu'on charge un navire à caréner sur le pont du dock
flottant.

On commence, dans ce but, par faire enfoncer le dock d'une

quantité suffisante dans l'eau; cette eau s'introduit aux deux bouts,
puisque là il n'y a pas de muraille, et vient recouvrir le pont supérieur du caisson central; on s'arrange de manière que celui-ci soit
recouvert d'une épaisseur d'eau suffisante pour le tirant d'eau du
navire à caréner. Ce dernier entre donc entre les deux murailles,
par-dessus le pont du dock; on l'amarre solidement, on s'arrange
de façon que sa quille vienne se trouver juste au-dessus des tins,
qui sont disposés ici comme dans le fond d'un bassin de carénage
fixe; de plus, on arcboute des pièces de bois entre la coque du
navire et les deux murailles verticales du dock. Si, à ce moment,
on met en marche des pompes commandées par les machines
installées dans les coques verticales, on épuise peu à peu l'eau qui
se trouvait dans les compartiments du pont horizontal; le dock
remonte donc peu à peu aussi, en mettant graduellement à sec le
bateau qui a été chargé sur son pont. A la fin d'un carénage, il suffit
d'ouvrir les robinets dont nous parlions, pour que le dock redes-
cende et remette à l'eau le bateau visité et caréné, réparé.

Tout naturellement, il faut que le dock soit proportionné aux
navires qu'on voudra y caréner, et par sa longueur, et par sa largeur
et aussi par sa force portante, la flottabilité qu'il présente. Voilà
pourquoi, en présence de ces énormes navires que l'on construit
maintenant, il faut des docks flottants formidables.

C'est une maison anglaise bien connue et spécialiste en ces
matières, la maison Swan Hunter and Wigham Richardson, qui
vient de construire pour les besoins de la flotte anglaise cet immense
dock. Il a une puissance de soulèvement de 32 000 tonnes; autrement
dit il peut remonter à sec sur son pont un navire pesant 32 millions
de kilogrammes. Pour donner immédiatement une idée des dimensions de ce dock, nous dirons que la hauteur de ses murailles latérales est de 19 m. 80. L'ensemble de la construction, sur le chantier
où elle a été édifiée, avant d'être lancée à l'eau, couvrait près d'un
hectare. Vers l'avant de ce pont métallique flottant, on a ménagé
deux passerelles mobiles, qui permettent les communications entre
les murailles, le passage des ouvriers, des matériaux. Dans l'intérieur de ces murailles, on a installé des logements pour un nombre
assez important d'officiers et d'hommes : c'est qu'en effet (et ce n'est
pas leur moindre avantage) ces docks flottants peuvent se rendre,
remorqués, là où l'on a besoin de leurs services. En haut des
murailles se trouvent une série de cabestans, de treuils, de grues,
destinés à manutentionner les matériaux servant aux réparations du
navire en carénage. Le dock est tout entier éclairé à l'électricité,
et, à l'intérieur des coques verticales, sont des ateliers de forge et
de mécanique admirablement installés.

LE NAUFRAGE DU « TITANIC ».
LES DANGERS DE LA NAVIGATION MARITIME

Nous faisions tout à l'heure allusion aux conditions de solidité et de sécurité que doivent présenter les navires. Il aurait semblé que les progrès réalisés dans la construction des coques, leur division en compartiments étanches, séparés, formant pour ainsi dire une série de boîtes gardant leur flottabilité propre; l'usage de la télégraphie sans fil; l'existence du double fond cloisonné divisé lui-même en une série de petits compartiments, pouvant se remplir d'eau par choc [sur un récif sans que la seconde coque soit percée; que tout cela rendait impossible le naufrage d'un de ces grands

UNE SÉRIE DE BATEAUX DE SAUVETAGE SUR LE PONT SUPÉRIEUR D'UN BATEAU.

transatlantiques tout à fait modernes, aux proportions gigantesques, qui traversent l'Océan à toute vitesse. Le naufrage du *Titanic* est venu montrer que l'on ne comptait pas encore assez avec les dangers de la mer, et qu'il y avait d'autres améliorations à apporter.

Personne n'a oublié les conditions terribles dans lesquelles tant de vies humaines ont été sacrifiées, lors du naufrage auquel nous

venons de faire allusion. Tout le monde connaissait de réputation ce
géant, frère jumeau de l'*Olympic*, qui, lui, navigue toujours dans les
meilleures conditions. C'étaient les plus grands navires existants,
longs de 248 mètres, larges de plus de 27 mètres, et hauts de
19 mètres environ au-dessus de leur quille. Ils n'avaient pas une
machinerie d'une puissance comparable à celle du *Lusitania* ou du
Mauretania; mais ils étaient autrement gigantesques, et on les consi-
dérait volontiers comme le dernier mot du progrès. Que l'on n'oublie
point que le *Titanic*, tout comme l'*Olympic*, était partagé en compartiments étanches par 15 cloisons transversales; et les dispositions
étaient telles, que deux de ces compartiments pouvaient se remplir
sans que la flottabilité du navire fût compromise, sans qu'il montrât
des tendances à s'enfoncer dangereusement dans l'eau. Bien entendu,
son double fond était d'une épaisseur énorme. Il semblait invraisemblable, encore une fois, que le moindre péril pût se présenter en
aucun cas, ni pour le navire, ni à plus forte raison pour les passagers.

Mais il s'est produit l'imprévu, ce qui est toujours, on le sait bien,
terriblement périlleux. On naviguait dans des parages où il flottait
d'innombrables icebergs, de ces montagnes de glace détachées des
glaciers qui viennent dans les régions polaires se terminer à la mer.
Ces icebergs présentent très souvent des dimensions considérables;
ils ne fondent qu'assez lentement, et quand on passe un peu au
nord, ou que la température est peu élevée déjà à une époque
avancée de l'année, les navires sont exposés à des collisions redoutables. C'est qu'en effet il est particulièrement malaisé d'apercevoir
et de reconnaître à longue distance ces masses flottantes. On avait
bien, par télégraphie sans fil, avisé le commandant du *Titanic* que
les glaces étaient très abondantes ce jour-là sur la route fréquentée
par les transatlantiques; mais ce sont des dangers auxquels on est
accoutumé dans ces parages, et l'on ne peut vraiment pas s'immobiliser ou à peu près dans la crainte des glaces. Sans doute, c'était
la nuit, mais une nuit très éclairée : et la vue était bonne, comme
disent les marins. A 800 mètres de distance, tout à coup, la vigie
annonça un iceberg; immédiatement, l'officier sur la passerelle fit
mettre la barre, incliner le gouvernail pour l'éviter, et l'on pouvait
croire le danger détourné.

Malheureusement, il s'agissait d'un de ces icebergs qui sont beaucoup plus larges à la base, dans leur partie immergée, que dans leur
portion émergée. Et tandis que l'officier croyait passer à une bonne
distance de l'énorme masse, celle-ci venait frotter le long de la
carène du *Titanic*. Mais on peut se figurer ce que c'est qu'un
frottement de cette sorte, quand il s'agit d'une montagne contre
laquelle le flanc du navire vient se heurter avec la violence que
suppose le poids même de ce navire et l'allure (un peu réduite pourtant) à laquelle il avançait. On a évalué approximativement que la

force du choc était équivalente à un poids de 1 000 tonnes qui serait tombé de 300 mètres de haut, ou encore à la décharge simultanée de 12 canons de marine du plus gros calibre. Comment la coque du *Titanic* aurait-elle pu y résister? Si encore le choc s'était produit d'aplomb : il n'y aurait eu peut-être qu'un ou deux compartiments étanches envahis par l'eau ; mais l'iceberg se promena tout le long de la coque, en y faisant une déchirure qui ouvrait cette coque sur

UN TRANSATLANTIQUE MUNI D'UNE SÉRIE ININTERROMPUE DE CANOTS.

une bonne partie de la longueur du navire. Celui-ci, envahi par un poids d'eau supérieur à celui qu'il pouvait porter, ne devait pas manquer de couler.

On a dit que l'on devrait munir ces transatlantiques de projecteurs pour balayer la mer à distance ; mais les icebergs sont très difficiles à voir de loin ; d'ailleurs la nuit était très claire. La diminution de moitié de la vitesse des navires ne serait pas encore le remède, car elle demeurerait suffisante pour ouvrir le flanc du navire sur une longueur périlleuse, si le choc se produisait de la même manière que pour le *Titanic*. On s'est étonné que la télégraphie sans fil n'ait pas joué son rôle bienfaisant, en permettant de venir au secours du navire en détresse. Mais il ne faut pas être injuste ; il

faut se rappeler que c'est par cette télégraphie sans fil, répandant la
terrible nouvelle tout autour du lieu du naufrage (grâce à l'admirable courage des opérateurs de cette télégraphie à bord du bateau),
que des navires ont pu être informés de l'accident et venir en toute
hâte sauver une partie des passagers, ceux qui avaient pris place
dans les embarcations.

A propos des embarcations de sauvetage, un mouvement d'indi-

LA MISE A L'EAU D'UNE EMBARCATION DE SAUVETAGE A BORD D'UN GRAND TRANSATLANTIQUE.

gnation s'est produit partout, quand on a appris que le nombre de
ces bateaux installés sur le « pont des embarcations », tout en haut
du navire, n'était pas suffisant pour le nombre des êtres vivants
que portait le navire. Il est bien certain qu'on n'aurait pas pu loger
tout le monde à bord de ces bateaux, lors même que le calme le
plus grand aurait présidé, sans défaillances, à l'embarquement dans
ces canots. Mais il est certain aussi que, lors de ce naufrage, on a
eu cet avantage rare que la mer était absolument tranquille, et que
la mise à l'eau des canots, l'embarquement, tout cela a pu se faire
dans des conditions exceptionnelles. Il est non moins assuré que,
d'une façon normale, on ne peut compter sur les embarcations de
sauvetage pour donner aux êtres vivants embarqués à bord d'un

navire une réelle sécurité. La mise à l'eau d'un canot à bord d'un grand transatlantique est la chose la plus périlleuse que l'on puisse imaginer : les canots sont en effet disposés sur le pont tout à fait supérieur, et c'est vraiment d'une hauteur vertigineuse qu'il faut les faire descendre. La moindre houle va les heurter le long des parois du bateau, en jetant à l'eau certainement quelques-uns des individus embarqués; et si la mer est un peu mauvaise, il y a beaucoup de chances pour que le canot se fracasse sur la carène avant d'atteindre le niveau de l'eau. Une fois à ce niveau, il faut qu'on le décroche habilement entre deux coups de roulis; et trop souvent l'embarcation se remplira et coulera. Tout au plus trouverait-on une amélioration sérieuse à cet état des choses, en installant les canots beaucoup moins haut, et en empiétant pour cela sur les somptueuses installations qui sont de rigueur à bord de tous les bateaux modernes.

LES NAVIRES VRAIMENT INSUBMERSIBLES

Ce qu'il faudrait, et la seule chose qui puisse prévenir d'aussi déplorables catastrophes, ce seraient des navires vraiment insubmersibles, comme certains inventeurs en ont rêvé ces temps derniers. Il s'agit du projet de MM. Manchin et Boudreaux. Le bateau serait toujours partagé, ainsi que nous l'expliquions, en compartiments, en sections successives, par des cloisons transversales; mais, en outre, on disposerait à l'intérieur du navire de vastes caisses métalliques qui seraient de vrais flotteurs; elles seraient encastrées dans les entreponts divers du navire, comme le montre la figure que nous avons fait dessiner. Chaque caisse s'élèverait sensiblement au-dessus du pont principal, et ne présenterait à son sommet qu'une seule, ou tout au plus deux ouvertures pouvant se fermer avec des portes spéciales, des capots, susceptibles de se boulonner de façon hermétique et rapide. Ces caisses ne descendraient pas jusqu'au fond du bateau, et de plus elles seraient à quelque 3 mètres de ses parois latérales; de sorte qu'un iceberg, un corps flottant faisant une ouverture dans la coque proprement dite, n'aurait aucune chance de trouer également la paroi d'une de ces boîtes. Les flotteurs, les boîtes en question ne gêneraient pas les aménagements; elles seraient consacrées à loger des passagers de troisième classe, ou encore au logement de l'équipage, ou à l'arrimage de marchandises.

On peut laisser, entre des compartiments de ce genre, un espace assez grand pour y installer un salon, même les chaufferies. Et si les flotteurs présentent dans leur ensemble un cube et par suite une flottabilité suffisants, toute la coque du navire pour ainsi dire pourrait être déchirée ; il flotterait encore grâce à ces boîtes spéciales, où au besoin on pourrait se réfugier, trouver un abri contre les intempéries, et aussi des approvisionnements, en attendant des

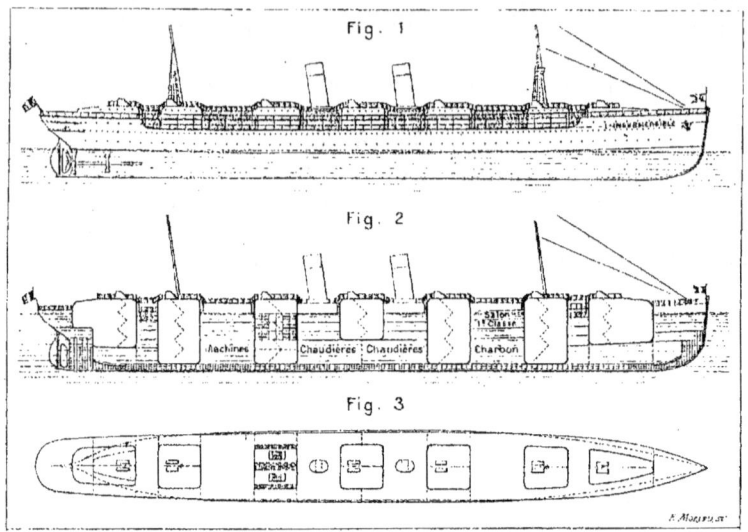

ÉLÉVATION, COUPE LONGITUDINALE ET PLAN D'UN NAVIRE VRAIMENT INSUBMERSIBLE.

secours, lors même qu'ils se feraient attendre. D'ailleurs il est impossible, en supposant le pire, que l'étrave d'un navire heurtant le bateau ainsi constitué, ou les tranchants d'un iceberg pénétrant dans la coque même de façon invraisemblable, puissent mettre hors de service plus d'un flotteur. Les autres suffiront à la besogne et maintiendront au-dessus de l'eau une portion de la ville flottante.

D'ailleurs, depuis le terrible naufrage du *Titanic*, on a pour ainsi dire résolu d'apporter à la construction des grands navires susceptibles de porter de nombreuses vies humaines, une modification qui rendra à peu près les mêmes services que les flotteurs dont nous venons de parler, et qui procède un peu de la même idée. Aussi bien, en cela, reprend-on les conceptions admirables que Brunel avait mises en pratique dans cet énorme *Great Eastern*, que Jules Verne a rendu célèbre sous le nom « d'une ville flottante » ; *Great Eastern* né trop tôt pour les besoins de son temps, mais où se rencontraient déjà à peu près tous les perfectionnements adoptés depuis, et même certains qui mériteraient d'être introduits dans la construction navale moderne. On se décidera certainement à disposer à l'intérieur des coques des grands navires à passagers, de chaque côté, une cloison étanche longitudinale : si un choc quelconque produit une déchirure dans la coque extérieure, il est pratiquement impossible qu'une déchirure correspondante se fasse dans l'espèce de seconde coque que forme cette cloison longitudinale; sans doute l'eau pénètre dans l'intervalle; mais sans pouvoir envahir le reste du navire. Tout au plus, le bateau, alourdi, penchera-t-il un peu sur le côté, si cette eau envahit tous les compartiments transversaux dans l'intervalle de la coque et de la cloison longitudinale; mais le bateau ne coulera certainement pas. Là seulement est la sécurité. C'est du reste ce que l'on a adopté pour tous les grands navires de guerre, menacés de voir, sous l'action des projectiles, d'énormes voies d'eau se faire sur divers points de leur coque. Cela gêne bien un peu l'aménagement et les installations d'un bateau; mais la prudence s'impose après une catastrophe comme celle du *Titanic*.

LE GRAND TRANSATLANTIQUE « FRANCE »

IL ne faudrait pas croire que cette catastrophe va faire retourner en arrière; dans le premier mouvement d'épouvante, certaines gens avaient affirmé que le terrible naufrage était dû aux proportions gigantesques du navire. Il n'en était rien. Sans doute, si le bateau avait été moins grand, moins de gens se seraient trouvés simultanément à son bord, et l'effet tragique eût été moins effrayant; mais un iceberg, comme celui qui a causé la perte du *Titanic*, ren-

VUE GÉNÉRALE DU NOUVEAU PAQUEBOT *France*.

contrant un bateau plus petit, l'eût coulé bien plus rapidement; et alors on n'aurait même pas eu la possibilité de sauver des centaines de personnes à l'aide des embarcations. Les transatlantiques mo-

dernes ne redoutent pas le mauvais temps ; allant bien plus vite, ils
sont moins longtemps exposés aux risques de la navigation ; de plus,
ce qu'on ne doit pas oublier, ils donnent de grandes vitesses à un
prix bien moindre, et on peut même dire que seuls ces paquebots
d'énormes dimensions ont permis de réaliser les allures rapides qui
s'imposent à notre époque.

Aussi la France s'est-elle enrichie d'un puissant et immense

VUE GÉNÉRALE D'UN DES SALONS.

paquebot, au moment même où disparaissait le *Titanic* ; et, depuis,
l'Allemagne a lancé un géant dépassant tout ce qu'on a fait jusqu'ici.

Le nouveau paquebot français s'appelle la *France* ; il appartient
à la Compagnie Générale Transatlantique, qui aurait bien voulu le
construire plus grand encore, si l'on avait su faire à temps, au port
du Havre, les travaux nécessaires pour le mettre en mesure de recevoir les plus grands navires que l'on contruise actuellement. Cela
n'empêche que la *France* est vraiment gigantesque, et que ses
aménagements sont admirables.

Cette *France* est naturellement mue par ces nouvelles machines à
vapeur qu'on nomme des turbines, et qui consomment moins de
charbon pour une même puissance que les classiques machines à
vapeur, en donnant même vitesse ; machines qui réduisent au
minimum le bruit et les vibrations à bord du navire. Sa machinerie
représente une puissance de 40 000 chevaux, qui est appliquée à

4 énormes hélices. Ce paquebot mesure 220 mètres de long, une largeur de 23 mètres, et son pont tout à fait supérieur est à 24 m. 50 au-dessus de la quille. Il est bon de rappeler, à titre de comparaison, que le dernier transatlantique construit par la même Compagnie n'avait que 190 mètres de long, et une puissance motrice de 20 000 chevaux. Le poids ou déplacement du *France* est de 28 000 tonnes; il peut prendre à son bord 2526 personnes, en y comprenant 600 individus formant l'équipage ou le personnel de service. Un luxe merveilleux, mais toujours de bon goût, règne dans les appartements de première classe; les installations de deuxième et même celles de troisième sont à faire envie à tout ce qu'on trouvait dans les plus beaux paquebots, il y a quarante ou cinquante ans. Les cabines de première classe ont cet avantage précieux de ne plus offrir aux passagers des couchettes superposées un peu comme des tiroirs de commode, mais bien de véritables lits; presque toutes les cabines ont une baignoire qui vient compléter heureusement les installations de toilette.

LA CHEMINÉE D'UN DES GRANDS SALONS DE LA *France*.

On trouve à bord de ce paquebot un café, un restaurant, une salle d'hydrothérapie, une salle de gymnastique, un guignol pour les enfants, une imprimerie pour le petit journal qui se tire à bord, grâce aux nouvelles que donne continuellement la télégraphie sans fil.

Les installations mécaniques de ce paquebot sont au moins aussi intéressantes que les salons, les cabines et les deux immenses salles à manger de la première classe. Ces turbines, dont nous parlions, se présentent sous l'aspect de cylindres métalliques qui ont plus de 2 mètres de diamètre; elles sont munies dans l'ensemble de

600 000 petites ailettes, sur lesquelles la vapeur vient agir. Les chaudières destinées à fournir la vapeur à ces turbines sont au nombre de 19, elles comportent 120 foyers avec une surface de 222 mètres carrés de grille où étendre et faire brûler le charbon. Ces chaudières sont d'énormes cylindres de plus de 6 m. 60 de long et 5 m. 40 de diamètre. Les cheminées qui assurent le tirage de tous ces foyers ont près de 4 m. 50 de diamètre. La consommation de charbon pendant une traversée atteint 4 200 000 kilos. Nous pourrions ajouter que, non seulement la lumière, mais encore l'air est distribué partout, dans les moindres recoins, grâce à d'énormes ventilateurs et à des canalisations qui courent partout.

La *France* est destiné à marcher à une allure de 25 nœuds.

LE PAQUEBOT GÉANT « IMPERATOR »

L E géant auquel nous avons fait allusion vaut qu'on parle de lui spécialement. Cet *Imperator* a été construit pour le compte de la compagnie allemande Hamburg-Amerika; il a une longueur de 270 mètres, pour une largeur de 29 m. 26, et sa coque est profonde d'à peu près 19 mètres. Que l'on remarque que la profondeur n'augmente pas proportionnellement au reste, parce qu'on ne trouverait plus de ports pour recevoir des navires ayant un tirant d'eau plus fort. De la quille au pont supérieur portant les embarcations, il y a une distance verticale de 30 mètres, et la pomme des mâts supportant les antennes de télégraphie sans fils est à 75 mètres au-dessus de la quille. Le gouvernail pèse 90 tonnes, et sa tige a 76 centimètres de diamètre. Ici encore on retrouve comme machinerie des turbines, fournissant une puissance de 70 000 à 80 000 chevaux. On ne cherche pas, avec ce navire, une vitesse énorme comparable même à celle du *France* ou du *Lusitania* de la flotte anglaise, mais une très grande économie dans les dépenses. On trouve, à bord de cet *Imperator*, ce système Frahm contre le roulis mentionné plus haut. Ajoutons que la coque du navire est partagée, au point de vue de la sécurité, non pas seulement par des cloisons transversales, mais aussi par des cloisons longitudinales, limitant l'envahissement de l'eau à une portion seulement du navire, mêmes dans les pires circonstances.

LES BATEAUX A MOTEUR A PÉTROLE

L 'ADOPTION de ces turbines que nous venons de trouver à bord des géants dont nous avons parlé, montre que, constamment, on cherche des progrès nouveaux, en matière de navigation mari-

LE PAQUEBOT GÉANT *Imperator*.

time comme en toute autre. Et l'on essaye d'autre part, pour cette navigation, de tirer parti de ces moteurs à pétrole (ou à essence), de ces moteurs tonnants ou à explosions qui rendent tant de services dans l'automobilisme sur routes. On se trouve fort bien de les installer à bord de bateaux de dimensions modestes, où il est si avantageux de réduire l'équipage au minimum, en supprimant les chaufferies et les chauffeurs, puisqu'il n'est pas besoin de chaudières, comme de juste, avec le moteur à pétrole. L'on commence également à en tirer parti pour des navires de dimensions assez grandes, où la simplification est fort précieuse aussi.

Jetez un coup d'œil sur la photographie du petit bateau *Violeta*, aux apparences de yacht, que nous reproduisons : vous n'allez certainement pas vous douter d'abord que ce bateau est un bateau à pétrole; et cependant rien n'est plus réel. La chose est d'autant plus curieuse qu'il sort de grands chantiers de construction anglais, qui se sont fait une spécialité et une réputation avec leurs bateaux à vapeur à grande vitesse, leurs torpilleurs notamment. Il s'agit des fameux chantiers Thornycroft. Le *Violeta* est tout à fait d'actualité, car on ne peut pas dire que ce soit un yacht, au sens propre du mot, en dépit de son élégante apparence : c'est un bateau servant en effet au transport des passagers le long du détroit de Gibraltar. Il a été construit pour le compte de la compagnie du chemin de fer d'Algésiras, et réunit Gibraltar à ce port en transportant notamment les correspondances postales à destination de la puissante place anglaise. Le *Violeta* est doté de deux hélices, comme le meilleur des vapeurs. Il est vrai qu'il n'a que 19 mètres de long sur 3 m. 60 de large pour un tirant d'eau de 1 m. 50. Mais sa machinerie à pétrole en fait un excellent bateau particulièrement maniable, toujours prêt à partir. Et les avantages d'une telle installation motrice sont mises à profit maintenant sur des bateaux autrement grands et importants.

Nous pourrions citer notamment des « bateaux-réservoirs » portant du pétrole, que l'on a dotés, avec grand profit, ces temps derniers, de moteurs tonnants; mais l'exemple le meilleur que nous puissions donner est celui encore plus récent du paquebot *Selandia*, dont la machinerie est constituée de moteurs à pétrole spéciaux du système Diesel, que l'on appelle plutôt des moteurs à combustion interne. Ce *Selandia* n'est pas un tout petit bateau, il s'en faut; il a en effet 110 mètres de long pour une largeur de 16 mètres et 9 de creux. Sa machinerie représente dans l'ensemble une puissance de 2 500 chevaux. Cela peut sembler bien peu, surtout par comparaison avec les énormes machines dont nous parlions; mais il faut songer que les dimensions du *Selandia* sont bien plus faibles, et que surtout on ne lui demande nullement de marcher à grande allure. Le *Selandia* a été construit pour le compte d'une entreprise danoise, la compagnie de l'Est asiatique Danois, qui en est fort satisfaite, et a donné aussitôt ordre pour deux autres navires en tout semblables. Les moteurs sont à 8 cylindres chacun, et ils fonctionnent avec une régularité, une simplicité et une douceur qui en font des machines marines idéales. Un des inconvénients des moteurs à explosions ou à combustion, c'est qu'il faut les mettre en marche au début à bras ou autrement, puisque c'est le moteur en fonctionnant qui appelle le mélange combustible ou explosif dans les cylindres. Mais ici on dispose d'air comprimé enfermé en réserve durant la marche normale; et la mise en marche se fait alors avec une

LE BATEAU A MOTEUR A PÉTROLE *Violeta*.

facilité et une rapidité extrêmes, par introduction d'un peu de cet air comprimé dans les cylindres. Il va de soi que l'approvisionnement de combustible d'une machinerie de cette sorte est très facile : il suffit de réservoirs, naturellement bien étanches, où l'on emmagasine le liquide, qui se charge à bord au moyen d'une pompe et sans tous les ennuis du charbon. Le personnel peut être très réduit, et l'emplacement occupé par la machinerie est de beaucoup moins grand, au bénéfice de la cargaison ou des passagers.

LES BATEAUX EN CIMENT ARMÉ

On pourrait croire que nous sommes dans le chapitre des constructions et bâtiments, puisque nous parlons de ciment armé; mais on en trouve chaque jour de nouvelles applications. L'on s'est

dit qu'on pourrait sans doute en tirer également parti pour la construction de coques de bateaux. L'avantage c'est que, au contraire
du métal, l'eau ne peut pas le ronger, le rouiller, le percer; il y a
bien du métal, une armature, dans ce ciment ou béton armé, mais
cette armature est complètement noyée dans une masse de béton ou
de ciment ne laissant pas arriver l'eau jusqu'à elle.

Or, voici que, de côté et d'autre, on établit des embarcations,
petites ou grandes, en béton ou ciment armé. C'est par exemple
aux travaux du canal de Panama que l'on construit une série de
chalands en cette matière bizarre. Un bateau de ce genre a cet
avantage que, s'il entre en collision avec un autre bateau ou un
obstacle quelconque, il ne se fera pas de trou laissant entrer l'eau,
sauf si le choc était absolument formidable. La maçonnerie est, en
effet, maintenue en place par l'armature de tiges métalliques. C'est
pour cela que certains chantiers, comme les ateliers allemands
Ellmer, se font une spécialité de canots à pétrole en béton armé :
deux progrès qui se prêtent mutuellement leur appui. Ces canots ne
sont pas lourds, et on considère que leur coque sera inusable.

BRISE-GLACES PORTE-TRAINS RUSSE

Il est russe par le pays qui l'a fait construire et l'emploie, mais
anglais par les chantiers qui l'ont construit, car il sort des
ateliers Armstrong Whitworth de Newcastle.

Nos lecteurs ont probablement déjà entendu parler de brise-
glaces, mais pour les ports de mer. Ce sont des bateaux dont la coque

VUE D'UN PETIT MODÈLE DU BRISE-GLACES *Saratowski Ledokol*.

est d'une solidité à toute épreuve, et dont la machinerie propulsive est
particulièrement puissante ; ils sont destinés à frayer une route aussi
longtemps que possible aux navires ordinaires, dans les parages qui

prennent quand le froid vient. La Russie et bien d'autres pays du Nord possèdent de ces brise-glaces, qui permettent ainsi à la navigation de se prolonger jusqu'au moment où la glace sera trop épaisse et trop résistante pour qu'un navire même spécial puisse y creuser un chenal. Mais en Russie les cours d'eau servent de voies

LE BRISE-GLACES PORTANT DES WAGONS SUR SON PONT.

de transport constantes, à la fois parce qu'il s'agit de fleuves puissants, et aussi parce que le réseau des chemins y est encore bien modeste. Et comme le froid peut congeler ces cours d'eau, on emploie de ces bateaux spéciaux pour casser la glace, ouvrir un chenal pour les vapeurs et les chalands qui passeront derrière lui.

La photographie que nous reproduisons montre le dernier-né de cette flotte de brise-glaces russes. C'est celui qu'on appelle le *Saratowski Ledokol*. Ce n'est pas un bien grand navire, puisqu'il n'a pas plus de 43 mètres de long pour une largeur 11 m. 50; mais c'est un bon et robuste travailleur, auquel ses deux hélices peuvent faire donner un effort puissant contre la lame de glace qui se forme à la surface des fleuves, ou même des canaux, que le brise-glaces sert à maintenir en état de navigation. C'est principalement sur la Volga que circule et fonctionne ce *Saratowski Ledokol*, et il ne s'effraye pas d'une épaisseur de glace de 90 centimètres à un mètre. Il faut dire que le poids de bateaux de ce genre les aide puissamment à rompre la glace; ils grimpent pour ainsi dire par leur avant sur la lame de glace, et c'est leur poids propre, en pesant sur celle-ci, qui la brise et permet ensuite au bateau d'avancer plus loin.

On remarquera sans doute la charpente métallique curieuse qui se trouve à l'avant du *Saratowski Ledokol*; c'est une sorte de double

pont sur lequel il peut recevoir quelques wagons de chemins de fer,
à l'instar de bacs pour trains. Il est d'ailleurs destiné surtout à
tracer un chenal pour ces bacs. Il prend un peu sa part des convois
à transporter; et le poids des wagons chargés à l'avant aide à l'action
sur la glace que nous indiquions. Au besoin tout son pont, de
chaque côté de ses machines, peut recevoir également une file
double de wagons à marchandises, qui le font servir par conséquent
à un double usage.

L'ACHÈVEMENT
DU CHEMIN DE FER MARIN DE KEY WEST

ON a justement terminé une entreprise au moins autant maritime
que terrestre, qui vient modifier complètement les conditions
des communications maritimes sur un point du littoral américain :
il s'agit du chemin de fer dit des Cayes, ou encore de Key West.
A travers les quarante-deux îles formant comme un chapelet entre
le sud de la Floride et Key West, les Américains viennent d'établir une voie ferrée qui peut amener, depuis le continent, les convois venant de la Floride et du reste de la Confédération. Il a fallu
pour cela, tout naturellement, une suite de ponts, de viaducs, de
remblais, de digues, tantôt franchissant un bras de mer, tantôt
s'appuyant sur un banc ou un récif à peu de profondeur. Cette voie
a été construite non pas seulement pour relier l'arsenal et la place
forte de Key West au continent, mais surtout pour permettre aux
passagers de s'embarquer en ce point pour gagner soit Cuba,
soit Porto Rico, soit ce fameux canal de Panama qui se termine
actuellement. De la sorte, la navigation qui leur est imposée est
réduite à sa plus simple expression; et c'est un avantage énorme,
autant pour les estomacs que pour la rapidité des communications.
Certains des viaducs (où l'on a profité de ce que généralement la
profondeur d'eau est faible entre les îles formant la suite des Cayes)
ont une longueur de plusieurs kilomètres; et la fondation de leurs
piles de maçonnerie a été souvent malaisée, comme tous ces travaux
maritimes dont nous nous sommes déjà entretenus. Il a fallu aussi,
en quelques endroits, ménager des ponts tournants, afin de donner
passage, quand besoin serait, aux bateaux désireux de passer comme
autrefois entre telles îles de la suite des Cayes. Cette ligne, qui
mérite de compter parmi les constructions maritimes, n'a pas une
longueur inférieure à 205 kilomètres.

On a dû naturellement mettre partout la voie à au moins une
dizaine de mètres au-dessus du niveau des plus hautes mers, ce qui
ne l'empêchera pas, par tempête, de recevoir des paquets d'eau.

Pendant la construction même, on a eu à compter avec les ouragans, les tempêtes. On a disposé, sur certains points de la ligne, des appareils enregistreurs, qui font connaître instantanément la vitesse du vent, et qui actionnent même automatiquement les signaux de la ligne. Dès que le vent dépasse 65 kilomètres à l'heure, les signaux se ferment, et par suite la circulation des trains est interdite. Aussi cette circulation ne se fait-elle jamais qu'à l'allure réduite de 30 kilomètres à l'heure.

LES TRAVAUX DU CANAL DE PANAMA

GRÂCE à l'outillage si puissant qu'on possède maintenant, et que l'on n'avait pas à sa disposition quand les Français avaient tenté l'exécution du Canal de Panama, cette voie de communication artificielle entre deux Océans sera bientôt livrée à la circulation des bateaux. Il n'est pas probable que le passage des bateaux par ce canal soit en rien comparable au mouvement annuel de près de 5 000 navires, le plus souvent de très grande taille, qui passent par le Canal de Suez. Pour une foule de voyages maritimes, les bateaux

UNE EXPLOSION MONSTRE SUR LES CHANTIERS DE PANAMA.

n'auront guère plus d'avantages à passer par Panama que par Suez, dans les relations de l'Europe avec l'Extrême-Orient; et il leur faudrait payer des droits de passage très élevés, si les Américains veu-

lent rentrer, quand ce ne serait que partiellement, dans les énormes
dépenses qu'ils font pour exécuter ce canal.

Qu'on ne s'étonne pas de ces dépenses formidables : rien qu'en

A L'ATTAQUE D'UNE DES GRANDES TRANCHÉES.

examinant les photographies que nous avons reproduites, on se rend
compte des dimensions extraordinaires que présentent par exemple
les tranchées du Canal. Et encore la réalité a-t-elle dépassé étrangement ce qu'on attendait. Nous verrons plus loin, en signalant un
curieux dispositif de cimentage des terrains susceptibles de s'ébouler,
que, sur les pentes de ces tranchées, de ces déblais faits pour le Canal
de Panama, on s'est trouvé à chaque instant en présence de talus qui
glissaient et s'écroulaient dans la tranchée déjà creusée; il fallait
alors enlever les déblais ainsi accumulés, et les emporter au loin
pour reprendre le travail tel qu'il avait été prévu, et essayer de
creuser le canal proprement dit, la cuvette, dans les terres ou les
roches où l'eau doit être admise et où les navires passeront.

On calcule que le cube total des déblais de toutes sortes enlevés
pour le creusement du canal sera de 1 milliard 975 millions de mètres
cubes; nous recommandons à nos lecteurs de se livrer à un petit
travail arithmétique bien simple, pour se rendre compte de ce que
représente ce volume, en cherchant sur quelle hauteur il faudrait
accumuler ces déblais pour correspondre à ce volume, en supposant
qu'on les amasserait sur une vaste place comme la place de la Con-

corde, par exemple. On ne peut s'imaginer l'outillage extraordinairement puissant et perfectionné qu'il a été nécessaire de mettre
à contribution pour enlever ce cube de déblais en relativement aussi
peu de temps. Ce sont aussi bien des excavateurs énormes, des grues
soulevant une benne qui reçoit des morceaux de rocher pesant des
milliers de kilos, que des locomotives traînant des trains formés de
toute une série de wagons à déblais, wagons-plateformes qui se
déchargent automatiquement, grâce à une espèce de soc de charrue
que l'on tire d'un bout à l'autre du train, et qui déverse les déblais
sur le côté. Pour déblayer dans le terrain rocheux, on a dû forer
des trous de mines innombrables, faire exploser simultanément un
grand nombre de cartouches disposées dans les trous, et abattre
d'une seule opération des pans entiers de montagne.

On estime dès maintenant, quoiqu'on n'ait pas en main toute la
comptabilité des dépenses, que le canal de Panama ne coûtera pas
moins de 3 milliards et demi de francs, si l'on tient compte de
tout, des dépenses faites par les Français comme de celles qui se
sont imposées ensuite aux Américains. Et comme l'exploitation du
Canal coûtera assez cher, par suite du personnel, de l'entretien,
pour que l'affaire fût une bonne entreprise commerciale, il faudrait
qu'elle rapportât près de 150 millions de francs par an. On peut être
assuré que cette recette ne se réalisera pas : d'autant qu'il existe,

LE CHANTIER DES ÉCLUSES DE GATUN.

d'une rive à l'autre du continent nord-américain, une série de lignes
ferrées transcontinentales, qui peuvent transporter très rapidement
les marchandises, à plus forte raison les passagers. Sans doute, cela

impose à ces passagers l'obligation de descendre de bateau, de
monter en chemin de fer, puis de remonter en bateau pour continuer
leur voyage de l'autre côté du continent, inconvénients dont il faut
tenir compte en ce qui concerne les marchandises; mais il ne faut
pas oublier non plus que le passage par un canal aussi long que le
canal de Panama, est chose très dangereuse pour de grands navires,
en dépit des dimensions considérables qu'on a données aux écluses

MURAILLES ET CONDUITS D'ÉVACUATION DES ÉCLUSES.

et à la cuvette du Canal même; bien que, de plus, une bonne partie
du parcours se fasse dans un immense lac que l'on a créé artificiellement au point le plus élevé du parcours, à l'aide d'un vaste
barrage qui retient les eaux des rivières de cette portion centrale
de l'isthme. On doit songer également que la région de Panama est
souvent secouée par les tremblements de terre; et ceux-ci pourraient bien démolir partiellement les énormes masses de maçonnerie
en béton qui ont été entassées pour les écluses.

LES TRAVAUX DE L'INGÉNIEUR

MÉCANIQUE
MACHINES ○ CONSTRUCTIONS

○ ○ ○

C'EST à la mécanique, à l'art et aux découvertes de l'ingénieur, entendus dans un sens très large, que nous devons la plus grande partie des avantages dont nous jouissons constamment dans la vie quotidienne : aussi bien ces canaux auxquels nous venons de faire allusion en parlant de Panama, que les voies ferrées qui permettent des communications si rapides, et les locomotives qui circulent sur ces voies et y traînent les convois; ou encore les constructions de toutes sortes, édifices ordinaires, ponts donnant passage aux routes de terre ou de fer, machines diverses et infiniment variées nous rendant les services les plus précieux et nous facilitant de façon merveilleuse toutes les besognes que nous avons à exécuter. Aussi ne pouvons-nous signaler dans ce livre, tout en paraissant être longs, qu'une portion bien faible des inventions nouvelles, des travaux les plus intéressants.

LE CHEMIN DE FER ÉLECTRIQUE
DE LA BERNINA

L ES questions de chemins de fer sont au premier rang des préoccupations modernes, car ce sont les voies ferrées qui nous permettent ces voyages multipliés auxquels nous nous livrons sans compter. En traitant des questions maritimes mêmes, nous avions eu occasion de dire un mot d'un chemin de fer marin qui, du reste, ressortit bien à l'art de l'ingénieur. Or les lignes ferrées nouvelles sont dorénavant presque toutes électriques, et souvent on transforme celles où la traction se faisait auparavant à l'aide de locomotives à vapeur, en voies dont l'exploitation a lieu grâce au précieux courant.

Ce procédé de traction fait merveille en montagne, parce que, à l'aide des moteurs installés sous un grand nombre de voitures de chaque train, on peut escalader des rampes très raides. Un bel exemple de voie ferrée électrique où toutes les difficultés des régions de montagnes sont accumulées, c'est la ligne qui part de l'Italie, des parages de Poschiavo et de Tirano, et gagne Pontresina et Saint-Moritz, dans l'Engadine. Cette voie franchit le fameux col de la Bernina, qui, depuis des siècles et des siècles, était traversé par

LA LIGNE DE LA BERNINA AUX ENVIRONS DE POSCHIAVO.

une route très fréquentée, mais pénible et souvent dangereuse. Ce col se trouve à une altitude de 2309 mètres; et bien que Saint-Moritz soit en montagne, que Poschiavo ne soit pas réellement la plaine, ce passage par le col impose à la ligne des rampes formidables.

L'établissement et le fonctionnement de ce chemin de fer de la Bernina a été grandement facilité par l'existence, dans la région de Poschiavo, d'une puissante usine hydroélectrique, installée à Brusio, et utilisant, pour faire tourner les machines dynamoélectriques produisant le courant, la force fournie par une rivière portant le nom de Poschiavo, comme la petite ville, le lac du même nom également formant réservoir pour cette usine. On a pu de la sorte se procurer le courant à bon compte, mais grâce à une autre application de la technique moderne, à l'application de cette houille blanche qui fait merveille dans tous les pays.

Le chemin de fer de la Bernina est à un mètre d'écartement, de largeur de voie; il a un développement de 60 kilomètres seulement, mais on y trouve une série considérable d'ouvrages d'art divers, de ponts, de tunnels. Entre l'hospice de la Bernina et Tirano, il y a une différence de 1 800 mètres sur une distance ne dépassant pas 32 kilomètres. Ce chemin de fer se classe donc à la tête de toutes les voies suisses (qui sont pourtant en général particulièrement audacieuses), eu égard à la pente qu'il faut franchir entre ces deux points, sans le secours d'une crémaillère. D'admirables spectacles s'offrent au

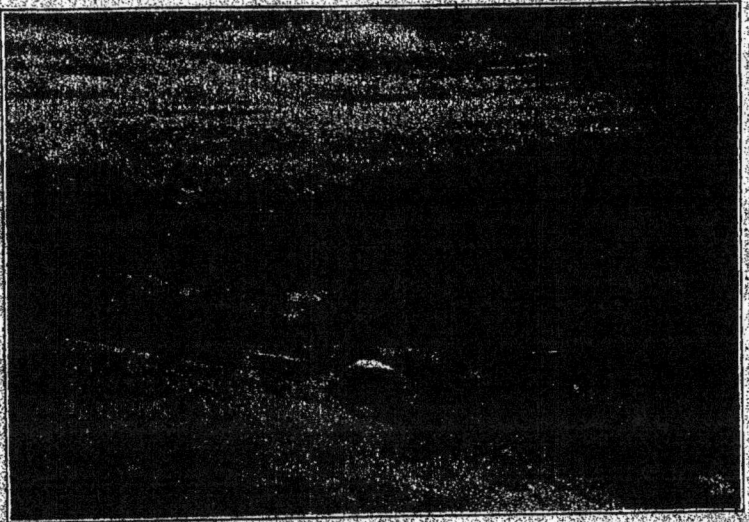

LA LIGNE DE LA BERNINA SOUS LA NEIGE.

voyageur durant le parcours de cette ligne; il peut juger aussi des difficultés dont on a dû triompher. Mais ces difficultés sont terribles surtout en hiver, où sans doute les aspects sont pittoresques, mais où la neige s'accumule de façon invraisemblable sur certaines portions du trajet, et nécessite des déblaiements extrêmement malaisés et longs. Notons qu'il n'a pas fallu moins de quatre années pour établir cette petite voie ferrée, modeste par son développement.

UN RAIL AÉRIEN
POUR CHEMIN DE FER ÉLECTRIQUE

SI nos lecteurs ont eu l'occasion d'examiner quelque chemin de fer électrique ou même un tramway électrique (qui ne se différencie pas en réalité d'un chemin de fer, sauf par la vitesse de

marche des convois), ils ont dû remarquer que le courant électrique
arrivant aux moteurs des véhicules, leur est amené tantôt par un fil
aérien sur lequel frotte un trolley, une petite roulette au bout d'un

CREUSEMENT D'UNE GALERIE D'ÉVACUATION DES DÉBLAIS DU CHEMIN DE FER
DE LA JUNGFRAU.

long bras articulé; tantôt par une sorte de rail posé parallèlement
aux rails où roulent les roues, et sur lequel frotte une espèce de
patin disposé sous la voiture. C'est ce dernier dispositif qui a été
adopté pour le Chemin de fer Métropolitain de Paris. Mais le fil
aérien est bien plus économique, et l'on voudrait pouvoir l'employer régulièrement pour les chemins de fer à grande vitesse.
Précisément, à vive allure, cette disposition a des inconvénients
sérieux, presque des dangers : l'archet se sépare fréquemment du
fil, car celui-ci ne peut guère être tendu bien horizontalement, il
flotte et oscille aisément par les grands vents. Chaque fois que
l'archet ou le trolley quitte le fil, il se forme des étincelles qui
entraînent des pertes de courant et détériorent trolley et fil. Le fil
aérien se rompt fréquemment, ce qui entraîne l'arrêt de la circulation des trains, tout en pouvant causer des accidents aux personnes
qui se trouveraient ou passeraient sur la voie.

    C'est pour cela que la Compagnie française des Chemins de fer du
Midi, qui va « électrifier » une partie de son réseau, est en train de
combiner un nouveau conducteur aérien sur lequel les voitures et
locomotives électriques circulant sur les lignes pyrénéennes pren-

dront le courant à l'aide d'un frotteur. C'est un vrai rail aérien,
soutenu en l'air de telle manière qu'il garde sa raideur et son ali-
gnement rigide et immuable. En réalité ce rail, qui est creux, est
fait de morceaux d'une douzaine de mètres de longueur, qui s'assemblent en coulissant les uns dans les autres; et la tige continue est
suspendue à de solides fils portant en haut des consoles métalliques; de plus elle est reliée par des lames métalliques obliques à
deux autres tiges qui s'allongent parallèlement à elle, le tout formant comme un treillis métallique en forme de triangle. Cela donne
un aspect tout nouveau à une voie électrique, et paraît pouvoir
assurer les meilleurs résultats pratiques.

L'ACHÈVEMENT DU CHEMIN DE FER DE LA JUNGFRAU

On vient de terminer à peu près une des œuvres les plus audacieuses de l'homme en matière de voies ferrées, et plus spécialement de chemins de fer électriques : nous voulons parler du

VUE DES GLACIERS DU HAUT DE LA LIGNE DE LA JUNGFRAU.

chemin de fer de la Jungfrau, commencé déjà depuis bien des années,
et dont le tunnel atteint maintenant le point d'où partira l'ascenseur
permettant aux touristes de gagner le sommet même de la célèbre

et admirable montagne. Vers le commencement de 1912, on a achevé le grand tunnel débouchant au col qu'on appelle Jungfraujoch, à 3 457 mètres au-dessus du niveau de la mer, et l'on a pu ensuite s'attaquer à la partie la plus rapide comme rampe de tout le trajet, où la pente est effectivement de 25 p. 100. Assurément, il faudra encore longtemps pour que l'on puisse déboucher à l'air libre au sommet de la Jungfrau; mais la terminaison complète de l'œuvre audacieusement tentée par l'ingénieur Guyer Zeller n'est plus qu'une question de mois pour ainsi dire, alors que, pendant tant d'années, on a considéré qu'il y avait là une idée irréalisable.

Ce qui est particulièrement intéressant dans l'exécution de cette voie de montagne presque entièrement en tunnel, c'est que, pour sa construction, on a dû mettre à contribution tous les progrès de la technique moderne. Pour forer le tunnel, on a utilisé les perforatrices les plus perfectionnées, perçant rapidement dans la roche les trous de mines où l'on logeait ensuite les cartouches de dynamite. Ces perforatrices étaient actionnées électriquement, tout comme les convois enlevant les déblais ou apportant les matériaux entrant dans la construction du tunnel; c'était ce même courant qui assurait l'éclairage électrique du tunnel et des chantiers où l'on s'attaquait à la roche; le courant actionnait les appareils permettant une excellente ventilation. Du reste, tandis que l'œuvre se poursuivait toujours de plus en plus haut et de plus en plus loin de la Petite Scheidegg (où l'on se relie au réseau ferré déjà existant), on exploitait déjà la portion inférieure, on y faisait circuler des trains de wagons à voyageurs, trains électriques comme de juste, qui permettaient aux excursionnistes de s'élever sans peine aux stations déjà achevées, creusées dans la masse de la montagne, et ouvrant comme autant de fenêtres sur les neiges éternelles et les magnifiques spectacles de la haute montagne. Le courant servant ainsi à de multiples usages était fourni par une station hydroélectrique installée sur un cours d'eau torrentueux descendant de la Jungfrau même.

Et voilà comment l'homme discipline les forces de la Nature pour les plier à son usage.

LE CHEMIN DE FER AÉRIEN DU MONT BLANC

Aux environs de Chamonix on a commencé d'établir, pour réunir la célèbre station de montagne aux glaciers des Bossons, une ligne aérienne bien curieuse, d'un type qui peut rendre de précieux services en pays accidenté, en évitant d'établir des remblais, des déblais, des ponts compliqués, et mettant à même de passer

au plus court et sans grandes dépenses par-dessus les obstacles.
Nous rappelons que le glacier des Bossons apparaît immédiatement
aux yeux du voyageur venant du Fayet et descendant à Chamonix. La ligne aérienne que l'on établit pour en permettre
l'accès est une sorte de câble porteur aérien : système dans lequel
c'est un câble métallique particulièrement solide et soutenu par
des pylônes, des sortes de tours le plus souvent en métal, qui
constitue la voie même sur laquelle roulent les wagonnets; ils sont
tirés d'un bout à l'autre de la ligne par un autre câble, câble

VUE GÉNÉRALE DU CHEMIN DE FER AÉRIEN DU MONT-BLANC.

tracteur, qui passe sur des poulies aux deux bouts de la ligne, et est
animé par une machine d'un mouvement de déplacement continu.
D'ordinaire, ces porteurs aériens (dont on comprend parfaitement
la disposition en se reportant aux photographies que nous reproduisons) sont réservés aux transport des marchandises. Mais on
s'est dit que, du moment qu'ils ne donnent pas lieu à accidents sous
des charges très lourdes, ils peuvent tout aussi bien transporter des
voyageurs : à condition que les wagonnets soient construits un peu
différemment, offrant sièges et abris à ces voyageurs. Ces wagonnets
sont toujours en-dessous du câble sur lequel ils appuient et roulent
par des roues verticales; leur équilibre est parfait.

Une première section de ce chemin de fer peu ordinaire part de
Chamonix pour arriver à La Para, à une altitude de 1 750 mètres;
une autre aboutit au glacier des Bossons, à 2 500 mètres. Mais on
compte prolonger la ligne ultérieurement jusqu'à une altitude de
3 850 mètres, à l'Aiguille du Gouter, et la chose ne présentera aucune

difficulté insurmontable. Les constructeurs, des ingénieurs italiens très connus, MM. Cerotti et Tanfani-Strub, ont établi la ligne dans les meilleures conditions de solidité. Le câble porteur formant la voie de roulement n'a pas moins de 64 millimètres de diamètre; il porte sur des pylônes qui sont généralement à une distance les uns des autres de 40 à 90 mètres; mais parfois il y a 200 mètres entre ces deux appuis, et le wagonnet circule en l'air sur une sorte de pont simplifié présentant cette longueur. Des dispositifs de freinage sont installés sur l'espèce de petit chariot auquel est suspendu le wagonnet; et si par hasard le câble inférieur, qui est le câble de traction, venait à se rompre, le wagon descendrait doucement la pente, sans pouvoir prendre une vitesse dangereuse. Un chemin de fer de ce genre est particulièrement économique, et il a aussi cet avantage de ne

UNE DES VOITURES DU FUNICULAIRE AÉRIEN.

point déparer le paysage, grâce à la légèreté même de sa construction.

WAGONS TOUT EN ACIER

LES wagons de chemins de fer doivent présenter une résistance exceptionnelle, par suite des secousses constantes auxquelles ils sont soumis; mais trop souvent des accidents, des collisions se produisent, qui écrasent les wagons trop faibles, et écrasent naturellement en même temps les malheureux qui se trouvent dans les

véhicules. Si ces wagons étaient tout en métal, en acier, au lieu
d'être pour la plus grosse partie en bois, comme c'est l'usage sur
les chemins de fer européens, sans doute les voyageurs seraient
précipités les uns contre les autres, les vitres se briseraient; mais
l'accident serait considérablement réduit dans sa gravité : plus de
terribles blessures comme celles que causent les morceaux de bois
déchirés en mille pièces et pénétrant dans les chairs. Il ne faut

INTÉRIEUR DU WAGON ENTIÈREMENT MÉTALLIQUE

également pas perdre de vue que, sous l'influence du gaz d'éclairage, ou encore par contact avec le conducteur distribuant le courant
électrique le long de la voie (s'il s'agit d'un chemin de fer électrique),
un incendie peut se produire, et les blessés sont brûlés au milieu
des débris.

C'est pour remédier à ces terribles dangers que les Américains
se mettent à utiliser des wagons à voyageurs tout en métal. Et en
particulier la Compagnie dite Pennsylvania Railroad, pour ses lignes
électriques spécialement, vient de faire construire de ces véhicules,
dont nous pouvons donner un exemple curieux.

Ce qui montre à première vue qu'il s'agit d'un véhicule entièrement fait de métal, de tôle d'acier notamment, c'est qu'on voit très
bien tous les rivets qui assemblent ces tôles les unes avec les autres

et avec la charpente du wagon. A regarder l'intérieur de la voiture,
on constate aussi que tout pour ainsi dire est en métal, sauf bien
entendu le rembourrage des sièges; c'est peut-être un peu raide
d'aspect, mais c'est là un point secondaire, si la sécurité des
voyages augmente beaucoup par suite de cette nouvelle façon de
construire les voitures de chemins de fer. D'ailleurs, depuis un
certain temps déjà, certaines Compagnies américaines avaient fait
construire de ces wagons tout en acier; quelques-uns d'entre eux
se sont trouvés dans des accidents, ils ont subi de terribles collisions

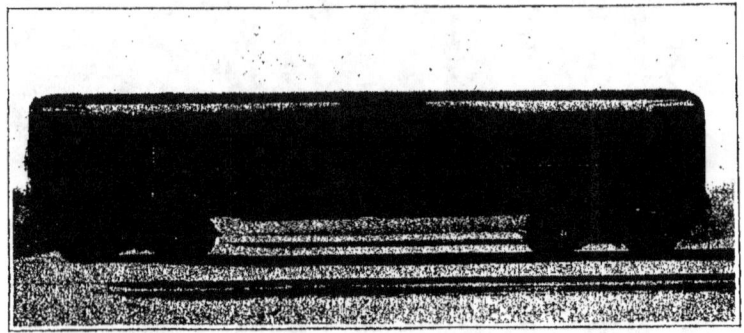

LE WAGON TOUT EN ACIER.

ou sont tombés du haut en bas d'un remblai élevé : et la preuve est
faite qu'une caisse de ce genre résiste complètement au choc en
protégeant de la manière la plus efficace les voyageurs qui ont pris
place dans le wagon.

CHEMINS DE FER ÉLECTRIQUES SOUTERRAINS : LE NORD-SUD PARISIEN

PARMI les avantages que présentent ces chemins de fer électriques,
il y a celui de pouvoir sans peine, grâce à eux, exploiter des
lignes entièrement souterraines. Les Anglais avaient déjà créé, à
Londres, il y a des années, un réseau métropolitain à peu près
entièrement sous terre; mais on se plaignait beaucoup de la fumée
et des gaz toxiques qui asphyxiaient partiellement ou au moins
incommodaient beaucoup les voyageurs. Avec le courant électrique
pour la traction, ces inconvénients disparaissent; et ajoutons, ce
que nos lecteurs n'ignorent pas, que ce courant peut aussi fournir
en abondance la lumière, sans vicier l'atmosphère comme le fait
l'éclairage au gaz.

Néanmoins, les lignes souterraines sont difficiles à établir. Un tunnel est toujours chose malaisée à creuser, et coûteuse; mais généralement on passe avec ce tunnel sous des terrains très stables; on ne risque guère de voir le sol se tasser au-dessus, parce qu'on passe à grande profondeur, comme par exemple au Simplon, et d'ailleurs sous des régions qui ne sont guère habitées. Dans les villes, c'est tout le contraire, et en particulier à Paris, où le sol a été percé de galeries de carrières et d'exploitations, à une époque où la ville n'avait pas encore gagné des parages qui étaient bel et bien la campagne. Et dans l'établissement d'une ligne métropolitaine que l'on se prépare à livrer complètement à l'exploitation, celle qui passe sous la Butte Montmartre et fait partie du réseau Nord-Sud, on a rencontré, accumulées, toutes les difficultés caractéristiques des travaux de ce genre. C'est donc bien le moins qu'on en dise un mot, pour montrer par quels procédés le constructeur moderne sait maintenant triompher des obstacles les plus graves.

Sans doute auparavant, comme pour l'exécution de la gare double de la place de l'Opéra, ou pour celle d'une portion de la ligne du Métropolitain proprement dit qui passe sous la Seine aux environs de la Cité et ailleurs, on s'est trouvé en terrain plein d'eau, en sables aquifères par exemple; et l'on a dû péniblement faire descendre dans le sol des caissons métalliques, en s'aidant de l'air comprimé. Mais, sous la butte Montmartre, les dangers étaient autrement redoutables, et pour le personnel travaillant dans les galeries de creusement, et pour les maisons établies au flanc de la célèbre colline. Ce n'était pas l'élévation relative de cette Butte qui créait la difficulté; elle n'est qu'une taupinière par rapport aux montagnes sous lesquelles passent le tunnel du Simplon et celui du Saint-Gothard. On pouvait donner à la voie souterraine, grâce à la traction électrique, une inclinaison suffisante pour qu'elle ne passât pas trop en-dessous du niveau des portions supérieures de la butte, et que les voyageurs pussent descendre aisément dans les stations. Mais, de temps immémorial, cette Butte a été creusée en tous sens par ces exploitations de carrières dont nous parlions; on en extrayait le gypse pour la fabrication du plâtre destiné aux habitations parisiennes. Tantôt c'étaient des exploitations absolument souterraines où l'on descendait par des puits; tantôt des exploitations à ciel ouvert. On a remblayé tout cela tant bien que mal; et souvent, sur ces remblais assez mal tassés, on a élevé des maisons sans leur donner des fondations bien solides. Si l'on avait fait passer la voie et le tunnel métropolitains dans ces terrains remués, on s'exposait à ébranler les immeubles en question, et des désastres se seraient produits.

On a donc fait passer le souterrain plus bas que ces remblais et anciennes excavations; mais, de distance en distance, on laissait,

dans la voûte et les parois, des trous par lesquels on injectait dans
le terrain une bouillie de ciment, qui s'infiltrait partout et transfor-
mait la masse des remblais et de la butte pour ainsi dire en une

Phot. communiquée par « l'Illustration ».

LA STATION SOUTERRAINE DE LA PLACE DES ABBESSES.

sorte de bloc de maçonnerie. Dans ces conditions, il a fallu établir
la gare de la place des Abbesses à 30 mètres au-dessous du niveau
de la rue ; cette gare est constituée par une énorme voûte qui atteint
en certains points 2 m. 60 d'épaisseur. Et naturellement on a construit des ascenseurs pour transporter les voyageurs entre la rue et
les quais. Ces ascenseurs, et les escaliers ménagés également pour

ceux qui ne redoutent pas de descendre plus de 35 mètres, sont
installés dans d'énormes puits en béton comme la voûte, et qui se
relient à celle-ci en formant comme un monstrueux bloc massif qui
descend dans le sol jusqu'à la profondeur que nous venons d'indiquer. Nous plaçons sous les yeux de nos lecteurs un dessin spécial
qui a été fait en supposant que l'on pouvait mettre à nu la construction en maçonnerie, et apercevoir les puits, la galerie souterraine où
courent les trains, et le reste.

Ce sont là des travaux gigantesques qui disent la puissance du
constructeur moderne.

LE GRAND PONT EN BÉTON DE ROME

LES ponts font partie des ouvrages qui s'imposent à notre labeur
quand nous voulons établir des voies de communication pour
les relations entre les hommes, les voyages, le commerce; et cela
qu'il s'agisse de voies ferrées ou de routes ordinaires. Dans l'établissement et la construction de ces voies, on se trouve en présence de
cours d'eau à franchir, ou tout au moins de vallées, de dénivellations du sol. Et c'est à cause du nombre considérable de ponts qu'il
faut construire un peu partout, que l'ingéniosité des ingénieurs
s'exerce particulièrement sur ces matières. On a voulu tirer parti à
cet égard de ce béton armé dont on parle tant, dont nous avons
nous-même déjà dit quelque chose dans ces pages, et qui s'applique
effectivement aux travaux les plus divers.

Or on a inauguré récemment à Rome le plus grand pont en béton
armé qui ait encore été construit : ceci d'ailleurs avec le concours
d'une maison française qui s'est fait une spécialité dans ce genre de
travaux, la maison Hennebique. Ce pont comporte une seule arche
de 100 mètres d'ouverture, de portée, arche particulièrement plate,
ce qui augmente la difficulté de construction. Une des bizarreries
de cet ouvrage, c'est que la voûte apparente se continue à chaque
bout, dans le sol, d'un seul morceau sur 24 mètres; si bien que
l'ensemble constitue un monolithe, ou du moins une masse de
maçonnerie d'une seule pièce qui mesure 148 mètres de longueur. A
son sommet, cette voûte n'a pas plus de 20 centimètres d'épaisseur;
et pourtant, grâce aux armatures métalliques qu'elle renferme,
elle donne toute sécurité pour les véhicules et la circulation qui
emploient le pont; c'est du reste la présence de ces armatures qui
fournit son homogénéité à cette construction monolithique de
148 mètres de longueur. La largeur de ce pont est de 20 mètres, et
même de 26 aux extrémités du côté des deux rives.

A considérer cet ouvrage, quand on est sur le bord du Tibre, on ne se douterait vraiment pas qu'il s'agit d'un pont en béton ; par le moulage on obtient un peu ce qu'on veut de cette matière. Le pont est, en effet, décoré de consoles, d'un écusson de Rome, et tout cela rappelle à merveille la pierre sculptée. Il a fallu établir de solides fondations sur chaque rive pour supporter le poids des extrémités de cette voûte monolithique, là où elle vient se cacher sous le sol. L'établissement en était malaisé, parce que les rives du fleuve sont formées de terres mobiles, et même, à une certaine profondeur, de vases fluides. On a donc commencé par faire dans ce sol des trous au moyen d'une sorte d'obus massif que l'on laisse tomber dans ce sol, et qui comprime la terre tout autour de lui ; puis on a bourré dans les trous ainsi faits du béton, qui est venu faire corps avec le sol en s'y infiltrant même. Quand on a eu logé dans cette maçonnerie de béton des tiges métalliques qui se sont reliées avec le prolongement de la voûte du pont proprement dit, on est arrivé à ce que le pont se liait aussi intimement que possible aux deux rives, et offrait une solidité à toute épreuve. Ce travail s'est fait avec une rapidité curieuse et à un bon marché remarquable ; un ouvrage de cette espèce coûte à peu près la moitié de ce qu'a coûté le Pont Alexandre III, qui pourtant a été établi en pièces d'acier coulé, revenant bien moins cher que les anciens procédés de construction.

LE GRAND PONT SUSPENDU
DE CONSTANTINE

IL existait déjà à Constantine un pont récent tout à fait remarquable, celui qui est lancé sur le Rummel, et qui se compose pour ainsi dire de deux arcs de maçonnerie reliés l'un à l'autre par des poutres transversales supportant la chaussée. Mais on vient de construire dans cette ville un autre pont, d'un genre tout différent, également fort remarquable. Il est jeté lui aussi sur le ravin du Rummel, reliant le quartier juif avec la rive droite ; c'est un pont suspendu d'une seule portée, franchissant la crevasse, qui a, en ce point, plus de 174 mètres et une profondeur de 175 mètres environ. Il y a certainement peu de ponts au monde qui soient plus élevés au-dessus de la vallée ou de la rivière qu'ils servent à franchir. Ce pont se nomme Pont de Sidi M'cid.

Comme dans les ponts suspendus ordinaires, on a dû tout d'abord établir sur chaque rive un haut pilier en maçonnerie, au sommet duquel doivent passer les câbles métalliques supportant le tablier du pont. Pour tendre les câbles, on a commencé par fixer en travers de la crevasse, en le faisant monter en place du fond de cette crevasse, un câble assez petit; puis celui-ci a servi de chemin de roulement, de câble porteur pour ainsi dire, aux lourds câbles métalliques qui devaient prendre définitivement place; ils étaient suspendus sous des poulies qui roulaient sur le premier câble posé, et on les tirait alors aisément d'une rive à l'autre. Quand tous les câbles ont été mis en place et fixés, on a pu commencer à monter les pièces formant la chaussée du pont; sur cette sorte de plate-forme, les ouvriers se tenaient à 174 mètres au-dessus du fond du ravin, et pouvaient avancer peu à peu en continuant l'établissement du tablier. Tout cela s'est fait sans le moindre échafaudage; et nous n'avons pas besoin de dire quelle complication et quelle dépense cela aurait été, s'il avait fallu monter une charpente soutenant le tablier au fur et à mesure de sa construction, charpente s'élevant du fond du ravin, sur une hauteur de 175 mètres par conséquent.

Tout s'est passé au mieux, vite, économiquement et sans accident grave.

LES FONDATIONS EN BÉTON ARMÉ
DU SYSTÈME CONSIDÈRE

En parlant du pont de Rome, nous indiquions les services que le béton armé peut rendre à cet égard; c'est que les fondations sont naturellement la portion la plus importante de toute construction : il n'y a pas de solide édifice si ses fondations ne sont pas d'une résistance à toute épreuve. Et malheureusement il est souvent très difficile, et par suite très coûteux, de trouver le « bon sol », comme on dit, pour y établir des fondations qui ne puissent s'enfoncer, se déverser; fréquemment, le sous-sol est trop mou, fluide, vaseux, etc. On peut alors recourir aux pilotis, énormes pièces de bois que l'on enfonce verticalement dans le sol, comme cela se fait couramment en Hollande : cela revient particulièrement cher. On peut aussi établir, en béton armé justement, de vastes plateaux qui prennent un appui solide sur le sol. Mais un ingénieur spécialiste bien connu en ces matières, M. Considère, a eu une idée fort heureuse et origi-nale, qui simplifie étonnamment les fondations et en rend le prix très modeste. Une photographie va faire admirablement comprendre le procédé, qui a dès maintenant fait ses preuves.

Même sur un sol très mobile, vaseux, il suffira de disposer des sortes de cônes de béton rappelant un peu les tas de sel que l'on voit dans les marais salants de l'Ouest et du Sud-Ouest de la France; par-dessus cette masse, on dispose une armature métallique faite de tiges de fer disposées comme l'indique la photographie; et on recouvre cette armature d'une couche de béton qui la noie. On

obtient ainsi un énorme pied d'une largeur extraordinaire, et il est
évident que même un poids très lourd pesant sur ce pied ne lui
permettra pas de s'enfoncer dans le sol fluide. C'est un peu comme
la raquette du Canadien, qui lui permet de se déplacer à la surface

LE NOUVEAU SYSTÈME DE FONDATION CONSIDÈRE.

de la neige sans y enfoncer de façon apparente. Sur ces larges
pieds, on pourra ensuite monter des colonnes métalliques, des
piliers de maçonnerie supportant une lourde construction, sans
que rien bouge, sans qu'il se produise le moindre tassement. On
reconnaîtra que la méthode est aussi ingénieuse que pratique.

LE MAÇON MÉCANIQUE :
CANON A CIMENT ET MACHINE A RAVALER

Nous avons dit que le ciment armé rend à peu près les mêmes
services que le béton armé; d'une façon plus générale, le
ciment est une matière précieuse pour les travaux de construction,
de maçonnerie : non seulement il peut servir à souder les matériaux,
pierres, graviers, grains de sable, moellons; mais encore il présente
cette particularité tout à fait avantageuse de pouvoir donner des
surfaces lisses et imperméables à l'eau. Il ne se dissout pas du reste

dans l'eau, et c'est pour cela qu'il est utilisé de façon courante dans
les travaux des ports et des rivières, et dans ce que nous appellions
tout à l'heure les terrains aquifères. Nous avons cité précisément
les injections de bouillie de ciment que l'on a projetée dans les
fissures du terrain autour des tunnels des métropolitains parisiens.

On comprend dès lors combien il serait intéressant de pouvoir
étendre mécaniquement (pour que cela aille plus vite et coûte moins
cher) la bouillie de ciment entre les matériaux que l'on veut souder
les uns aux autres, sur les maçonneries que l'on veut enduire, sur les
murailles des maisons que l'on veut rendre lisses, imperméables à
l'eau, etc. Justement, un inventeur américain, qui était auparavant
un empailleur, a combiné pour cela une machine très curieuse et
parfaitement pratique, à laquelle il a donné le nom pittoresque de
canon à ciment, *cement gun* en anglais. En effet, cet appareil lance
le ciment, additionné naturellement d'une proportion convenable
d'eau, partout où l'on veut qu'il joue son rôle. Cette machine peut
être montée sur un chariot ; et même, là où il y a un important

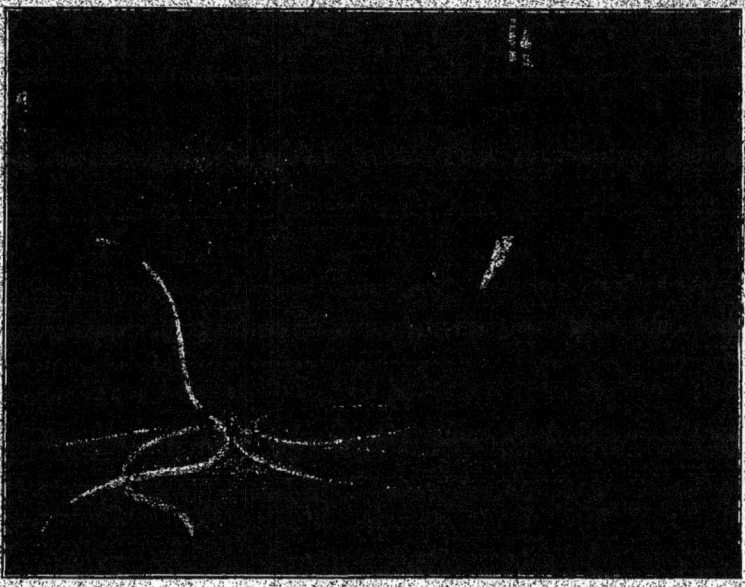

LE CANON A CIMENT.

chantier, où la machine doit parcourir d'assez grandes distances
pour remplir sa mission, on peut la monter sur un véritable véhicule
automobile, le moteur de ce véhicule commandant alors l'espèce de
pompe à air comprimé qui va assurer la projection du ciment addi-

tionné d'eau. Autrement, cette pompe peut être commandée à bras sans difficultés.

Dans un gros cylindre vertical, on jette le ciment et aussi le sable fin dont on l'additionne toujours pour donner plus de consistance au mélange. Le jet d'air comprimé lancé par la pompe entraîne régulièrement de petites quantités du mélange dans un gros tuyau, où arrive aussi de l'eau en quantité convenable pour faire la bouillie de ciment. Le tout sort par l'orifice du gros tuyau, que tient en main le maçon, l'ouvrier collaborateur de la machine, qui, elle, est vrai-

CIMENTAGE A LA MACHINE DES TALUS DU CANAL DE PANAMA.

ment ce maçon mécanique dont nous parlions. Rien de plus simple que de lancer ainsi le ciment là où l'on veut qu'il se dépose et pénètre, sa pénétration étant rendue facile par la force avec laquelle il est projeté. Le succès de ces machines est tel qu'il s'est fondé à Chicago une compagnie qui en construit constamment et s'appelle la Cement Gun Co.

Ce qui est intéressant à signaler, c'est que, dans le creusement du Canal de Panama, pour arrêter ces éboulements, ces glissements de terrains sur le flanc des tranchées dont il a été question plus haut, on a installé sur un wagon un canon à ciment qui a permis de projeter sur les talus de la bouillie de ciment immobilisant les terres et roches qui menacent de s'effriter. On comprend que le ciment appliqué violemment tient bien mieux que celui qu'on étend à la

truelle. On peut aussi, avec ce canon à ciment, crépir admirablement les murs des maisons faites en maçonnerie grossière, ou encore
enduire d'une couche dure des toiles métalliques, et faire ainsi rapidement des cloisons, des murailles légères.

Du reste, le besoin de machines pour accomplir ces travaux du
maçon s'impose tellement, qu'un ingénieur allemand, M. Joseph von
Vass, vient à son tour d'imaginer une machine à ravaler qui
ressemble beaucoup au canon à ciment, mais est faite, elle, pour
étendre et appliquer le mortier. Nos lecteurs savent probablement
que ravaler signifie précisément enduire de mortier les murailles
d'une maison pour lui donner le fini voulu. La machine s'applique
aussi à la confection des plafonds, en projetant du plâtre bien plus
régulièrement qu'on ne peut le faire à la main. Cette machine se
déplace de chantier en chantier de construction; elle comporte une
machine à préparer le mortier, fait de sable et de chaux qui sont
déversés dans l'appareil à mélanger, sorte de gros cylindre tournant,
mû par le moteur automobile installé sur le châssis du véhicule de
la machine. Quand l'addition d'eau a été faite et que le brassage a
duré suffisamment, on se trouve en présence du mortier tout prêt à
être employé. Ici encore nous trouvons un dispositif à air comprimé,
bien entendu actionné mécaniquement, qui aspire le mortier, puis
le refoule au bout d'un tuyau plus ou moins long dont l'extrémité
est entre les mains de l'ouvrier chargé de ravaler. Ce refoulement
peut se faire à une distance de près de 90 mètres et à une hauteur
de 50; c'est-à-dire qu'une machine de ce genre installée à terre
sera à même de servir à la construction de la maison la plus haute
et la plus grande. C'est un nuage de mortier humide qui arrive en
place et se colle de façon définitive, en un instant, sur une surface
énorme.

LES LOCOMOTIVES MONSTRES
AMÉRICAINES

Il ne faudrait pas croire que les Américains, et en particulier
leurs ingénieurs de chemins de fer, fassent tout mieux qu'en
Europe; mais il est certain qu'ils ont une audace rare, donnant
assez souvent des exemples bons à suivre. D'ailleurs, sur leurs
voies ferrées, on se trouve en présence de conditions spéciales, les
ponts qui passent par-dessus les voies ont des ouvertures plus larges
qui laissent passage à un matériel de chemin de fer plus massif;
d'autre part, les conditions dans lesquelles se font les transports au
moyen de trains bien moins fréquents que dans le Vieux Monde,
nécessitent pour ces trains des poids énormes qu'il faut bien

remorquer, poids atteignant souvent 3 000, 4 000 tonnes, au lieu du maximum de 1 000 tonnes, pour un convoi de marchandises, qu'on ne dépasse guère en France. C'est pour toutes ces raisons que les

LOCOMOTIVE BRÛLANT DU PÉTROLE.

Américains. emploient des machines locomotives qui sont des monstres, par rapport aux locomotives pourtant de plus en plus puissantes que nous utilisons.

Voici par exemple une machine yankee qui est destinée à circuler sur le réseau du Southern Pacific Railroad ; machine pour trains de voyageurs du reste, ces convois étant eux aussi plus lourds que les convois européens, à cause des gros wagons employés. Cette locomotive pèse un peu plus de 174 tonnes, sans son tender, et 257 tonnes avec ce dernier. Une machine correspondante, en France par exemple, ne pèserait même pas 100 tonnes ! Cette machine améri-

LA CHAUDIÈRE D'UNE LOCOMOTIVE MONSTRE.

caine présente du reste cette particularité que son tender est une sorte de réservoir à peu près cylindrique contenant comme combustible du pétrole (brûlé dans le foyer au lieu de charbon). Il renferme également l'eau indispensable. A noter d'autre part que, pour ce type de machine, la cabine du chauffeur et du mécanicien est à l'extrême avant, ce qui leur permet de mieux observer la voie.

Cet engin a une longueur totale de plus de 20 mètres. Si nous considérons d'autres locomotives mises récemment en service sur les lignes américaines, notamment celles du réseau Atcheson Topeka, nous voyons que la surface de chauffe, celle où l'eau est en contact avec les gaz de la combustion à travers les tôles, est de 28 mètres environ : au lieu de 8 mètres pour les meilleures machines existant en 1850. La grille a une surface de 9 m. 70 ; pour les cylindres où se déplacent les pistons, ils ont une longueur de 81 centimètres, les uns avec 71 et les autres avec 96 centimètres de diamètre. Dans l'intérieur de la chaudière débarrassée de ses tubes, on pourrait disposer bout à bout au moins 5 grands lits, en en faisant une

LA BOÎTE A FEU D'UNE LOCOMOTIVE AMÉRICAINE.

chambre à coucher originale. Les gens qui y logeraient auraient encore au-dessus de la tête une hauteur libre de quelque 70 centimètres ! A l'intérieur des gros cylindres dont nous donnions les dimensions, un homme de bonne taille pourrait se tenir assis sans difficulté sur un tabouret de hauteur ordinaire.

NOUVELLES LOCOMOTIVES FRANÇAISES

Nous disions que les Américains étaient loin de se trouver toujours à la tête du progrès ; et il convient de remarquer qu'en matière de locomotives notamment, les chemins de fer français ont

inauguré une série de transformations qui ont profondément modifié
la machine de traction des trains. Ce sont eux qui ont imaginé le
compoundage, si employé maintenant, et qui consiste à faire travailler la vapeur dans deux séries successives de cylindres. Les
locomotives françaises continuent à se perfectionner. La Compagnie
des chemins de fer Paris-Lyon-Méditerranée vient, pour son compte,
de faire construire toute une série de locomotives nouvelles; nous
devons dire qu'elle y a appliqué une découverte qui a été rendue
pratique par les Allemands, et qu'on appelle la surchauffe : la
vapeur, en sortant de la chaudière, va passer dans un appareil qui

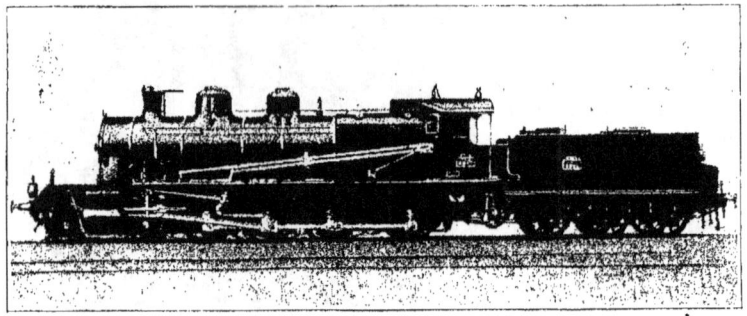

UNE DES GROSSES LOCOMOTIVES FRANÇAISES.

l'expose à une chaleur élevée, elle rend ensuite bien davantage
dans les cylindres et sous les pistons. Combien les cylindres par
exemple de ces machines nous sembleraient petits, par rapport à
ceux que nous avons trouvés dans les machines américaines : leur
longueur est de 65 centimètres pour 37 ou 59 centimètres de diamètre. Quant au poids de la machine, il ne dépasse pas 72 tonnes,
il est vrai sans le tender. Cela n'empêche que ces machines peuvent
fournir des vitesses régulières et tenues qui feraient envie aux voyageurs américains.

De son côté, la Compagnie du Nord est en train d'essayer des
chaudières nouvelles, dites à tubes d'eau, tout à fait analogues aux
chaudières marines, aux chaudières qui sont employées dans les
bateaux, ou du moins dans les bateaux à très grande vitesse, bateaux
de guerre d'ordinaire, torpilleurs, contre-torpilleurs, etc. Dans les
chaudières des locomotives, il y a bien des tubes allongés sur toute
la longueur du gros cylindre qui forme le corps de la machine; mais,
dans ces tubes, passent les gaz venant du foyer : ce sont des tubes
dits à fumée, disposés au milieu de l'eau de la chaudière. Avec les
chaudières marines « aquatubulaires », comme on dit, c'est tout le
contraire; les tubes où passe l'eau sont au milieu du foyer et des
gaz de la combustion du charbon. C'est toujours, bien entendu, pour

que ces gaz cèdent leur chaleur à l'eau, qui se transformera peu à peu en vapeur faisant mouvoir les pistons et par suite la machine. Mais avec les chaudières à tubes d'eau, la vaporisation est bien meilleure ; ce qui veut dire que l'on peut produire beaucoup plus de vapeur et d'une façon rapide ce qui permet d'obtenir de la machine un travail bien plus intense. Et l'on arrive avec ces nouvelles machines, dont sans doute l'usage se généralisera, à remorquer sans peine à une allure moyenne de 90 à 100 kilomètres à l'heure, et même sur les parties horizontales à 120 kilomètres, des trains pesant 400 tonnes. Il y a donc, là encore, une amélioration de la vieille locomotive à vapeur, qui ne paraît pas encore disposée à céder le pas à la machine électrique.

LOCOMOTIVES A PÉTROLE

Nous avons parlé de locomotives américaines où l'on brûle du pétrole dans le foyer, au lieu de procéder comme d'ordinaire au chauffage à l'aide de charbon de terre. Sans doute, il y a là un avantage très sérieux, car il suffit de manœuvrer un robinet pour laisser arriver le combustible dans le foyer, et l'on supprime le travail si pénible du chauffeur, obligé de pelleter continuellement pour envoyer le charbon sur la grille. Mais on rêve, en ce moment, d'une simplification plus grande encore : il s'agirait de combiner des machines locomotives dotées de moteurs tonnants, à pétrole, tout à fait analogues aux moteurs des voitures automobiles, en plus grand, ou de moteurs dits à combustion comme celui qui a été imaginé par un Allemand, M. Diesel. Ce moteur fait fortune dans la navigation, et nous en avons dit quelques mots à ce propos. Le moteur à combustion utilise, lui aussi, le pétrole en vapeurs mélangées d'air dans un ou plusieurs cylindres, mais il ne se produit pas une explosion véritable : le mélange s'enflamme et chasse peu à peu le piston.

Voici que l'on commence à réaliser l'installation pratique de ces moteurs Diesel, qui ont si bien réussi par exemple à bord du bateau le *Selandia* et sur des locomotives. M. Diesel s'est associé pour cela avec une fameuse maison suisse de construction de machines, la maison Sulzer, de Winterthur, et avec une usine qui s'est fait depuis longtemps une spécialité de la fabrication des locomotives classiques, la maison Borsig de Berlin. Pareille association ne peut manquer d'arriver au succès. Il ne s'agit point d'ailleurs d'une machine joujou : la première que l'on a construite mesure 16 mètres de long. On n'a pas installé moins de quatre moteurs Diesel pour fournir la force motrice nécessaire à cette machine, qui a une force de

1 200 chevaux ; c'est-à-dire qu'elle est aussi puissante que la grande
majorité des grosses machines à vapeur qui assurent normalement
la traction des trains sur nos chemins de fer. Il ne faut pas croire
qu'il s'agisse d'un engin tout à fait léger ; parce que, quand une
machine est trop légère, elle glisse sur les rails, elle patine, ainsi
que disent les techniciens, elle ne peut plus faire avancer le train
attelé derrière elle, tout comme un cheval qui serait trop léger pour
la charge qu'il a à tirer, et qui a pourtant la puissance musculaire
suffisante. Tous ceux qui connaissent la rapidité de mise en marche
du moteur automobile, et aussi sa simplicité d'alimentation, com-
prendront l'avantage qu'il y aura à le mettre à contribution pour la
traction des trains. M. Diesel, père du système il est vrai, estime
que l'avenir est à la locomotive à pétrole. On ne doit pas perdre de
vue toutefois l'évolution qui se dessine en faveur de l'électrification
des chemins de fer.

LE TRANSPORT DU COURANT ÉLECTRIQUE
A GRANDE DISTANCE ET A HAUT VOLTAGE

Sous l'influence de l'électrification croissante des voies ferrées, et
surtout par suite des applications autres et innombrables du
courant électrique, fournissant la force tout autant que l'éclairage
ou la chaleur, les stations génératrices d'électricité, les stations
centrales, comme on les nomme, se multiplient ; et l'on cherche à
les installer aussi économiquement que possible, c'est-à-dire à utiliser tout particulièrement des chutes d'eau actionnant des turbines
hydrauliques, qui commandent à leur tour des dynamos produisant
le courant. Tout naturellement, c'est dans les régions montagneuses
que l'on rencontre le plus fréquemment ces chutes, et que l'on monte
les usines hydroélectriques ; mais c'est au loin, dans les grandes villes
industrielles, que l'on trouvera la clientèle. Il faut donc arriver à
envoyer économiquement et facilement ce courant à de très grandes
distances. Pour cela on recourt à des conducteurs, aériens le plus
souvent, des fils de cuivre ou d'aluminium parfois, où l'on fait circuler le courant sous haut voltage, haute tension : ce qui correspond
tout à fait à la forte pression pour de l'eau dans une canalisation.

Or, d'année en année, on se hasarde à pratiquer des tensions plus
élevées. Qu'on ne perde pas de vue, comme base de comparaison,
que le voltage des lampes électriques qui nous éclairent dans nos
appartements est généralement de 110 volts. On est donc parvenu, il
y a déjà bien des années, à distribuer le courant entre l'usine et les
villes alimentées, à des tensions de 10 000, 20 000, 30 000 volts. Mais

cela était bien infime par rapport à une distribution, à un transport
de courant sous tension de 110 000 volts qui avait été installée dans
l'État de Michigan, aux États-Unis, aux environs de Grand Rapid. Il
s'agissait du reste d'une distance que l'on considère maintenant
comme très modeste : seulement 70 kilomètres. Mais voici que l'on a
mis en exploitation, toujours dans ce même État, un transport autrement remarquable : la tension atteint cette fois 140 000 volts! La
transmission dont il s'agit avait d'autant besoin d'être montée à
haute tension, qu'il fallait faire franchir au courant une très longue
distance ; que par suite on avait intérêt à économiser sur le poids et
le prix du métal des conducteurs. Il faut ajouter que cette transmission a été prévue immédiatement pour une distance de 200 kilomètres, et qu'avant peu on prolongera la distribution jusqu'à une
distance de 376 kilomètres. Du fait que l'on a osé adopter cette
tension énorme, on a économisé à peu près 50 p. 100 sur le poids et
la valeur des conducteurs aériens. Il est avant tout indispensable
que ceux-ci soient isolés de la façon la plus stricte ; mais on sait
assurer aujourd'hui cet isolement, et l'on songe à pratiquer des
tensions encore plus fortes.

LA GRANDE USINE HYDROÉLECTRIQUE
DE LA PERTE DU RHÔNE

Il s'agit encore d'un projet, mais qui semble devoir prendre
tournure ; et comme on en a beaucoup parlé ces temps derniers,
qu'il est vraisemblable qu'avant peu il sera mis à exécution, nous
voudrions en dire deux mots. Cela édifiera nos lecteurs sur la possibilité que l'électricité nous donne d'utiliser des chutes d'eau qui
jusqu'ici se sont contentées d'user les rives du torrent où elles
coulent, sans rendre aucun service.

Ce projet a été dressé par un ingénieur de première valeur,
M. Blondel, professeur à l'École des Ponts et Chaussées. Que l'on
sache qu'il serait possible d'emprunter constamment au Rhône, là
où il constitue sa perte célèbre, une force d'au moins 78 000 chevaux ;
et même, pendant une certaine période de l'année, la puissance
disponible serait de 270 000 chevaux : un cheval-vapeur est une
unité de puissance correspondant à peu près à trois chevaux en
chair et en os. Assurément, la mise en valeur de cette chute néces-
sitera des travaux considérables, et notamment un barrage qui
n'aurait pas moins de 100 mètres de hauteur pour une largeur
de 120. Pour l'instant on n'emprunte au torrentueux Rhône qu'une
force un peu inférieure à 10 000 chevaux ; et le jour où, grâce aux

progrès de la technique et de la construction, on pourra construire le barrage et dériver l'eau sur les turbines d'une énorme usine hydroélectrique, il sera aisé d'envoyer de tous côtés le courant électrique, sans doute même jusqu'à Paris, en employant naturellement cette haute tension dont nous vantions les avantages.

UN NOUVEAU MOULIN A VENT

On n'utilise plus guère les moulins à vent, qui étaient jadis si multipliés. Les Américains ont inventé pourtant divers systèmes de turbines atmosphériques, moulins à vent perfectionnés qu'ils prétendaient appliquer avec succès au pompage de l'eau à la campagne. On a songé également à les employer pour commander des machines dynamo-électriques, qui auraient fourni le courant à très bon marché dans les propriétés privées. Mais tous ces moulins à vent, si perfectionnés qu'ils paraissent, présentent de gros inconvénients : ces machines, qu'on a faites très légères précisément afin qu'elles s'orientent d'elles-mêmes au fur et à mesure que le vent change, ne résistent pas suffisamment dès que le vent souffle un peu fort, et elles sont facilement mises hors de service. C'était bien d'ailleurs un peu le cas aussi du moulin à vent classique, qui ne travaillait pas souvent en réalité, et qui, par conséquent, coûtait cher, puisque l'on devait à chaque instant le faire chômer. Au surplus, le vent a un grand défaut comme fournisseur de force motrice : il est fantaisiste et se refuse trop souvent à souffler au moment même où l'on a le plus besoin de lui.

Quoi qu'il en soit, les inventeurs s'acharnent à tirer parti de cette force qui semble si volontiers s'offrir à nous. Tout récemment, un Provençal, M. de Castlet, a imaginé une roue pneumatique qui diffère absolument des turbines atmosphériques et des moulins à vent ordinaires. Ce moulin à vent nouveau se présente sous la forme d'une roue verticale à aubes horizontales, qui peut naturellement obéir à un vent venant de n'importe quel côté. Mais l'appareil comporte, de plus, une espèce de masque ayant la forme d'un demi-cylindre, qui se rattache à une sorte de queue sur laquelle peut agir le vent. Les choses sont disposées de telle sorte que le vent, en faisant pivoter la queue et le masque, empêche le vent même d'arriver sur la moitié des aubes de cette roue verticale; en atteignant au contraire l'autre moitié de ces aubes, il fait tourner l'axe de la roue, et c'est cette rotation qui est utilisée pour donner le mouvement au mécanisme, à l'appareil que l'on veut commander par la force du vent. Ce sera aussi bien une dynamo génératrice de courant qu'une pompe ou autre chose.

Cependant, nous devons dire qu'il ne semble point que les appareils utilisant le vent soient jamais susceptibles de faire concurrence aux machines à vapeur, aux moteurs à pétrole, ou aux chutes d'eau avec concours des turbines hydrauliques et de l'électricité.

LES GRANDES TURBINES A VAPEUR

Voici déjà plusieurs années que les turbines à vapeur ont conquis leur place, et qu'elles rendent des services de plus en plus considérables partout où l'on a à mettre à contribution un moteur à vapeur. Nous les avons vues fournissant la force motrice à des immenses navires comme le *France* ou comme l'*Imperator*. Mais, dans les installations à terre, elles ne sont pas moins précieuses; et le fait est certain que, dans toutes les grandes centrales électriques à vapeur modernes, c'est à ces moteurs que l'on recourt maintenant; ils consomment moins de charbon que les machines à piston, tournent très vite, ce qui est particulièrement avantageux pour la commande des machines électriques, et de plus tiennent relativement peu de place. On arrive d'ailleurs, avec les turbines à vapeur, à obtenir une puissance énorme en une seule unité, en une seule machine. Et pour donner idée des tailles que l'on réalise aujourd'hui sans peine avec les turbines à vapeur, nous pouvons citer une turbine gigantesque qui vient d'être récemment construite en France.

En effet, la Société électro-mécanique du Bourget, spécialiste en ces genres de travaux, vient d'avoir à fournir, à une grande usine d'électricité qui se monte à Saint-Denis, près de Paris, une turbine à vapeur devant posséder une puissance de 20 000 chevaux (ce qui, soit dit en passant, correspond assez sensiblement à la force totalisée de 400 000 hommes environ travaillant simultanément, chose du reste impossible à réaliser pratiquement). Cela n'a pas été chose facile que de transporter la portion centrale de cette turbine, partie portant les ailettes, de l'atelier jusqu'à l'usine; bien que ce fût seulement une partie de la turbine montée, il n'a pas fallu moins de 35 chevaux pour la véhiculer sur un énorme chariot construit pour cet usage. Nous devons dire d'ailleurs que les turbines de ces puissances deviennent d'usage courant à notre époque; et, tout récemment aussi, la grande Société de constructions mécaniques de Belfort a fabriqué, pour une usine d'Asnières, une turbine du même genre qu'on a dû faire venir par terre depuis Belfort : elle eût été trop lourde et trop encombrante pour pouvoir se charger sur un wagon, et passer sous les ponts croisant les voies ferrées.

LA NOUVELLE TURBINE A VAPEUR TESLA

On possède déjà, à l'heure présente, des types divers de turbines à vapeur : à commencer par la turbine de Laval ou la turbine Parsons, qui ont été les premières construites pratiquement, et à continuer par les turbines Rateau, Curtiss, etc. Le principe en est à peu près le même, avec cette différence que, pour la turbine de Laval par exemple, ce sont de véritables jets de vapeur qui frappent des aubes, un peu comme, dans les turbines hydrauliques, des jets d'eau frappent également des aubes. Mais il faut toujours soit des aubes, soit des ailettes au pourtour des disques ou des cylindres constituant la portion de l'engin qui reçoit la puissance de la vapeur : ces ailettes ou aubes sont repoussées, et le disque ou le cylindre tourne, en fournissant le mouvement rotatif qui est réclamé à toute machine productrice de force motrice.

Un inventeur très célèbre dans le domaine de l'électricité, M. Tesla, qui est devenu presque Américain d'adoption, vient de combiner une turbine à vapeur bien plus simple, qui éveille le scepticisme d'une foule de gens, mais qui paraît pourtant tourner parfaitement sous l'influence de la vapeur qu'on dirige sur elle, et fournir par conséquent mouvement rotatif et force motrice. On trouve bien dans cette machine des disques, disposés les uns à côté des autres, et à très faible distance, et montés sur un axe commun. L'ensemble de ces disques est logé dans une enveloppe métallique, et l'on a prévu deux sortes de robinets qui permettent de laisser arriver deux jets de vapeur en deux points du pourtour de cet ensemble de disques enfilés sur cet axe, cette tige commune. La vapeur s'introduit entre les disques; et quoiqu'elle ne rencontre point d'aubes ni d'ailettes (puisque les disques sont absolument unis à leur surface), comme cette vapeur adhère à la surface métallique, en raison du phénomène général de l'adhérence, voici que cette vapeur entraîne les disques dans son mouvement; elle les oblige à tourner. Il faut se rendre compte qu'il n'y a pas en fait de surfaces absolument lisses, notre industrie ne saurait les fabriquer; il s'y trouve toujours de petites rugosités, auxquelles les particules de vapeur s'accrochent. Il n'en faut pas davantage pour obliger les disques à tourner, et cela très rapidement. On conviendra que la construction de turbines de ce genre est bien simple; alors qu'il est si difficile de calculer la courbure voulue pour les ailettes et aubes des turbines ordinaires, et que le montage ou la taille de ces ailettes est chose particulièrement malaisée et coûteuse. Ajoutons qu'une turbine du type Tesla peut tourner aussi bien dans un sens que dans l'autre; il suffit de faire arriver la vapeur d'un côté ou du côté opposé. Et un avantage qui milite encore en faveur de ces turbines, c'est qu'elles sont particulièrement légères et peu encombrantes : il suffit d'un appareil de 60 centimètres de haut pour donner une puissance de 200 chevaux.

TURBINES A GAZ

De même que des gaz combustibles, les produits d'une explosion peuvent assurer le déplacement d'un piston (c'est ce qui se passe dans les moteurs dits à gaz ou à explosions, moteurs à pétrole); de même peut-on parfaitement concevoir que des gaz provenant d'une explosion de vapeurs de pétrole et d'air fassent tourner une turbine, en agissant sur les ailettes. Des turbines de ce genre auraient autant d'avantages par rapport aux turbines à vapeur, que ces moteurs tonnants dont nous parlions plus haut par rapport aux moteurs à vapeur avec pistons de l'ancien système. Les inventeurs multiplient donc leurs efforts pour réaliser des turbines à gaz fonctionnant bien : il suffira d'un réservoir à pétrole et d'un carburateur pour faire fonctionner ces moteurs.

Malheureusement, dans ces appareils, on arrive à ce que les ailettes et les disques ou le cylindre sur lesquels les ailettes sont montées, soient exposés à une chaleur intense, puisqu'ils reçoivent continuellement des gaz provenant d'une explosion, et par conséquent très chauds; et si l'on veut les arroser d'eau pour les refroidir et empêcher que le métal soit mis hors de service par cette température, on dépense beaucoup d'eau, ce qui coûte cher, quoiqu'on ne s'en doute pas communément. Néanmoins, des progrès se font en ce qui touche ces turbines à gaz. C'est ainsi qu'un inventeur allemand, M. Holzwarth, de Mannheim, vient de combiner une turbine dont on espère beaucoup. Son appareil comporte un compartiment de combustion où un mélange d'air et de vapeurs carburées fait explosion. Cette vague de gaz s'échappe au moment voulu du compartiment, puis arrive sur les ailettes de la turbine, qu'elle fait tourner. On introduit ensuite de l'air dans le compartiment de combustion, et cet air parvient à son tour sur les ailettes, tandis qu'elles tournent, et les refroidit; puis une nouvelle explosion se produit, et ainsi de suite. Dès maintenant, on peut s'apercevoir qu'une turbine à gaz de ce système, avec toute son installation, ne représente que le quart du poids d'un moteur à pétrole ordinaire. Et pourtant un moteur à pétrole est déjà bien simple et peu encombrant en comparaison d'une machine à vapeur! Il est possible au surplus que cette curieuse turbine Tesla dont nous venons de parler, puisse être actionnée, elle aussi, par des gaz d'explosion, ce qui simplifierait encore l'installation.

LES GRANDS CAISSONS EN BÉTON ARMÉ
DU PORT DE KOBE

Q UAND nous parlions des questions de navigation, nous avons
indiqué d'un mot l'importance que les ports bien organisés,
profonds, bien abrités, ont pour cette navigation ; et comme la nature
ne nous fournit guère de ports suffisamment profonds pour les grands
navires modernes, en cette matière au moins autant qu'en toute
autre l'ingénieur a fort à faire. Pour établir des quais en eau profonde, comme on dit, pour construire en avant de ces quais des
digues, des brise-lames susceptibles de donner un abri aux bateaux,
on met de plus en plus à contribution d'énormes blocs artificiels en béton, et représentant des dizaines, des centaines et parfois des milliers de tonnes. On comprend que la mer, en dépit de
toute sa violence, ne peut pas aisément déplacer de pareilles masses.
Mais il faut dire, en sens contraire, qu'il n'est pas commode de les

VUE INTÉRIEURE D'UN DES GRANDS CAISSONS EN BÉTON ARMÉ DU PORT DE KOBE.

mettre en place. Et c'est pour cela qu'on a imaginé un procédé qui
permet de ne donner à ces blocs leur poids complet que quand ils
sont à leur emplacement définitif. Dans ce but, on les construit

comme des boîtes creuses, on les conduit jusqu'au point où ils doivent prendre place dans une digue, un brise-lames; puis on les fait
couler; et quand ils sont pleins d'eau, on y déverse du béton, qui

VUE D'UN CAISSON DE KOBE AU MOMENT OÙ L'EAU Y PÉNÈTRE.

les remplit et prend, durcit dans ces conditions, en faisant de la
boîte une masse pleine et de poids convenable.
    Un travail de ce genre, qui donne bien idée de cette méthode aussi
précieuse que curieuse, est en train de se poursuivre à Kobe. On y
utilise de grands caissons pour soutenir ou constituer les murs des
quais et des môles formant les installations du nouveau port. C'est
qu'on se trouve sur un terrain immergé peu solide, et que, sans
cela, on se serait exposé à voir les murailles se déplacer, se déverser,
se renverser, les fondations étant ébranlées par le mouvement des
lames. On a, comme dans beaucoup de cas maintenant, eu l'excellente idée de recourir, pour faire les parois des caissons, à ce béton
armé que nous avons déjà rencontré tant de fois sur notre route.
L'exécution en a été confiée à des ouvriers Japonais, qui sont assez
habiles pour des besognes de ce genre, à condition d'être dirigés
par des techniciens européens. Ces caissons ont plus de 36 mètres
de longueur pour une hauteur qui atteint parfois près de 11 mètres,
et une largeur en bas de 7 à 9 mètres. Chaque caisson est partagé
en compartiments par des cloisons faites également de béton armé.
La boîte ainsi subdivisée et construite à sec peut être lancée à l'eau
ensuite, et elle flottera très bien, quoique son poids soit de
1 900 à 2 400 tonnes! La mise à l'eau se fait à l'aide d'une sorte de

dock flottant quelque peu analogue à ceux que nous avons décrits pour le carénage des bateaux, mais de dimensions naturellement modestes; ce système a été combiné par les entrepreneurs anglais du port, MM. Clark and Stanfield. Le dock se glisse sous le caisson, et en-dessous du chantier en charpente où il a été construit, et charge le caisson sur son petit pont. Puis il l'amènera sur la place même de l'immersion. Parfois on laissera le caisson doucement descendre à l'eau tout près du chantier, et ce caisson, flottant comme une boîte étanche, sera conduit par un remorqueur à l'endroit où on le coulera définitivement.

Quand le caisson a été ainsi amené à l'endroit convenable, au-dessus du fond où on le descendra (et qui a été soigneusement nivelé à la drague ou autrement), on y déverse une première quantité de béton; cela l'alourdit naturellement et le force à descendre dans l'eau; on opère à marée basse, et dans de telles conditions, que quand il est complètement échoué et touche le fond, son bord dépasse le niveau de quelque 60 centimètres. Mais la mer remonte bientôt, l'eau déborde ses parois verticales; et il arrive un moment où le caisson est recouvert de plus d'un mètre d'eau et par conséquent complètement plein d'eau. Ici on ne verse pas le béton sans pré-cautions et à même cette eau; on recouvre une série de compar-timents de la boîte d'une sorte de couvercle métallique en tôle; puis on pompe l'eau des compartiments. le couvercle étant étanche; et quand un compartiment est vide, on y déverse du béton, parfois du sable, par une ouverture ménagée dans ce but. Dès lors le caisson devient une masse de plusieurs milliers de tonnes, contre laquelle la mer se heurte en vain.

LES GRANDS INSTRUMENTS DE LEVAGE ET LES ÉDIFICES MODERNES

RIEN qu'avec les bras humains pour ainsi dire, sans les grues, les instruments de levage qui ont été inventés bien des siècles après, et à plus forte raison sans les mécanismes à vapeur ou élec-triques dont nous disposons maintenant, les Anciens Egyptiens avaient élevé des monuments monstrueux : ces Pyramides, qui ont résisté jusqu'à nous à l'assaut des agents atmosphériques. Mais pareils monuments coûtaient des sommes fantastiques; alors que pourtant on rétribuait à peine par une maigre nourriture les ouvriers que l'on employait à les édifier; du reste c'étaient seulement des souverains qui pouvaient se payer le luxe et la fantaisie de sem-blables constructions.

Aujourd'hui, nos maisons modernes, avec leurs étages super-

posés, constituent des tours de force qui étaient impossibles même
aux souverains des temps passés; mais, pour les construire, il faut
faire appel à toutes les ressources de l'ingénieur, et cela non seulement pour les matériaux divers qui entrent dans cette construction,

LA GRUE EMPLOYÉE AU BOULEVARD DES ITALIENS.

leur charpente métallique notamment, mais encore pour les appareils
qui permettent de manutentionner, de mettre en place, d'élever aux
étages supérieurs les poutres d'acier énormes qui entrent dans cette
charpente.

Il y a déjà longtemps que l'on utilise les sapines, les grands écha-
faudages verticaux que tout le monde connaît, et les treuils à bras,
pour soulever les pierres de taille; on les a perfectionnés récemment
en commandant ces treuils soit à l'aide de machines à vapeur, soit à

l'aide de moteurs à pétrole. Les Américains, il est vrai, ont imaginé, il y a une trentaine d'années, les grues derricks spécialement adaptées à l'édification des maisons à charpente métallique qui, sont depuis de longues années de règle chez eux. Cela se compose d'un mât dressé verticalement soutenu par des haubans, et d'une volée, d'un mât oblique articulé au pied du premier, et pouvant pivoter autour de ce pied, en prenant les inclinaisons les plus variables. Au sommet de cette volée est le câble de soulèvement, dont la traction et l'enroulement sur un tambour sont assurés par un moteur à vapeur, ou plus souvent électrique. Ces derricks peuvent être remontés au fur et à mesure que s'élève la construction, de façon à toujours desservir le chantier, qui est naturellement au sommet. On a pris souvent aussi l'habitude de disposer ces derricks en haut d'un grand pylône de charpente, métallique s'entend, qui se trouve à l'intérieur de la construction en cours. De la sorte, sans déplacer le pylône, on peut manœuvrer toutes les pièces métalliques qui entrent dans cette construction.

Nous sommes longtemps restés en retard à cet égard; mais voici qu'on voit fréquemment des derricks s'installer dans les chantiers des grands édifices parisiens; et lors d'une construction double des plus intéressantes faite sur le Boulevard des Italiens, à Paris, on a mis à contribution d'une part une grue roulante ressemblant quelque peu à un derrick, se déplaçant en haut d'une énorme charpente desservant toute une partie du chantier; et de l'autre une immense grue double dont les pylônes dépassent 40 mètres de hauteur, et qui est due à la fameuse maison de construction Baudet-Donon. On remarquera, sur la photographie que nous en donnons, que les deux grues sont solidarisées par des bras métalliques horizontaux formant, dans l'ensemble, une immense construction à 3 pieds. Chacune des grues, tournant autour de son pivot, ne peut donc avoir aucune tendance à faire déverser le pylône, quelle que soit la charge qu'elle portera. Le long du bras de la grue, et en-dessous, peut se déplacer un chariot roulant sur des galets et tiré par des câbles convenables; il porte la charge à manutentionner. Les quatre pylônes ont été disposés de manière à ne pas gêner les constructions à élever; et effectivement tout s'est fait avec une rapidité et une économie précieuses, sans imposer de travaux pénibles aux ouvriers.

LES GRANDES GRUES FLOTTANTES
DU PORT DE BUENOS-AYRES

Dans les ports, et pour le chargement des navires, et surtout pour l'embarquement à bord des bateaux soit des chaudières et des énormes machines dont on les dote, soit des canons qui arment les navires de guerre, on a constamment besoin d'appareils de levage d'une puissance formidable ; et nous avons eu ailleurs occasion de parler de ceux qui peuvent soulever des poids de 200 et même parfois de 250 tonnes « à bout de bras ». Mais ce sont des grues fixes solidement ancrées dans la maçonnerie des quais où elles s'élèvent. Et pourtant souvent il est nécessaire qu'on dispose de grues flottantes

UNE GRUE DE 100 TONNES.

également très puissantes, pouvant se rendre rapidement d'un point à un autre d'un port suivant les besoins, pour soulever des charges considérables tombées au fond de l'eau, se placer entre un navire et le quai, quand celui-ci n'est pas assez large pour qu'on y installe un engin, ou entre deux navires pour opérer un transbordement. Il faut en outre que le poids que la grue portera à bout de bras ne vienne pas troubler de façon dangereuse l'équilibre du chaland sur lequel la grue sera installée.

On vient de doter le port de Buenos-Ayres de deux instruments de levage flottants tout à fait remarquables, et qu'on peut donner à peu près comme des modèles en ces matières : ils ont été construits par les chantiers Smulders, de Schiedam, en Hollande. Ces deux grues pivotantes ont des puissances de soulèvement respectives de 60 et de 100 tonnes. La coque du chaland de la première a une longueur de 47 mètres pour une largeur de près de 20. Le pont est particulièrement solide; du reste la grue pivote et porte sur un vaste plateau métallique construit pour résister au poids formidable qui y pèse, pendant les opérations de manutention de charges. Mais on a prévu un contre-poids pour équilibrer la charge, et empêcher que le bateau ne prenne un inclinaison trop marquée : ce contrepoids est de 250 tonnes, il est fait de rails entassés dans une immense caisse métallique qui est disposée sur la plate-forme de rotation de la grue, mais à l'opposé de sa volée. La grue peut soulever 100 tonnes dans ces conditions sans aucun danger, à une vitesse de plus d'un mètre et demi à la minute. Ajoutons que ces deux bateaux peu ordinaires, pourvus de deux hélices, se sont rendus par leurs propres moyens de Hollande à Buenos-Ayres, sans le moindre incident.

LES HAUTS FAITS DES TERRASSIERS ET PELLES A VAPEUR

D'UNE façon générale et un peu dans tous les domaines, au travail primitif de la main de l'homme, nous avons substitué des appareils mécaniques, qui donnent avec une rapidité surprenante des résultats que nous n'aurions jamais pu atteindre d'autre façon. Les grands travaux de terrassements qui se poursuivent à l'heure actuelle de côté et d'autre, et notamment ce creusement du Canal de Panama que l'on donne comme devant révolutionner les relations maritimes des peuples, et dont nous avons parlé à ce propos, se font précisément grâce à des outils mécaniques d'une puissance extraordinaire; ce sont les dragues, qui sont construites en réalité pour travailler dans l'eau, dans les terrains immergés, et dont nous dirons un mot tout à l'heure; ce sont les excavateurs et terrassiers à vapeur ou pelles à vapeur, dont nous voudrions donner une idée, pour faire comprendre l'importance des services qu'ils rendent, et le rôle qu'ils jouent dans les grands travaux qui s'exécutent aujourd'hui.

Les excavateurs sont plus connus et surtout leur fonctionnement surprend moins, car c'est en somme tout à fait la même chose qu'une drague à godets, cette machine que l'on voit fonctionner dans les moindres petits ports, le long de nos fleuves et rivières; à cela près que l'excavateur est fait pour travailler, creuser à sec. L'organe essentiel en est toujours une série de godets armés de dents coupantes ou acérées sur leur bord, qui sont montées sur une chaîne sans fin, et que le mouvement de cette chaîne promène continuellement à la surface du sol; chaque godet en conséquence se charge de terre, de déblais rocheux, quand la roche est dissociée naturellement ou l'a été par des explosions préalables. Le travail de l'excavateur est intense, parce qu'il est continu, et aussi parce que les godets atteignent de grandes dimensions, que chacun d'eux enlève un cube déjà énorme, et que la répétition du mouvement

UNE PELLE A VAPEUR TRAVAILLANT SOUS L'EAU.

donne bien vite une excavation profonde, forme une tranchée là où le godet vient toucher et racler le sol.

On se sert de plus en plus des pelles à vapeur, que l'on appelle volontiers des terrassiers à vapeur, — parce que la machine, par ses mouvements et son organisme pour ainsi dire, rappelle assez bien le terrassier en chair et en os manœuvrant sa pelle, — et on les a mises fréquemment à contribution et avec les résultats les plus heureux au Canal de Panama. Mais nous allons nous rendre compte par la photographie et nous allons comprendre par certaines indications, que cette pelle est gigantesque, grâce à la puissance musculaire, si l'on nous permet l'expression, des bras mécaniques qui l'actionnent. Si nos lecteurs regardent bien les reproductions photographiques qui passent sous leurs yeux, nous n'aurons pas besoin de leur expliquer longuement le mécanisme de cet outil curieux. Bien entendu, cette pelle à vapeur peut être montée soit sur un

chariot roulant sur le sol, soit sur un wagon se déplaçant sur une
voie ferrée; c'est ce dernier cas qui se présente quand, comme au
canal de Panama, il s'agit de travaux d'importance, d'enlèvement
de milliers et de centaines de milliers de mètres cubes, à extraire

UNE PELLE A VAPEUR DE GRANDE PUISSANCE.

d'une même tranchée pour les charger sur des wagons qui iront les
emporter et les déverser au loin. Nous devons dire que parfois la
pelle sera montée sur un chaland; c'est quand elle ne travaillera
plus à sec, mais fonctionnera comme une drague, en enlevant du
fond de l'eau des déblais rocheux ou autres. Les pelles à vapeur
employées à Panama sont de ces deux genres. Tout naturellement
ce ne sont pas des bras mécaniques rappelant les bras de l'homme
que l'on a combinés pour commander la pelle. Cette pelle, par sa
forme, rappelle les bennes, servant à décharger le charbon des chalands ou des bateaux; cette benne porte sur sa tranche de grandes
dents acérées, qui lui permettent même de s'attaquer à des déblais
ou à un terrain très dur non encore dissocié par des explosions de
cartouches. Le fond de la pelle est mobile. Ce qui va se charger
dans cette pelle n'est pas projeté à distance, comme le fait l'ouvrier
manœuvrant à bras une pelle ordinaire : on amène la pelle pleine
au-dessus du point où doit se faire le déchargement, le wagon par
exemple; on ouvre son fond par une corde de traction, et les déblais
tombent naturellement. D'autre part, le manche énorme de la pelle,
en engrenant avec cette crémaillère, permet de promener cette pelle
sur le sol en la chargeant de déblais. Bien entendu de puissants
treuils et des câbles donnent le moyen d'exercer pour cela les efforts
de traction convenables. Les grandes pelles que l'on emploie ont
couramment des bennes de 2 mètres cubes de capacité. Et c'est

dans ces conditions que, en un seul mois de 25 journées de travail, une des pelles à vapeur fonctionnant à Panama a pu souvent extraire près de 50 000 mètres cubes. On en a même vu une arracher au sol, en un jour, 4 300 mètres cubes!

LES DRAGUES MARINES EN ÉGYPTE

Nous parlions des dragues, en disant qu'elles rendent des services analogues à ceux que nous devons aux excavateurs et pelles à vapeur. Ces dragues sont particulièrement employées en Égypte, et tout spécialement au Canal de Suez. Elles ont déjà été précieuses lors du creusement même de ce canal, pour lequel on avait commencé les travaux à bras d'hommes, mais où ensuite il a fallu procéder à la machine. Chaque année, comme conséquence des progrès de la navigation et de l'augmentation des dimensions et du tirant d'eau des navires, il est nécessaire d'approfondir le canal et de parer aussi aux dépôts de sable qui pourraient se former dans le chenal; et il

LA PELLE DU TERRASSIER A VAPEUR PLEINE DE DÉBLAIS.

faut donc avoir en travail des dragues de plus en plus perfectionnées pour creuser continuellement. Ces dragues sont des outils d'une remarquable puissance. Si nous considérons l'une d'entre elles,

bien dénommée la *Puissante*, nous voyons que ses godets caractéristiques ont chacun une capacité 850 litres; ils peuvent descendre
jusqu'à une profondeur de 12 mètres sous l'eau, pour aller chercher
les sables et déblais qu'il s'agit d'enlever de la route des navires.
Ce sont en réalité de grands bateaux comportant des soutes dans
lesquelles on peut déverser 12 000 mètres cubes de déblais; les
dragues, qui sont automotrices, dotées d'hélices, iront les déverser
au large, là où il n'y a pas danger de gêner la navigation.

Ces dragues sont en somme, sauf leurs proportions, du type que
l'on connaît généralement; mais pour les dragages à exécuter sur
le Nil même, où la navigation est réellement importante, on vient
de mettre en service une drague tout à fait originale. Elle a été
construite par la maison anglaise Lobnitz, qui s'est fait une spécialité de tout cet outillage. Il s'agit d'une drague aspiratrice, dotée
d'un couteau rotatif dissociant le terrain immergé, afin que la drague
puisse plus aisément aspirer ces déblais. On dit drague aspiratrice,
et le fait est que, dans ce type de drague, on dispose d'une pompe
puissante aspirant par un énorme tuyau que l'on descend jusqu'au
contact de ce sous-sol immergé. Quand ce sous-sol est fait de sable,
l'aspiration ne se contente pas d'attirer de l'eau, elle attire en même
temps des quantités énormes de ce sable, qu'on déverse dans les
soutes de la drague ou dans des chalands amarrés le long de ses
flancs : ou encore que l'on envoie jusqu'à la rive par des tuyaux
maintenus flottants à la surface de l'eau. Si le sous-sol est dur au
contraire, on fait tourner sous l'eau, au contact du terrain, un couteau rotatif tel que le représente la figure du frontispice : ce couteau
gratte, dissocie, délite le sol, et l'aspiration de la pompe attire alors
les parties terreuses ou même rocheuses séparées par le mouvement du couteau. Nous donnons une photographie montrant le
couteau rotatif remonté au-dessus de l'eau au bout de son long
bras; il se descend et se remonte très facilement, ce qui permet au
besoin de le réparer. Avec une drague de ce genre on peut s'attaquer
au fond d'une rivière, même quand il est quelque peu rocheux,
pourvu que la roche ne soit pas trop dure et compacte et qu'elle se
laisse attaquer par les dents du couteau. On conviendra que le dispositif est très original.

LES DÉPÔTS DES AUTOBUS PARISIENS

IL s'est fait une transformation profonde dans les moyens de
transports à Paris par la substitution, on peut dire maintenant
complète, de l'omnibus automobile, de l'autobus, au vieil et classique
omnibus à chevaux de la Compagnie Générale. Ceci au grand profit

du public, qui peut aujourd'hui se faire transporter à bon marché à
une vitesse qui eût semblé impossible il y a seulement quelques
années. Cela a entraîné la disparition des écuries et de toute la cavalerie de la Compagnie; mais, par contre, cela a nécessité toute une
organisation nouvelle dont il est bon de savoir quelque chose. C'est
qu'en effet il a été créé ce qu'on nomme des dépôts des autobus. Il
ne faudrait pas croire qu'il s'agisse seulement de remises destinées
à abriter les véhicules : on doit fournir aux moteurs de ces voitures
ce qui va remplacer l'avoine et le foin de l'ancienne cavalerie; il
s'agit de l'essence ou du benzol. Et comme les voitures sont extrêmement nombreuses, qu'elles ont un bel appétit, on doit accumuler
dans les dépôts des approvisionnements considérables de ce benzol
ou de cette essence, substances aisément inflammables pour lesquelles il est nécessaire de prendre des précautions minutieuses de
sécurité. Bien entendu aussi, il est indispensable de disposer, dans
les dépôts, d'ateliers de réparations et de mécaniciens experts, car
un véhicule mécanique est sujet à bien d'autres dérangements
qu'une voiture à chevaux.

Si donc nous pénétrons dans un de ces dépôts, nous y verrons ce
qui est caractéristique des remises à voitures automobiles : un sol
dallé laissant s'écouler les eaux de lavage, des fosses au-dessus
desquelles peuvent venir les voitures pour les visites et réparations;
ces véhicules sont rangés d'autant plus méthodiquement qu'il faut
songer aux risques d'incendie et ménager la possibilité de les faire
vivement sortir. De côté et d'autre, voici des établis avec des outils
de mécanicien, une forge pour les réparations sérieuses. Quant à
l'essence, le benzol, très souvent un seul dépôt doit en contenir
10 000 litres, c'est ce qu'il en faut pour remplir les réservoirs des
voitures à leur départ; et ce remplissage doit s'opérer très rapidement. Le réservoir où on l'accumule est du système Martini Hunecke,
il est enterré dans le sol, où l'hydrocarbure, le benzol est comprimé
sous pression d'azote : cette pression permet au liquide destiné au
moteur d'être chassé par la pression dans le réservoir de chaque
véhicule, dès qu'on a ouvert un robinet et établi une communication entre le réservoir central et celui de l'autobus; il ne fallait pas
songer à recourir à de l'air comprimé pour cela, car l'air et les
vapeurs d'hydrocarbure constituent un mélange inflammable ou
détonnant qui aurait fait courir des dangers dans le dépôt. Au
contraire, l'azote est un gaz inerte qui empêche ces mélanges dangereux de se former, l'air étant dans l'impossibilité de rentrer dans
le grand réservoir et dans les canalisations. Aussi toutes les canalisations sont-elles enveloppées d'une chemise pour ainsi dire, d'une
double enveloppe remplie d'azote sous pression, et la moindre fuite
de liquide dangereux est hors d'état de se produire.

C'est grâce à ces dispositions curieuses et ingénieuses que les

dépôts d'autobus de Paris fonctionnent dans les meilleures conditions, et assurent le ravitaillement et les réparations de l'armée
d'omnibus automobiles qui circulent maintenant dans les rues de
la capitale.

LA MULTIPLICATION DES AUTOMOBILES

Nous allons bientôt montrer quelles applications innombrables et
variées on trouve à l'automobilisme; mais il est bon aussi de
constater le développement extraordinaire et général que prend la
voiture automobile sous sa forme classique. C'est aux États-Unis
surtout que l'on peut remarquer ce développement, les Américains
ne craignant pas les dépenses quand ils espèrent en tirer des avantages, et n'étant pas précisément économes de nature. Il y a une
douzaine d'années, on ne comptait pas, dans la Confédération américaine, plus de 3 000 véhicules mécaniques. Or actuellement on est
bien près d'un total correspondant de 700 000 voitures! Il est vrai
que les fabriques américaines d'automobiles ont une production
réellement fantastique : elle est de quelque 800 voitures par jour,
naturellement pour tous types de voitures!

L'AUTOMOBILE DU MAÇON, DU BALAYEUR ET DU CANTONNIER

L'automobilisme prend une telle place dans la vie moderne, qu'on
le voit s'appliquer graduellement à une foule de travaux et
d'industries, soit pour remplacer les véhicules à chevaux que l'on
utilisait pour ces industries, soit pour inaugurer de nouvelles
méthodes. Et ce n'est pas une exagération, comme nous allons le
voir, ni une métaphore, que de dire que le maçon, le cantonnier, le
balayeur vont être régulièrement dotés d'automobiles pour les aider
dans leur besogne.

Tout le monde connaît ces charrettes basses traînées par plusieurs
chevaux que l'on voit circuler dans les rues des villes, transportant les pierres de taille qui doivent entrer dans la construction des
maisons. Ces chariots sont munis d'un treuil à bras qui permet
de hisser sur la plate-forme une autre plate-forme munie de rou-
leaux par en-dessous, et sur laquelle les pierres sont installées; la
descente des pierres se fait par une opération inverse. Comme il
s'agit de poids très lourds à tirer et à manutentionner, on s'est dit

avec raison qu'un moteur et un dispositif mécanique épargneraient
aux maçons des besognes pénibles ; et c'est pour cela que la fameuse
maison du Creusot a combiné un binard (c'est le nom que l'on
donne à ces véhicules spéciaux) automobile, et manœuvrant avec la
plus grande aisance les pierres les plus pesantes. La portion arrière
du binard supporte le plateau mobile qui peut glisser doucement à
terre avec sa charge, ou au contraire remonter en la portant, grâce
à un cabestan installé à l'avant de la voiture, et qui est mû par le
moteur de ce véhicule quand les roues n'ont pas à être commandées.
Tout cela fonctionne à merveille, et ces lourds charrois se font à
grande allure.

Pour ce qui est de l'arroseur, c'est notamment la maison connue
De Dion-Bouton qui a combiné à son profit, et au profit des piétons
également, une arroseuse qui est en même temps balayeuse. Le
chariot porte à l'avant le balai mécanique classique, actionné par le
moteur tonnant ; à l'arrière est monté un énorme réservoir d'eau,
d'une capacité bien autre que les réservoirs des arroseuses à cheval.
De plus l'arrosage se faisant en même temps que le balayage,
la poussière ne se soulève point, comme c'est l'ordinaire, au grand
dommage de ceux qui se trouvent dans le voisinage. D'ailleurs,
l'appareil comporte une pompe, automobile comme tout le reste,
qui projette l'eau à distance, et peut arroser la voie la plus large
pour ainsi dire en un, deux passages tout au plus. Un seul engin
peut faire le même travail que 8 tonneaux d'arrosage à cheval. Sans
doute il faut, pour une automobile balayeuse et arroseuse, un conducteur mécanicien et un aide, qui sont plus payés que le vieux
cocher classique du tonneau à cheval ; mais ils fournissent tant de
travail grâce au concours de la machine, que ce travail revient à la
moitié de celui qui se fait suivant les anciennes méthodes.

Le cantonnier des routes, et aussi du reste les passants, les auto-
mobilistes qui circulent sur les routes, vont tirer grand profit d'une
autre application de l'automobilisme : c'est l'auto goudronneuse.
On sait, et nous en avons parlé plus haut, que le goudronnage des
routes rend des services en supprimant en grande partie les poussières soulevées par la circulation, notamment des autos. Il s'agit
d'un chariot qui porte un réservoir plein de goudron, celui-ci étant
maintenu bien chaud par de la vapeur qui y est injectée et est pré-
parée dans une petite chaudière disposée sur le châssis du véhicule.
Des pulvérisateurs lancent le goudron sur la chaussée, et, dans ces
conditions, l'opération se fait vite et bien, en gênant aussi peu que
possible la circulation, et en coûtant considérablement moins cher
que quand le véhicule portant et distribuant le goudron est traîné
par des chevaux.

VÉHICULES ÉLECTRIQUES

Sɪ commode que soit le moteur à pétrole, il est évident qu'il serait encore plus agréable et aisé de disposer d'un véhicule électrique dont le moteur serait alimenté en courant par des accumulateurs. Mais jusqu'ici les accumulateurs, sortes de réservoirs d'électricité, sont lourds et fragiles; on annonce bien que les accumulateurs imaginés par Edison sont aujourd'hui pratiques et commencent à faire merveille pour les voitures. En effet, les Américains se servent assez souvent de voitures automobiles électriques; mais cela n'est pas encore, chez nous, à la portée de beaucoup de gens. Toutefois voici qu'on voit apparaître et faire brillamment ses preuves une bicyclette, ou plutôt une motocyclette électrique, due à un inventeur américain précisément, M. Hatch, de Chicago. Il a du reste mis à contribution les accumulateurs électriques Edison.

Cette bicyclette électrique, faite surtout pour les déplacements à la ville, et ne présentant pas toute la robustesse nécessaire à une machine destinée à courir les routes, ne coûte pas sensiblement plus cher que les premières bonnes bicyclettes ordinaires; et c'est ce qui fait l'importance de son apparition. Elle revient à un millier de francs. Nous n'avons pas besoin de dire combien le moteur électrique, simple, silencieux, sans odeur, ne laissant pas échapper des gaz infectés comme le moteur à pétrole, est agréable, surtout quand il s'agit d'un moteur placé immédiatement en-dessous de vous. Le démarrage est rapide, il ne se produit pas des ratés comme trop souvent avec les petits moteurs tonnants. La vitesse que l'on peut obtenir est, suivant les désirs, de 6 kilomètres et demi, de 25 ou de 26 kilomètres à l'heure. La batterie des accumulateurs peut se loger dans le cadre de la machine et ne gêne aucunement le cycliste désireux d'enfourcher sa monture. La machine est du reste capable de tirer une voiturette légère. Ce sont peut être là les débuts de l'automobilisme électrique triomphant.

ESCALIERS DIAMANTÉS

Nous pourrions tout aussi bien dire trottoirs qu'escaliers, car, depuis quelque temps, les Parisiens peuvent remarquer avec surprise certains trottoirs de Paris et les marches des escaliers des métropolitains, scintiller de points brillants comme des petits cristaux de diamant. Ce qui brille de la sorte, ce sont tout uniment des cristaux de carborundum noyés dans du ciment.

C'est en 1901 que M. Acheson découvrit un peu accidentellement ce produit, en travaillant aux grandes usines électriques des Chutes du Niagara. Il l'a obtenu en chauffant, dans un creuset électrique, un mélange d'argile, de sable (c'est-à-dire de silice) et de coke. Il vit se produire de petits cristaux qui rayaient parfaitement la surface du verre, et qui même détériorèrent un diamant monté dans une bague qu'il portait à un doigt. Depuis lors il s'est mis à fabriquer couramment cette matière, qui peut servir à roder, tailler et polir les diamants, et qui remplace dans les meules le fameux émeri dont chacun a entendu parler, mais en présentant sur les métaux une puissance d'attaque bien autrement considérable. Les petits cristaux formés de cette matière sont même plus brillants que le diamant.

Ce sont ces cristaux, se présentant normalement, sous un volume fort réduit, que l'on mélange avec du ciment; on en fait une pâte plastique que l'on laisse ensuite durcir, mais après lui avoir donné la forme voulue en l'étendant sur de la tôle, sur du béton armé, sur des poutres métalliques, en en formant un revêtement qui aura naturellement une dureté, une résistance invraisemblable au frottement. On peut arriver de la sorte à constituer des marches d'escaliers, des plaques de trottoirs qui ne présenteront qu'une épaisseur de 5 à 6 millimètres, et qui pourtant seront on peut dire inusables. Tel escalier du Métropolitain où il est descendu ou monté quelque 30 millions de personnes, est encore absolument dans l'état de neuf. Si l'on se trouvait au contraire en présence d'un pavage de grès, que l'on tient volontiers pour inusable, on s'apercevrait que, quelques mois seulement après sa mise en service, la surface en est réellement usée. On comprend combien un produit tel que le carborundum est précieux dans nos grandes villes, où la circulation est si intense.

MACHINE A ÉCRIRE NOUVELLE

Il n'est pas un de nos lecteurs sans doute qui ignore complètement ce qu'est une machine à écrire et qui n'en ait pas aperçu une fonctionnant : elles ont une rapidité triple au moins de l'écriture à la main, écrivent correctement, lisiblement nous voulons dire, et leur usage se développe de jour en jour. Mais l'homme n'est jamais satisfait de ce qu'il a déjà à sa disposition : chose excellente du reste qui le pousse continuellement à de nouveaux perfectionnements. Voici que maintenant les inventeurs, du moins l'un d'entre eux, un Français, M. de Carsalade, a imaginé une machine à écrire syllabique qui est susceptible, le jour où elle sera pleinement pratique, d'augmenter encore et de beaucoup la rapidité d'écriture que donnent les machines existantes.

Avec les machines classiques, on est toujours obligé d'imprimer
(car c'est bien une véritable impression) toutes les lettres successives des mots qui se suivent dans le texte; l'inventeur s'est dit que,
dans les langues, on retrouve constamment une série de syllabes qui
se répètent. C'est ainsi qu'en français, par exemple, on constate,
dans un texte écrit, la fréquence de répétition des syllabes « tion »,
« tre », « nos », « ons », « sent », « ent », « ma », « me », etc. Et si la
machine permettait de les écrire, chaque fois qu'on les rencontre,
d'un seul coup, d'une seule frappe d'un levier déterminé, on irait
considérablement plus vite à écrire le texte dont elles font partie.
C'est en vertu de ce principe que la machine en question est appelée
syllabique. L'inventeur a remarqué de plus, ce qui suppose une
connaissance et une étude approfondies de la linguistique, que certaines consonnes viennent toujours occuper dans une syllabe des
positions déterminées par rapport à la voyelle formant la base de la
syllabe. Tout cela semble bien savant, et l'est en effet. Toujours
est-il que, grâce aux dispositions mécaniques de la machine, quand
on se trouve en face d'une syllabe de la langue française (s'il s'agit
d'une machine pour langue française), on a la possibilité de frapper
simultanément et d'imprimer d'un seul coup les diverses lettres
composant la syllabe. Avec cette machine « syllabique », un dactylographe d'habileté moyenne écrivant avec une machine ordinaire
50 mots à la minute, arrive à un débit formidablement plus élevé
de 150 mots à la minute!

UNE MACHINE A ÉCRIRE
CORRIGEANT LES TEXTES

Du moment où l'on est arrivé à donner à la machine à écrire
ordinaire à peu près tous les perfectionnements normaux dont
elle est susceptible, il faut bien que l'ingéniosité des inventeurs se
dépense à lui faire accomplir des tours de force auxquels on n'aurait
jamais rêvé au temps où la machine à écrire était nouvelle venue.
Et voici qu'un inventeur allemand. M. O. Poppe, a imaginé de combiner une machine qui serait, d'après ce qu'on affirme, capable de
corriger les textes écrits une première fois par elle avec des erreurs.
En fait et en réalité, cette machine se livre, à une vitesse extraordinaire, après une opération préalable, à la confection d'un nouveau
texte (au besoin en plusieurs exemplaires), mais dont toutes les
erreurs sont éliminées. Quand en effet on a constaté des erreurs
dans une copie, un texte fait une première fois à la machine, on
s'adresse à un dispositif spécial de cette machine Poppe. Avec son
concours, après avoir convenablement disposé le papier portant ce

texte, on élimine les mots, phrases, morceaux de phrases ou de mots qui sont en trop sur le texte, et cela en frappant sur une touche spéciale de la machine et au point voulu sur la copie. Cela a pour résultat, pour ainsi dire, de faire enregistrer à l'avance à la machine qu'elle devra opérer ces suppressions dans le travail nouveau de copie qu'elle fera tout à l'heure. Pour les additions, les lettres, mots, phrases à ajouter au texte primitif, on les inscrit en bas du papier, ou sur une feuille de papier spéciale, en pressant sur le clavier de la machine, et en commandant aussi une touche de correction particulière, qui va faire enregistrer cette autre série de corrections. Les choses ayant été préparées de la sorte, on insère dans la machine une feuille de papier blanc, après avoir enlevé le texte primitif; on applique une force motrice à l'appareil, le premier texte (qui a dû être exécuté par la machine même) servant de conducteur, grâce à des perforations qui sont toujours faites dans une feuille de papier spéciale, double du papier où s'inscrivent les lettres quand travaille la machine. Et le texte se récrit alors tout entier avec une vitesse stupéfiante, et toutes les erreurs se corrigent mécaniquement.

Nous n'entreprendrons pas une description technique de cet appareil curieux : cela dépasserait les connaissances de nos lecteurs, et surtout nous entraînerait trop loin. Mais on avouera que l'invention est extraordinaire.

MACHINE A ÉCRIRE POUR AVEUGLES

On a déjà, à plusieurs reprises, inventé des machines à écrire pour les aveugles : il s'agit naturellement d'appareils qui donnent dans un papier spécial des caractères en reliefs, spéciaux eux-mêmes, disposés suivant la méthode Braille ou une méthode analogue, et faits de points au nombre de six, affectant des positions différentes suivant la lettre qu'il s'agit de représenter. C'est par le toucher que les aveugles prennent connaissance de ces lettres. Tout récemment, un inventeur qui a été privé de la vue pendant quelque temps, M. Cayzergues, a eu l'idée ingénieuse de construire une machine à écrire pour aveugles qui a cet avantage d'écrire simultanément un double texte : texte en points pour être lu par un aveugle, ou simplement relu par l'aveugle dactylographe désirant s'assurer de ce qu'il a écrit, et texte ordinaire imprimé comme toutes les copies à la machine et pouvant être adressé à un voyant ne connaissant pas l'alphabet des aveugles, et avec lequel le dactylographe aveugle désire correspondre.

Bien entendu le clavier de la machine comporte une série de points

correspondant à chaque lettre sur les diverses touches, pour que,
avant d'agir presque automatiquement, l'aveugle puisse sentir la
lettre qu'il va frapper. Chacun de ces leviers va commander un
double jeu de leviers : d'abord ceux qui iront comme de coutume
imprimer les caractères sur une feuille de papier ordinaire disposée
dans la machine pour voyants ; un autre jeu de leviers venant frapper
sur un papier ferme spécial, pouvant recevoir les petits poinçons
dont sont munis ces leviers, pour que chaque poinçon fasse dans ce
papier un petit point en relief qui sera lu ensuite à l'envers par
passage des doigts sur la feuille de papier constituant la copie faite
à la machine. Un outil de ce genre est naturellement compliqué et
un peu coûteux ; mais quels services ne peut-il pas rendre aux
malheureux privés de la vue !

LA MACHINE EMPLOYÉ DE BUREAU

On ne peut prévoir jusqu'où l'on ira dans l'emploi de la machine ;
on lui demande de plus en plus, nous l'avons vu par maint
exemple ; et l'on a raison, puisqu'elle arrive, sous la surveillance
de l'homme, à accomplir les besognes les plus compliquées, avec une
quasi intelligence. Il est certain que l'avantage de la machine, c'est
qu'elle présente une régularité extraordinaire (sauf bien entendu
des cas exceptionnels de dérangement) et qu'elle épargne les efforts
musculaires à l'homme, en lui permettant d'atteindre en un court
instant le résultat qu'il n'obtenait autrefois que dans un temps assez
long.

On sait que, dans les maisons de commerce et les usines importantes, on a toujours l'excellente habitude, en recevant une lettre
tout comme en en expédiant une, de la dater, souvent même d'y
mettre l'heure et de la numéroter. Tout cela se fait d'ordinaire à la
main, avec des numéroteurs mécaniques il est vrai, mais qu'on ne
peut manœuvrer qu'assez lentement, en faisant avancer peu à peu
la roue de numérotage ; et quand ce timbrage, datage, numérotage
porte sur un grand nombre de pièces, c'est un temps perdu considérable, en même temps qu'une fatigue intense pour le bras qui doit
constamment reproduire le même mouvement. C'est pour cela qu'une
maison d'électricité allemande vient de combiner un dateur numé-
roteur électrique, auquel on n'a que la peine de confier les lettres et
papiers à numéroter et dater, en appuyant très légèrement sur une
pédale, pour que l'appareil timbreur-dateur vienne imprimer les
mentions nécessaires. Ce sont des électro-aimants qui assurent tout
ce fonctionnement, le cadran des heures et la roue des numéros
tournant constamment avec régularité : de manière que l'on sait

toujours, à une minute près, quand une lettre est partie ou arrivée. Voici donc l'employé de bureau remplacé, ou du moins déchargé par cette machine de tout ce que sa besogne avait de fastidieux, de fatigant, et précisément de machinal.

MACHINE A SIGNER

CE n'est plus l'employé qu'il s'agit de remplacer, mais bien le patron; ou plus exactement, et pour ne pas exagérer, il s'agit de diminuer pour ce patron, ce chef de maison, une besogne particulièrement fastidieuse, et qui pourtant ne peut être assurée que par lui. Pour peu que nos lecteurs aient eu à signer à la suite sept ou huit pièces, ils ont dû constater combien c'est chose ennuyeuse, et l'on pourrait même dire fatigante : la main se contracte, se raidit, et l'on arrive à apposer une signature qui ne ressemble plus guère à votre signature véritable. Que sera-ce donc quand, comme tant de directeurs de grandes maisons, de puissantes industries, c'est par centaines que vous devez signer les pièces les plus diverses, lettres, chèques et le reste?

Pour remédier à cela, un inventeur américain vient de construire une machine à signer qui fonctionne parfaitement. En réalité, c'est bien le chef de la maison qui actionne de sa main les plumes qui vont apposer sa signature sur les divers papiers qui doivent en être revêtus; mais en fait, tout en ne tenant qu'un seul porte-plume en main, il en commande dix-neuf autres. Tous ces porte-plume sont solidarisés par des bras articulées de pantographe, suivant le principe que l'on emploie dans certains appareils d'agrandissement des dessins, que connaissent peut-être nos lecteurs. Le moindre mouvement fait par la plume, c'est-à-dire par la main du patron signant le document central, est exactement, immédiatement, minutieusement reproduit par les plumes reproductrices. Bien entendu, il faut que les documents divers sur lesquels vont venir écrire ces plumes reproductrices, soient à l'avance disposés de manière que la plume y vienne tracer la signature à l'endroit convenable. Mais cela, c'est la besogne d'un employé qui insère ces documents sous les lames d'acier faisant partie d'une sorte de courroie sans fin, qu'il fera avancer peu à peu sur la table de la machine à signer, de façon que vingt documents non encore signés se présentent à chaque opération sur cette table et sous les vingt plumes.

Évidemment, toutes ces plumes sont des plumes réservoirs toujours garnies d'encre. Sans se déranger, le chef de maison pourra signer quelques milliers de papiers : cela lui fera vingt fois moins de signatures à donner effectivement; et il appréciera fort cette économie de peine. Dans ces conditions, on voit des industriels ou des financiers américains arriver à signer six mille pièces en trente-huit minutes seulement. C'est un record véritable, d'un genre bien particulier.

QUELQUES AUTRES MACHINES CURIEUSES

Nous ne pouvons passer en revue toutes les machines ingénieuses inventées ces temps derniers ; mais, pour montrer cette ingé-niosité même, signalons encore deux d'entre elles.

Une maison allemande de Stuttgart vient de combiner une machine qui se charge de découper les étiquettes qu'on fixe sou-vent au goulot des bouteilles pour empêcher de les ouvrir, puis de mettre en place l'étiquette, de couper une longueur convenable de ficelle, de nouer cette ficelle, de couper une longueur déterminée de fil métallique, d'imprimer sur ce fil des initiales ou marques quelconques, et enfin de tordre les extrémités du fil pour assurer une fermeture inviolable à la bouteille.

Voici, d'autre part, une machine qui se charge de compter de petits objets, clous, vis, petites pièces diverses ; il suffit de faire d'abord la tare pour ainsi dire de la balance (c'en est une en effet) pour telle ou telle espèce d'objet ; puis on verse dans un grand récipient dépendant de la balance un paquet, une poignée, ce que l'on voudra des objets analogues à compter. Et on lit alors sur le fléau de la balance à quel nombre d'objets il faut évaluer le contenu du récipient. Nous ne pouvons décrire le mécanisme de l'appareil ; mais on comprend quels grands services il est susceptible de rendre.

CONSTRUCTIONS MONSTRES

Il n'y a pas que les Américains pour édifier des constructions gigantesques : eux les appliquent aux maisons, ce qui a des inconvénients de toutes sortes, rend notamment les rues obscures et malsaines ; mais, d'une manière générale, l'ingénieur et le construc-teur font *énorme* à l'époque présente. Cela coûte proportionnelle-ment moins cher, et a de plus l'avantage de répondre aux besoins énormes eux-mêmes des populations que l'on trouve accumulées dans les grandes villes. Cette observation est vraie et pour ces ser-vices d'eau dont nous parlions plus haut, qui doivent suffire à la soif de centaines et de centaines de mille d'habitants, et aussi pour ces services de gaz que l'éclairage électrique est bien loin encore d'avoir fait disparaître.

A Paris en particulier, l'électricité coûtant encore assez cher parce qu'on ne la fabrique pas avec des stations hydroélectriques, mais dans des centrales à vapeur, l'unique Société, dépendant un peu de la Municipalité, qui vend le gaz aux Parisiens, est naturellement obligée d'en produire des volumes considérables. Et le gaz a besoin d'être mis en réserve dans d'immenses réservoirs qu'on appelle des gazomètres (et que nos lecteurs connaissent sans doute au moins dans des proportions modestes), tout simplement parce que c'est à certaines heures surtout que l'on consomme le gaz, la nuit, ou le soir; la fabrication s'en effectue donc en partie en avance. Ce qui est fabriqué est accumulé sous la cloche d'un ou de plusieurs gazomètres. Le gazomètre est constitué d'abord d'un vaste bassin circulaire en maçonnerie recouvert intérieurement d'une tôle, pour donner toute étanchéité; cette cuve véritable est pleine d'eau. Par-dessus on dispose comme une cloche, une calotte faite elle aussi en tôle, mais pouvant se soulever ou s'enfoncer plus ou moins dans l'eau de la cuve, suivant qu'il y a plus ou moins de gaz enfermé sous la calotte et au-dessus de l'eau. Celle-ci empêche le gaz de s'échapper par-dessous les rebords de la calotte qui, elle, coulisse verticalement entre des montants métalliques.

Or, la Société du Gaz de Paris vient de se faire construire deux nouveaux gazomètres, du système télescopique d'ailleurs, qui ont chacun une capacité formidable de 150 000 mètres cubes. Que l'on songe qu'un gazomètre déjà de belle capacité renferme de 30 000 à 33 000 mètres cubes, et que cette construction ne couvre pas une surface de moins de 2 700 mètres carrés. La superficie couverte par les immenses gazomètres de la Société du Gaz de Paris n'est pas proportionnelle, pas plus que leur prix de revient; et heureusement, car sans cela on n'aurait pas avantage à adopter de semblables proportions pour ces réservoirs à gaz. Néanmoins, les deux gazomètres en question s'étendent chacun sur 4 300 mètres carrés. Leur cuve est profonde de près de 13 mètres pour un diamètre de 74. Les tôles qui forment le revêtement intérieur de cette cuve, ont, pour certaines, 39 millimètres d'épaisseur. La calotte proprement dite se compose de trois anneaux qui télescopent l'un dans l'autre, en se développant au maximum quand le gazomètre est complètement plein. Quand la calotte est au contraire complètement descendue et que les tôles ne sont plus suffisamment soutenues par la pression du gaz, elles viennent reposer sur une charpente métallique intérieure disposée au-dessus de la cuve. Naturellement des charpentes extérieures, avec des rails et des galets, soutiennent les éléments de la calotte, quand ils se soulèvent ou descendent. Pour laisser arriver au gazomètre le gaz provenant des appareils de distillation, on a disposé un énorme tuyau articulé qui n'a pas moins de 1 mètre de diamètre.

MACHINES GIGANTESQUES

L ES raisons que nous indiquions pour expliquer les constructions
monstres, s'appliquent également aux machines monstres que
l'on utilise de plus en plus. De ces machines, nous avons déjà parlé,
notamment en signalant ces locomotives de plus en plus lourdes
et puissantes que les Américains mettent à contribution. Nous avons
également parlé de turbines énormes. Pour celles-ci, nous pourrons
citer l'exemple d'une turbodynamo, autrement dit d'une turbine à
vapeur commandant une machine génératrice d'électricité, qu'une
Société allemande (Allgemeine Elektricitäts-Gesellschaft) a construite ces temps derniers, et qui correspond à une puissance de
24 000 chevaux. Pour donner une idée des dimensions exceptionnelles d'un engin pareil, disons que son dispositif de condensation
de la vapeur a une surface de 4 000 mètres carrés : il comporte des
tuyaux formant un développement linéaire de 12 000 mètres. Il y
passe par heure 4 500 mètres cubes d'eau froide.

Voici d'autres machines de dimensions colossales, et d'un usage
tout différent. Il s'agit de machines à emboutir, construites
d'ailleurs et utilisées en Amérique. Nous rappelons d'un mot que
l'emboutissage est une opération qui ressemble à l'estampage, qui
lui s'obtient à froid : elle consiste à former un objet creux avec une
feuille métallique plane. C'est en somme ce que les anciens dinan-
diers faisaient uniquement avec le marteau, jadis, pour la production des casseroles de cuivre ; l'usage du marteau est aujourd'hui en
grande partie supplanté par l'emploi de presses, généralement
hydrauliques pour les travaux de force, ou tout au moins mécaniques
d'une manière quelconque, comprimant le métal avec une puissance
remarquablement intense. Ce sont des presses de ce genre qui
servent maintenant pour fabriquer la modeste casserole de cuivre à
laquelle nous faisons allusion. Bien entendu, si la presse est puissante et que la feuille métallique à emboutir soit peu résistante, de
peu d'épaisseur, on obtiendra un bon résultat souvent en un seul
passage, en un seul coup de presse. La dépression du métal se fait
toujours sur un moule, ou plus exactement entre les deux surfaces
d'un moule, l'une en relief, l'autre en creux : la feuille métallique,
prise entre les deux surfaces de ce moule, est peu à peu obligée
d'épouser la forme que l'on entend lui donner. Quand il faut
recourir à plusieurs passages successifs pour atteindre la forme
voulue et tout le creux dans ce qu'on peut appeler son intensité, il
faut une série de moules doubles de plus en plus profonds, permettant d'accuser graduellement la dépression du métal sans lui causer
de déchirure.

Ce procédé est particulièrement ingénieux et précieux : pas besoin d'assembler, de souder ni de river les portions diverses de l'objet, assemblage qui serait très coûteux, en un temps où la main-d'œuvre se paye si cher. L'emboutissage sert en conséquence à une foule de choses à l'époque actuelle ; c'est grâce à lui notamment que l'on fabrique ces innombrables boîtes de fer blanc ou de métaux divers, qui servent à enfermer les pastilles tout comme le cirage, les produits pharmaceutiques et tant d'autres produits. C'est par emboutissage que l'on fabrique les jouets en fer blanc. On commence même à fabriquer par emboutissage les boîtes de sardines à l'huile.

Tout naturellement, étant donnés les avantages de cet emboutissage, on applique ce procédé de fabrication à des objets de plus en plus grands. On comprend qu'en ces matières la suppression de l'assemblage, du rivetage, etc., a d'autant plus d'importance que, en raison des dimensions de l'ob-

UNE VALVE MONSTRUEUSE DE CONDUITE D'EAU, FABRIQUÉE PAR LA Cᵉ CHAPMAN.

jet, les phases de l'assemblage auraient été plus multipliées. Rappelons que l'objet fabriqué d'une seule opération par emboutissage d'une seule feuille de métal, offre une solidité rare. C'est ainsi qu'on est arrivé à faire, par emboutissage, des châssis d'automobiles, et de façon courante. Le moindre joint ne peut plus jouer sous l'influence des vibrations de la voiture. Pour répondre aux besoins de la fabrication de ces objets emboutis énormes, telle fabrique américaine, la Toledo Machine Tool, dans l'Etat d'Ohio, construit des presses à emboutir qui pèsent 12 tonnes, et qui permettent l'emboutissage rapide d'une baignoire de proportions assez ordinaires. On tire la baignoire en question d'une tôle d'acier ayant seulement trois millimètres d'épaisseur. Par deux passages seulement, on arrive à donner à cette tôle mince, mais résistante, le creux nécessaire. Telle est la raison de l'extraordinaire bon marché des baignoires américaines. Voici, d'autre part, une machine à emboutir que nous pouvons donner comme prototype des monstrueuses machines modernes. Cette presse à emboutir a été construite par la Ferracute Machine Company de Bridgeton, dans l'Etat américain de New Jersey. Avec un moteur de 150 chevaux, elle peut s'appliquer aux travaux les plus divers, donner en une minute et demie un coup de presse à emboutir qui va déprimer la feuille de métal de 15, de 20 ou 25 centimètres (suivant l'épaisseur de ce métal). La pression qu'elle fournit atteint 1.500 tonnes. Son moule double, l'un en creux, l'autre en relief, présente une longueur de 2 m. 80 sur 1 m. 50. La machine, dans son ensemble, pèse 100 tonnes et a une hauteur de 10 mètres ; elle occupe une surface de 5 m. 75 sur 2 m. 80 de large.

Qu'on nous permette de citer un autre exemple de machine énorme dans un tout autre genre ; c'est une preuve des conditions nouvelles dans lesquelles travaillent l'ingénieur, le constructeur, le mécanicien modernes, et des facilités avec lesquelles, pour les usages les plus variés, et surtout quand cela est utile et répond à un besoin, on sait fabriquer, construire, édifier, des objets, des édifices, des machines gigantesques. Il s'agit cette fois d'une sorte de robinet, exactement d'une vanne, pour employer son nom technique : les vannes sont toujours en fait des robinets de grosses dimensions, qui servent à assurer les arrêts de l'eau ou son arrivée dans les conduites de distribution dont nous avons déjà eu occasion de nous entretenir. Cette vanne a été construite aux Etats-Unis par une compagnie spéciale, dont le nom est caractéristique : la Chapman Valve Manufacturing Co. de Indian Orchards, dans l'Etat de Massachusets. Elle est faite pour être montée sur une énorme canalisation amenant l'eau motrice à des turbines d'une station électrique appartenant à la Société dite Ontario Power Co., aux Chutes du Niagara.

La valve en question est du type de 2 m. 70 ; ce qui veut dire que le diamètre intérieur de la conduite dont elle fait en réalité partie, et qu'elle permet d'obturer, a ce même diamètre. Pour donner idée de son énormité, on l'avait montée dans la cour de l'usine, et une voiture automobile pouvait y passer aisément avec des personnes assises sur ses sièges. En fait, l'usine dont nous venons de mentionner le nom en a construit trois en tout analogues, pour l'alimentation des turbines hydrauliques destinées à fournir une puissance de 12 000 chevaux à l'usine hydroélectrique de la Ontario Power Co, sur la rive canadienne de la rivière Niagara, en avant des chutes. Chacune de ces valves pèse près de 65 tonnes ; et pour commander le mouvement du robinet proprement dit, c'est-à-dire du rideau métallique qui doit pouvoir venir obturer le passage de l'eau, et qui se relève pour laisser passer cette eau dans un logement, métallique lui aussi, qui se trouve au-dessus de la voiture, on a disposé un moteur électrique de 15 chevaux. Il va de soi qu'il serait particulièrement pénible et lent de commander un pareil robinet à la main : il faudrait y employer les bras de quelque 300 hommes, et ce serait tout à fait impraticable. Encore un avantage du machinisme et des moteurs. La hauteur totale de cet ensemble métallique, une fois monté, est de plus de 9 mètres. Bien entendu, on n'a pas envoyé, toute montée, cette valve par chemin de fer, de l'usine à la station électrique où elle devait rendre les services qu'on en attendait. Elle n'aurait pu passer sous les ponts, et de plus aurait trop chargé le wagon unique où on l'aurait installée. Il a fallu l'expédier par morceaux ; et on a employé à cela deux grands wagons plate-formes, dont l'un portait la portion centrale non démontable, et la plus lourde de la valve. Le rideau métallique qui a pour mission de s'opposer au passage de l'eau dans la conduite, est fait d'acier et est d'une solidité à toute épreuve, à cause de la pression formidable à laquelle il doit résister.

L'HOMME
ET L'ANTHROPOLOGIE

MÉDECINE ∘ HYGIÈNE ∘ CHIRURGIE

∘ ∘ ∘

L'HYGIÈNE ET SES BIENFAITS

Il ne manque encore pas de gens pour nier les progrès de l'hygiène, ses avantages; pour affirmer que l'on meurt tout autant qu'autrefois, en dépit des précautions que l'on prend pour boire de l'eau pure, salubre, pour ne pas absorber de lait cru, etc. Il n'est pas difficile de prouver que ces contempteurs des avantages des découvertes, dues aux géniales observations de Pasteur, sont dans l'erreur la plus absolue. On a la possibilité maintenant de faire à ce sujet des constatations tout à fait consolantes, notamment en ce qui touche cette terrible maladie que l'on nomme la tuberculose.

Sans doute elle fait toujours des ravages épouvantables et déplorables; mais l'Académie de Médecine pouvait entendre récemment un travail du Dr Robin, où il montrait que ces ravages ont, en France, diminué dans des proportions réellement fortes depuis une trentaine d'années. Rien que pour la population parisienne (pourtant fort éprouvée par cette maladie, à cause des conditions de surmenage dans lesquelles vivent la plupart des habitants), depuis 1885, la mortalité causée par la tuberculose a diminué de 26,8 p. 100. Assurément, on n'en est pas au moment où l'on aura à sa disposition une médication proprement dite, un sérum ou quelque vaccination contre les germes de la tuberculose, de la phtisie; mais on sait les habitudes qui peuvent permettre à l'organisme de se rétablir des premières atteintes du mal à ses débuts; on sait que la viande crue peut contribuer à mettre l'organisme en état de défense contre les terribles microbes. Et c'est grâce à cela que, depuis 1885, la population parisienne paye au mal un tribut bien autrement faible que jadis. Des constatations analogues peuvent être faites dans les autres pays. A Vienne, par exemple, la mortalité par tuberculose atteignait

la proportion formidable de 75 p. 10000 avant 1887 : c'est que la
ville était malsaine; la plupart des gens à ressources modestes,
vivaient dans des logements presque sans lumière ni air, et accumulés dans d'étroites pièces. Aujourd'hui, la mortalité correspondante est tombée à 35 p. 10000. On conviendra que le progrès est
sensible! En Prusse, ce progrès a été bien mieux accusé encore :
et de façon d'autant plus intéressante et consolante que, même
avant la date que nous venons d'indiquer, cette mortalité était
relativement faible par rapport à celle que nous avons trouvée
en Autriche. En 1875, cette mortalité n'était en Prusse que de
31 p. 10000 à peu près; depuis lors, elle est tombée à 15 p. 10000;
c'est dire qu'elle a diminué de moitié!

Que l'on sache bien que c'est surtout dans les campagnes, là où
pourtant on peut avoir l'air et la lumière à profusion, mais où l'on
est, plus qu'à la ville, demeuré indifférent au progrès scientifique, où
trop souvent on l'ignore, où l'on se figure que les dépenses d'hygiène
sont de l'argent mal employé, que l'hygiène laisse le plus à désirer,
par exemple pour les jeunes enfants. Comme l'a montré le Dr Cru-
veilhier, les petits paysans meurent dans une proportion plus élevée
que les petits citadins dans la première année de leur existence,
alors que l'enfant est un être si faible.

LA VIE SANS MICROBES

CES merveilleuses découvertes et observations de Pasteur, auxquelles nous faisions allusion, ont porté sur l'existence dans
l'air, dans l'eau, dans tous les milieux pour ainsi dire, d'une infinité
de petits êtres vivants que l'on appelle des microbes, et qui peuvent
les uns causer des fermentations, des décompositions utiles, les
autres des pourritures, des maladies et mille autres choses regrettables. Il faut bien se figurer du reste que, s'il est vrai que nous
sommes constamment entourés de microbes pathogènes, c'est-à-dire
pouvant causer différentes maladies, les microbes et les bactéries
utiles ou non nuisibles sont bien autrement nombreux. Cependant,
comme les microbes pathogènes sont terriblement redoutables, nous
apportant aussi bien la peste que la tuberculose, la typhoïde que la
rougeole (quand les circonstances sont favorables à leur multiplication), il y a des médecins qui se sont demandé si la vie serait
possible sans microbes : si l'on ne pourrait pas élever d'abord de
jeunes animaux, puis de jeunes enfants, en les mettant à l'abri de
tout ce qui les menace durant leur première enfance; en ne laissant
arriver à eux que de l'air filtré, et par conséquent sans germes

nocifs, mais aussi forcément sans les autres germes qui flottent dans cet air et qui peut-être sont indispensables à la vie, au fonctionnement de notre organisme.

M. Cohendy a construit une sorte de cage que l'on pouvait stériliser, priver de tout germe, et dont les diverses ouvertures étaient bouchées par du coton laissant passer l'air, mais le filtrant complètement. On a introduit des œufs de poule dans ce milieu sans microbes ; on y a incubé artificiellement ces œufs, dont des poussins sont

Cl. Boyer.

INJECTION DE GRAINS DE POLLEN DANS LA CIRCULATION D'UN CANARD.

sortis ; ces poussins ont reçu ensuite tout ce qui leur fallait pour s'alimenter et grandir, mais les aliments, comme l'eau, étaient stérilisés, privés de microbes. La vie a été possible dans ces conditions, et les poussins sont devenus de petits poulets vigoureux jusqu'à six semaines. Mais il faut dire qu'alors on s'est aperçu, si l'on rend à la vie normale ces poulets élevés, peut-on dire justement, dans du coton, qu'ils sont sensibles à l'extrême à des microbes qui seraient sans action mauvaise sur des poussins élevés dans le milieu plein de microbes que nous fréquentons d'ordinaire ! Ainsi, des expériences tout à fait scientifiques démontreraient qu'il ne faut pas exagérer les précautions, sous peine de devenir d'une susceptibilité déplorable.

LE SÉRUM CONTRE L'ASTHME
ET LE RHUME DES FOINS

Nous venons de dire un mot des vaccines, des sérums, des immu-
nisations artificielles contre les maladies qui nous menacent.
On a récemment tiré parti des méthodes admirables imaginées à ce

Cl. Boyer.

EXTRACTION DU VACCIN CONTRE LE RHUME DES FOINS.

propos, pour traiter l'asthme et aussi une maladie plus bénigne,
mais particulièrement gênante, que beaucoup de personnes subissent sous l'influence des grains microscopiques du pollen des
fleurs du foin, grains qui irritent la muqueuse du nez et de l'œil.
Cette irritation se traduit chez beaucoup par un simple coryza, mais
pour d'autres, non seulement il peut survenir de la fièvre, mais
encore de l'asthme. Or M. Billard, professeur à l'École de Médecine
de Clermont-Ferrand, et M. Mallet, de la Faculté de Lyon, viennent
de découvrir que l'injection de sérum du sang de canard peut guérir
ou prévenir cette maladie si gênante; à condition, s'entend, que le
canard dont on prendra cette portion du sang que l'on nomme le
sérum, aura été auparavant traité de façon convenable. Ces deux
médecins injectent, dans la circulation de canards, ou même d'oies

(qui sont des animaux très résistants), des grains de pollen de nombreuses plantes choisies parmi les plus nocives au point de vue de la contagion du rhume des foins; leur sérum devient ensuite une sorte de contrepoison, un vaccin en somme, pour les êtres humains contre ce même rhume des foins et ses suites. Il faut d'ailleurs qu'un canard subisse le traitement durant trois mois, pour qu'il soit immunisé lui-même et susceptible de fournir un vaccin efficace. L'injection de ce sérum ne se fait pas dans les veines, mais on l'introduit à la façon d'un collyre, dans l'œil, où l'on en met seulement quelques gouttes.

LA VACCINATION CONTRE LA TYPHOÏDE

Si une forme de vaccination est intéressante contre le rhume des foins, combien un procédé médical analogue ne sera-t-il pas plus précieux contre la terrible typhoïde, qui fait autant de ravages que les plus graves maladies, bien qu'on ait à sa disposition maintenant la médication par les bains, qui a sauvé tant d'existences! Aujourd'hui, cette vaccination est réalisée et commence à être employée un peu partout. Voici bientôt une douzaine d'années qu'elle est utilisée dans l'armée anglaise; on la pratique dans l'armée allemande, dans l'armée japonaise, et aussi dans l'armée américaine, avec d'excellents résultats. Sur les troupes d'occupation française au Maroc, on en a fait une large application, et en en tirant des avantages précieux pour les jeunes soldats. Le principe de cette vaccination est celui de toutes les vaccinations pour ainsi dire : il consiste à tuer par des opérations préalables des germes, des bacilles du terrible mal pris sur un individu qui en est atteint; puis on injecte sous la peau de la personne que l'on veut garantir contre la contagion, les germes tués de la sorte. Ces injections doivent se répéter plusieurs fois à des intervalles d'au moins sept jours, et en dose croissante. On ne peut pas dire que cette vaccination réussisse à faire disparaître totalement la typhoïde; mais elle rend ses ravages et la mortalité qu'elle cause huit fois moins redoutables. On conviendra que pareil résultat est bien tranquillisant déjà, et aussi fort probant des progrès de la technique médicale moderne. Dans l'armée anglaise, dans l'Inde, en Égypte, l'application de cette vaccination nouvelle a réduit de 28 à 3 p. 1 000 environ le taux des soldats atteints par la typhoïde : de la sorte ce mal si fréquent devient pour ainsi dire exceptionnel. Ce vaccin est jusqu'ici fait uniquement pour prévenir les atteintes de la typhoïde, mais non pas pour contribuer à guérir ceux qui ont été contaminés par le germe. Du reste, d'autres travaux se poursuivent à ce sujet. M. Alcoc en particulier a réussi des vaccinations avec des microbes vivants, et l'on est en droit d'espérer que des progrès se feront encore sur ce terrain.

En tout cas il ne faut pas oublier que la vaccination contre la variole a réduit dans des proportions formidables et bienheureuses les ravages de ce mal, et que là où tout le monde se fait vacciner contre cette variole, l'on n'en voit plus pour ainsi dire aucun cas.

LA DÉSINFECTION DES MAINS

ON ne se rend pas assez compte que souvent ce sont nos mains, nos doigts, surtout au moment des repas, qui sont pour nous le véhicule d'une foule de germes nocifs. Nous avons touché des choses plus ou moins propres : des poussières, des débris de toute sorte se sont accrochés à notre épiderme, et nous déposerons ensuite ces germes, ces poussières, contenant des microbes, sur le pain que nous allons manger. D'une façon normale, il suffira de nous bien laver et savonner soigneusement les mains pour enlever tous ces germes; mais quand nous fréquentons, à plus forte raison soignons des malades, il faut procéder à une véritable désinfection. Un médecin bien connu, le Dr Roux, a insisté sur les avantages que l'on aurait pour cela à recourir à la teinture d'iode, dont du reste on fait de plus en plus usage pour le soin des écorchures aussi bien que des blessures. Toutefois, cette teinture a le défaut de colorer la peau d'une teinte que l'on considère comme normalement impossible à faire passer avant bien des jours. Or, le Dr Taphanel vient de faire remarquer que rien n'est plus aisé que de décolorer, de détacher les mains enduites complètement de teinture d'iode, tout simplement au moyen d'une solution étendue de bisulfite de soude, produit qui n'est pas dangereux, et qui a du reste l'avantage de renforcer l'action désinfectante.

On sera donc par conséquent inexcusable maintenant quand on ne se traitera pas les mains à la teinture d'iode, pour peu qu'on craigne d'avoir recueilli sur sa peau des germes dangereux. Il va sans dire que ce traitement est particulièrement à recommander pour des chirurgiens, avant toute opération, si bénigne qu'elle soit.

L'ÉPURATION FACILE DES EAUX
DE BOISSON

IL ne s'agit pas de l'épuration en grand telle qu'elle doit être pratiquée pour une ville par un service des eaux, mais de celle qui peut et doit être opérée par des particuliers isolés à la campagne, quand ils se défient, comme cela doit être généralement le cas, de l'eau qu'ils trouvent à leur disposition. On a recommandé l'emploi, dans ce but, du permanganate de potasse, qu'il faut employer à haute dose dans l'eau quand on veut y détruire les microbes de typhoïde qu'elle contient trop souvent. Un pharmacien des Colonies, qui connaît le danger que causent les eaux impures absorbées imprudemment, a trouvé une nouvelle méthode qui semble donner de très bons résultats. On mélange 60 grammes de permanganate de potasse, 50 grammes de bioxyde de manganèse, et enfin 390 grammes de ce talc en poudre donc on fait tant usage à notre époque pour les soins de la peau. Et, pour chaque litre d'eau douteuse que l'on voudra purifier et assainir, on ajoutera 5 décigrammes de ce mélange; on peut même s'attaquer à des eaux réellement boueuses, malodorantes, dont la consommation s'impose souvent en exploration, ou dans les campagnes et les exercices et manœuvres militaires; alors on double ou triple la dose. On laisse agir 10 minutes au moins sur l'eau à traiter, et l'on ajoute enfin, à chaque litre, 2 gouttes d'une solution faite d'hyposulfite de soude dont on aura fait dissoudre autant que l'on aura pu dans une certaine quantité d'eau, la solution étant complétée par une quantité très minime de sous-nitrate de bismuth. Si vous avez mis dose double ou triple de la première préparation pulvérulente, vous mettez également dose double, ou triple, deux ou trois gouttes, par conséquent de la solution à base d'hyposulfite de soude. On agite fortement. on laisse reposer, puis on filtre sur un peu de coton hydrophile ou de papier filtré; et tous les produits chimiques qui ont tué ou englobé les microbes et impuretés restent sur le filtre, tandis que l'eau qui passe est salubre. Le procédé est très bon marché et peut rendre de multiples services.

OPÉRATIONS CHIRURGICALES
EXTRAORDINAIRES

CHAQUE année peut-on dire nos chirurgiens prennent une audace nouvelle, en même temps que plus d'habileté, en osant s'attaquer à des opérations que, il y a encore quelques années, ils n'auraient pas risquées. Ici encore, il est vrai, on est sous l'influence des découvertes admirables de Pasteur, aidées des observations du grand chirurgien anglais Lister, qui, en assurant l'antisepsie ou l'asepsie, l'absence de germes nuisibles dans les plaies faites par les opérations, ont permis d'épargner tant d'existences. Cette fois, M. Magitot, bien connu déjà pour ses opérations audacieuses et heureuses, a osé tenter et a su mener à bien la greffe

de la cornée. Les chirurgiens font de la greffe animale, suivant
l'expression consacrée, comme les jardiniers font de la greffe sur
des végétaux; ils implantent des morceaux de tissu empruntés,
coupés ailleurs, et ils arrivent à ce que ces tissus prennent et
s'adaptent complètement au nouvel endroit où on les a implantés.
M. Magitot s'était trouvé en présence d'un ouvrier qui avait reçu de
la chaux vive sur l'œil, et cette chaux avait corrodé et rendu opaque
cette portion de l'œil qu'on appelle la cornée, et qui doit être
transparente si l'on veut que la vision ait lieu. L'homme n'y voyait
donc plus. Or, faisant huit jours auparavant à un autre patient
l'opération indispensable de l'ablation d'un œil, M. Magitot avait
par bonheur mis de côté pour ainsi dire cet œil, en le conservant
dans un liquide spécial, qui a pour propriété de pouvoir assurer la
continuité de la vie des tissus vivants. Il fit, dans la cornée opaque
du premier individu, une sorte de fenêtre carrée, et il y implanta,
y greffa un morceau exactement correspondant de la cornée,
demeurée parfaitement transparente, dont il disposait dans son
laboratoire. Cette sorte de vitre nouvelle prit parfaitement au bout
de deux jours; et notre opéré peut y voir maintenant assez pour
effectuer son travail, et pour ne pas être privé partiellement de la
vue : ce qui est si cruel.

UNE ÉPIDÉMIE DE BOTULISME

Pendant un certain nombre de jours du commencement de l'année,
une épidémie, que l'on donnait comme ayant des caractères
mystérieux, est venue jeter l'inquiétude à Berlin. Dans un asile de
nuit, quelques centaines d'individus avaient été pris de ce mal, et
rapidement une centaine étaient morts : on parlait déjà d'un fléau
nouveau et foudroyant. On s'est un peu tranquillisé ensuite quand
on a cru avoir la preuve qu'il s'agissait simplement de cas de botulisme, maladie qui est rare, mais non point inconnue.

Le nom de botulisme vient du mot latin *botula*, qui signifie tout
uniment boudin : on sait que les préparations de charcuterie (dont
on fait grande consommation en Allemagne), se putréfient avec
une facilité déplorable, la putréfaction étant d'ailleurs souvent tout
à fait partielle, et pouvant assez facilement passer inaperçue de gens
peu délicats. Il se développe par cette putréfaction un poison spécial,
principe toxique qui est sécrété par un microbe que l'on appelle
bacillus botulinus, bacille du boudin. Ce bacille se développe à l'abri
de l'air, dans le centre des saucissons, des cervelas, des jambons. Et
comme on a l'habitude assez fâcheuse en Allemagne de manger de
la charcuterie crue, s'il se trouve de ces microbes dans un morceau

de charcuterie consommé de la sorte, et que ce morceau contienne
de ce poison, celui ou ceux qui en mangeront se verront atteints
de botulisme. Le botulisme se manifeste par des signes très graves,
très violents et très douloureux. Le plus souvent la mort ne surviendra qu'au bout de quatre ou cinq jours, elle sera due à une
paralysie progressive des centres nerveux. D'une manière générale,
les soins sont peu efficaces, la mortalité est très élevée. Il est vrai
que l'on peut se mettre aisément à l'abri de ce péril, tout simplement
en faisant bien cuire la charcuterie que l'on veut manger.

LA CONTAGION PAR LES HUITRES
ET LEUR STABULATION

IL peut sembler étrange d'employer le terme de « stabulation »,
littéralement « maintien à l'étable », pour des huîtres; mais on
verra que, par analogie, ce mot s'applique fort bien au procédé
imaginé par M. Fabre-Domergue pour assainir, purifier les huîtres
malsaines. Il ne faut pas oublier, en effet, qu'elles peuvent entraîner
des dangers pour ceux qui les consomment, leur valoir la fièvre
typhoïde, si les bassins, les parcs où se trouvaient les huîtres avant
d'être livrées au commerce, recevaient des eaux d'égoûts : cela se
produit trop souvent, étant donné que beaucoup de villes du bord
de la mer déversent leurs égoûts à la mer même, sans aucun traitement.

Comme les huîtres constituent un excellent aliment, fort apprécié,
que leur culture, comme on dit, fait la fortune de bien des régions,
notamment en France, on s'est très naturellement ému de cette
question, de ce danger. Et l'on s'est mis à chercher un procédé pour
débarrasser sûrement les huîtres des microbes qu'elles peuvent
contenir, dans l'eau qu'elles ont enfermée entre leurs valves. Il
est impossible d'affirmer qu'un parc à huîtres, qui est très propre
aujourd'hui, ne sera pas demain souillé par l'apport d'eaux pol-
luées, amenées d'une localité plus ou moins voisine par des courants. Il faudrait donc toujours, par précaution, faire rendre aux
huîtres l'eau primitive qu'elles renferment, pour leur en faire
prendre d'autre dont on serait sûr. On ne doit pas du reste oublier
que la culture, l'engraissement, l'élevage des huîtres ne peut pas
avoir lieu dans des eaux réellement pures, puisqu'elles doivent pour
se nourrir y trouver des matières organiques. Le problème semble
avoir été résolu de façon heureuse par M. Fabre-Domergue, qui
connaît si bien les questions de pêche. Il a pu constater qu'une
huître souillée d'une surabondance de matières provenant d'eaux
d'égoûts, « dégorgera » complètement, nettoiera ses valves, l'eau de

sa coquille et même son tube digestif, dans un délai de sept jours
environ, au maximum, pourvu qu'elle soit en eau pure. Il suffira
donc de faire passer à cette huître dangereuse un maximum de huit
jours de stabulation, pour qu'elle ne présente plus le moindre
danger. Et dès maintenant l'inventeur a fait construire un premier
bassin de stabulation que pourront copier sans peine tous les
ostréiculteurs. Ce bassin est à même de recevoir simultanément
6 000 huîtres, ce qui est quelque chose; il est partagé en 6 compartiments de 1 000 huîtres chacun, auxquels arrive de l'eau qui
s'est totalement purifiée elle-même en passant sur un filtre à sable
très bien installé. On n'a qu'à faire entrer les huîtres le dimanche
par exemple dans cet étable nouveau modèle : on les livrera sans
inquiétude à la consommation le dimanche suivant, sans qu'il soit
besoin de faire des vérifications bactériologiques nécessitant tout
un ensemble d'appareils et de connaissances. On peut d'ailleurs
assurer cette stabulation, là où l'on ne possède pas d'eau de mer
naturelle, en recourant à de l'eau de mer fabriquée artificiellement.
Les huîtres ainsi traitées conservent toute leur saveur, elles sont
plus engageantes et leur coquille nacrée présente une apparence
tout à fait caractéristique.

UN AUDIPHONE
POUR FAIRE ENTENDRE LES SOURDS

IL y a déjà fort longtemps que l'on a songé à tirer parti du téléphone pour permettre aux sourds d'entendre : c'est qu'en effet un
des organes caractéristiques et précieux du téléphone, c'est le petit
dispositif qui est installé dans chaque récepteur, et que l'on appelle
un microphone : le nom même de l'appareil montre qu'il permet
d'entendre des sons microphoniques, autrement dit extrêmement
petits, et précisément parce qu'il les amplifie. On comprend donc
que si un sourd a à l'oreille un microphone récepteur auquel
arrivent les sons ordinaires de la voix humaine, comme ces sons
seront considérablement amplifiés, ils risqueront de frapper de façon
intense l'organe auditif. Le sourd entendra par conséquent quelque
chose, alors qu'autrement son tympan n'aurait rien perçu. Naturellement, pour que les sons se transmettent, il est essentiel qu'il y
ait un transmetteur, puis un récepteur, et, en même temps, une
source d'énergie électrique : toutes choses qui se retrouvent forcément dans une installation téléphonique. Mais pour que quelqu'un
puisse porter constamment cette installation avec lui, afin de remédier à sa surdité, il faut que ce ne soit ni lourd ni encombrant.

Et c'est ce qu'a obtenu un inventeur français, le Dr Soret, en
combinant son audiphone magnétique bilatéral, qui se place aux

deux oreilles de la personne sourde, sans l'alourdir ni la gêner. Le transmetteur et le récepteur sont solidaires l'un de l'autre, ils forment un bloc minuscule qui ne pèse que quelques grammes; il peut, au moyen d'un petit embout, s'engager et se maintenir en place dans l'ouverture du conduit auditif. Le sourd conserve les mains absolument libres, il n'est aucunement gêné, et les deux petits appareils, maintenus sur ses oreilles un peu à la façon des « écouteurs » dont sont munies les téléphonistes, sont en somme peu visibles. Le courant électrique est fourni par une petite pile sèche de poche, renfermée dans un étui métallique, et qui se remplace avec la plus grande aisance, sans tenir plus de place qu'un porte-cartes. On a dit avec raison que l'audiphone en question est pour l'ouïe ce que le lorgnon est pour la vue. Il y a là une application tout à fait curieuse du téléphone, et qui donne rapidement au sourd une inappréciable sensation de bien-être.

MODE ET HYGIÈNE. — LES TALONS HAUTS

LA mode n'étant qu'un perpétuel changement, après les talons très bas, mis à la mode par les Anglais et les Américains, on en est venu ces temps derniers, pour les dames, à des talons extraordinairement hauts : qu'ils se présentent sous l'aspect des talons dits Louis XV ou sous toute autre forme. Aussitôt les hygiénistes, notamment le Dr Dagron, se sont demandé si cette mode nouvelle ne pouvait pas avoir de mauvaises conséquences pour la santé. Or, on a constaté que ces talons, en déplaçant complètement la position naturelle et rationnelle du pied, en faisant que le pied ne repose plus sur sa plante et sur le talon, mais principalement sur les orteils, amènent une contraction continue des muscles de la jambe et du pied. Et bientôt ceux, surtout celles qui portent ces talons démesurés, subissent des sensations qui leur font croire qu'ils sont atteints de varices ou d'une autre maladie réelle. La sensation pénible s'accentue d'autant que le terrain sur lequel on marche est plus inégal. Tout d'abord ce sera une boiterie légère qui en résultera; puis surviendra une claudication bien marquée, et enfin impossibilité de se livrer à une marche un peu prolongée. Les veines de la jambe enflent; souvent des douleurs musculaires se font sentir. La constatation a même été faite que cette mode ridicule peut entraîner des affections des reins qui nécessiteront peut-être un jour une intervention chirurgicale.

On le voit, il n'y a pas de chose négligeable dans la vie; et il faut prendre garde, pour une question de mode, de rompre trop ouvertement avec le bon sens et les longues traditions.

L'ONYCOPHAGIE ET LES MASTICATOIRES

Nos lecteurs ignorent peut-être l'un et l'autre mot. L'onycophagie, c'est tout simplement l'habitude déplorable qu'ont bien des enfants, parfois des grandes personnes, de se ronger les ongles. Or il a été démontré par des expériences et des observations médicales, que cette habitude répugnante déforme les doigts, que de plus elle expose à contracter certaines contagions par les déchirures de la peau qui accompagnent forcément cette coutume. On a essayé de procédés multiples pour guérir de cette manie ceux qui en sont atteints; notamment en enduisant le bout des doigts de matières amères. Mais voici que le Dr Schreiber s'est aperçu que les onycophages ont tout simplement besoin d'occuper leurs dents pour ainsi dire ; et il leur a trouvé une occupation qui n'est certainement pas malsaine (ce serait presque le contraire), et qui satisfait pleinement ce qu'on peut appeler le besoin d'activité de leur bouche.

Il leur fait acheter et consommer, c'est-à-dire mâcher, ces gommes à mâcher, ces *chewings gums* dont les Américains et les Américaines font un usage constant. Ces masticatoires (c'est le nom officiel et médical), qui se vendent partout aux États-Unis et qui sont mâchés continuellement par les Yankees de l'un et l'autre sexe, commencent à pouvoir s'acheter facilement en Europe, en France, au moins chez les pharmaciens. On dit donc aux onycophages : quand vous aurez envie de vous mordre les ongles, tirez de votre poche, d'une bonbonnière, un petit morceau de cette *chewing gum*, ou gomme à chiquer, et chiquez bravement. Sans doute, vous allez prendre la manie de la gomme en question, vous ne pourrez plus vous en passer; mais cette gomme fait saliver; et il est probable même que si les Américains en ont pris l'habitude, c'est que cette salivation abondante est bonne pour la digestion des menus un peu indigestes qu'ils consomment, bonne pour toutes les digestions.

Et voilà comment les masticatoires peuvent guérir de l'onycophagie.

L'HYGIÈNE ET L'ÉCRITURE

Nous avons laissé entendre que l'hygiène ne perd jamais ses droits; et c'est pour cela que, depuis déjà bien des années, les hygiénistes recherchent laquelle des deux écritures, la droite ou la penchée, est la meilleure pour les enfants qui sont dans la période de développement, et dont des attitudes vicieuses pendant les exercices d'écriture pourraient modifier dangereusement la conformation. Il n'y a pas longtemps que la plupart des hygiénistes, et aussi des pédagogues, étaient arrivés à conclure que la bonne écriture est l'écriture droite, l'écriture penchée prédisposant notamment les enfants à une déformation de la colonne vértébrale, à la myopie et à bien d'autres choses. La question a été reprise tout récemment par MM. Péchin et Ducroquet. Et ils donnent sans hésitation la préférence à l'écriture penchée. Pour eux, l'écriture droite a ce grand tort d'exiger un déplacement constant du cou, qui serait très fatigant, en même temps que des mouvements complexes du poignet; de plus, le coude droit ne peut pas demeurer stable en place, comme il le fait si bien avec l'écriture penchée. L'écriture droite est donc maintenant condamnée!

LES SPORTS ET LA SANTÉ

ON conviendra que le sujet est intéressant, à une époque où les sports tiennent une si grande place, peut-être trop grande même (après en avoir tenu une trop petite). Et c'est pour contribuer à résoudre le problème de la valeur réelle de ces sports, que le docteur américain Audenson a recherché si les athlètes vivent vieux. Il a fait des comparaisons sur les étudiants passés par une Université américaine depuis 50 ans, et parmi lesquels il s'en trouvait un assez grand nombre se livrant couramment à des exercices athlétiques. Il a pu en conclure que les athlètes ne meurent pas jeunes, et que les maladies de cœur ne viennent pas les tuer prématurément, comme on aurait pu le supposer à la suite d'observations un peu superficielles. Pour les maladies pulmonaires, elles ne sont ni plus ni moins fréquentes chez eux que chez ceux qui ne se livrent pas aux mêmes exercices. D'ailleurs, par contre, il ne paraît pas que ces athlètes aient une vie sensiblement plus longue que d'autres.

Précisément à propos de cette question, et particulièrement de l'influence que les exercices violents, athlétiques, les sports, peuvent avoir sur l'organisme, et surtout sur le cœur, il est curieux de signaler un appareil qui permet, à l'aide des fameux rayons X, d'observer le fonctionnement du cœur de façon répétée et fort exacte, durant des exercices sportifs. L'appareil que l'on emploie est du système Rodax; grâce à un dispositif combiné par deux docteurs allemands, il donne la possibilité d'obtenir une radiographie instantanée, sous la forme de la reproduction aux dimensions exactes, sur un écran fluorescent, du cœur de jeunes gens se livrant à des sports, courses en cycle, etc. En 10 à 12 secondes, on voit se produire cette radiographie si intéressante, et l'on peut suivre sur le vif (le mot n'est pas exagéré) les battements successifs du cœur, sa dilatation quand il s'en produit, et le reste. Voici qui apportera des éléments d'appréciation sûrs à propos de cette question si importante des exercices violents et de leur influence sur le cœur et la circulation.

LES ANIMAUX ET LES PLANTES

o o o

L'ÉLECTRICITÉ ET LES PLANTES

Il y a bien longtemps que l'on se demande si l'électricité n'a pas une influence sur le développement des plantes ; et si par conséquent, en la mettant à contribution, on ne pourrait pas hâter la végétation, augmenter le rendement des récoltes, faire que les arbres fruitiers ou certains autres plantes donnent plus de fruits, etc. A une époque où l'électricité rend déjà tant de services, ces préoccupations sont bien naturelles. Jusqu'à présent on n'a pas pu élucider le problème, et l'on a même obtenu des résultats contradictoires. Un Anglais, savant bien connu, Sir Oliver Lodge, est arrivé à conclure que des effluves électriques lancées dans l'air au-dessus des champs, des terrains de culture, agissent favorablement. Mais on peut aussi faire passer le courant dans le sol même où poussent les plantes, ainsi que l'a fait M. Kœvessi, qui a publié dernièrement les résultats intéressants auxquels il est parvenu. Voici du reste des années qu'il a commencé ses expériences, et il a par conséquent acquis une autorité incontestée en la matière. Ces expériences ont porté sur un nombre considérable de plantes diverses.

Ce qui est surprenant au premier abord, c'est qu'il arrive à un résultat absolument différent de celui auquel avait été amené Sir Oliver Lodge ; il est vrai que ce sont choses bien différentes que de faire éclater des effluves électriques dans l'air, et de faire passer un courant à travers le sol de culture, de l'électrolyser, comme on dit. Toujours est-il que M. Kœvessi a constaté que ce courant a une action retardatrice sur la végétation : le courant continu passant dans le sol est nuisible à la germination des graines semées et au développement des plantes. Et même les graines placées près des points où pénètre le courant ne germent pas du tout, ou demeurent tout à fait chétives. Il faudrait donc renoncer à tirer parti du courant électrique, du moins suivant cette méthode, pour remplacer ces engrais que nous donnons en grandes quantités à la terre afin d'activer la végétation et le développement final de nos cultures.

LES YEUX DES PLANTES

Un professeur de l'Institut Botanique de Graz, en Styrie, vient de découvrir un fait curieux, il soulève bien des discussions dans le monde des spécialistes, mais tout au contraire il satisferait plutôt les profanes, qui trouveraient assez naturel que les plantes eussent les mêmes organes de vision que les autres êtres vivants. Que l'on remarque que ce professeur, M. Haberlandt, est très estimé dans le monde savant. Il vient d'établir, par une série d'observations, que beaucoup de plantes tout au moins sont douées de la vue, et qu'elles peuvent se comparer à cet égard aux animaux inférieurs, leurs organes de vision étant tout à fait primitifs. Les cellules de leur épiderme seraient comme autant de lentilles convexes, qui ne le céderaient pas en perfection aux facettes de l'œil de l'insecte. Chaque cellule d'une feuille serait l'analogue d'une de ces cellules, qui sont au nombre de plus de 4 000 dans l'œil de la mouche, et de 17 000 environ dans celui du papillon. Si bien qu'un arbre

LA PARTIE UTILISÉE JUSQU'ICI
DU HOUBLON.

recueillerait pour ainsi dire le soleil dans les innombrables lentilles de ses feuilles, déjà innombrables elles-mêmes.

Le professeur Haberlandt a combiné un microscope avec un appareil photographique, et il a photographié des parties, naturellement minuscules, de l'épiderme de ce qu'on appelle le limbe d'une feuille. Ces expériences ont été renouvelées et confirmées par celles d'autres savants, à Londres et ailleurs, et l'on a pu voir apparaître, dans chacune des cellules épidermiques ainsi photographiées, des images très nettes d'objets qui se trouvaient à des distances assez considérables; on a vu des images de maisons, de personnes. De la sorte les plantes, avec ces sortes d'yeux rudimentaires, pourraient distinguer ce qui s'offre à elles, à une faible distance s'entend. Cela expliquerait que quelques plantes, douées de certains mouvements et carnivores, puissent si bien capturer les proies vivantes qu'elles saisissent et digèrent ensuite. En tout cas, la découverte est bien intéressante, puisqu'elle accuse encore les points de similitude qui se retrouvent dans tous les êtres vivants.

TISSUS DE HOUBLON

Il n'est pas nécessaire d'être grand clerc en questions culturales, et aussi industrielles, pour savoir que l'usage ordinaire du houblon n'est point de servir à faire des tissus. Cette plante élégante, qu'on emploie si volontiers comme décoration dans les jardins, parce que ses branches grimpantes entourent avec la plus grande rapidité les soutiens qu'on leur offre, les charpentes des berceaux, fournit des fleurs assez jolies elles-mêmes, et à l'odeur savoureuse et forte. Tantôt on en fait une sorte de tisane par infusion ; tantôt et surtout, on utilise le parfum qu'elles contiennent pour donner à la bière son arôme connu et si apprécié. C'est qu'en effet le houblon, pour jouer un rôle dans la brasserie, n'en joue pas moins un rôle secondaire : ce n'est aucunement lui, mais bien l'orge germée et fournissant du sucre susceptible de fermenter, qui forme la base de cette boisson.

LE DÉVELOPPEMENT DES FIBRES DE LA PLANTE.

Quoi qu'il en soit, il se fait dans le monde des cultures considérables de houblon ; et comme la brasserie n'utilise que ce qu'on nomme les cônes, les fleurs, on s'est demandé si l'on ne pourrait pas tirer parti des longues tiges flexibles de la plante. Un agronome de Bavière demeurant à Kuhbach, M. Schatz, a remarqué que ces tiges contiennent de longues fibres ; et il est parvenu, après bien des essais, à retirer des tiges du houblon des fibres tout à fait ana-

logues à celles que donne la tige du chanvre. Comme nous n'avons
jamais assez de ces fibres textiles que réclament et les tissus et la
fabrication des cordes, etc., son invention est susceptible de rencontrer
un grand succès et de rendre de réels services. Il faut se rappeler du
reste que le houblon est cousin du chanvre; la méthode, encore un
peu secrète, de M. Schatz, est une modification convenable du traitement que l'on fait subir au chanvre pour en tirer les fibres, excellentes mais coûteuses, qu'il donne. Le houblon a besoin d'être roui,
tout comme le chanvre précisément, et c'est là l'opération délicate :

CULTURE DE HOUBLON POUR SON UTILISATION TEXTILE.

il faut que la décomposition des tiges de la plante par séjour dans
l'eau soit suffisante pour enlever l'espèce d'écorce et les matières
qui enserrent les fibres utilisables; mais il ne faut pas que cela se
transforme en une putréfaction, qui ferait ensuite se rompre ces
fibres, devenues ainsi inutilisables pour aucun tissage. En tout cas
il est vraisemblable que nous voici en présence d'une utilisation,
profitable pour tous, d'une partie de la plante qu'on n'avait jusqu'ici
qu'à laisser perdre.

PAPIER DE SARMENTS, PAPIER DE BAMBOU

Nous avons naturellement toujours profit à chercher de nouvelles
matières premières bon marché pour les produits, les objets
dont nous avons couramment besoin, et qui se vendent trop cher

pour que chacun puisse s'en procurer autant qu'il le désire. Justement le papier est une de ces substances fabriquées que nous consommons en très grande quantité, grâce aux progrès industriels déjà réalisés, mais que nous voudrions pouvoir obtenir à meilleur marché encore. Il n'y a pas en somme bien longtemps, du moins par rapport à l'histoire de l'industrie, que la fabrication du papier a déjà été complètement transformée : c'est du jour où l'on a trouvé, pour remplacer le chiffon qui était auparavant la seule matière première du papier, le moyen de faire du papier de bois en traitant chimiquement, où à l'aide de meules, des bûchettes de bois. Mais le bois coûte cher à son tour; les forêts ne se reconstituent pas suffisamment vite; on les exploite sans compter, pour imprimer les journaux qui se vendent de plus en plus, les livres innombrables qui se publient chaque année. Et l'on recherche de tous côtés de nouvelles matières filamenteuses pour en tirer cette espèce de feutrage qu'est en réalité le papier.

Or, voici que l'on s'est aperçu que la vigne était susceptible de nous fournir un bois dont jusqu'ici on ne tirait guère parti, et qui pourtant peut parfaitement servir à préparer de la pâte à papier. Lorsque l'on taille la vigne, en effet, on lui enlève beaucoup de bois assez menu, ce qu'on appelle des sarments, et qui n'est guère utilisable : dans les pays vignobles, on se contente d'employer ces sarments à allumer le feu, à en faire des flambées; on a bien essayé aussi de les écraser et d'en former une sorte de pâte pour alimenter le bétail quand les fourrages sont peu abondants. A l'École française de Papeterie de Grenoble on a poursuivi, et finalement avec succès, des essais persévérants pour faire de la pâte à papier avec ces sarments; ceux-ci sont en somme du bois, ils sont essentiellement constitués par de la cellulose; ce qu'on retrouve dans le bois de sapin servant à la fabrication du papier de bois aujourd'hui classique, et ce qui est également la base de ces fibres textiles qui forment les tissus, et que par suite l'on rencontre dans les chiffons. Soumis à des traitements chimiques spéciaux, le sarment donne une très bonne cellulose, que l'on transforme en papier comme toutes les pâtes à papier, dans les grandes machines continues et perfectionnées modernes; et ce papier peut servir à toutes les impressions, aussi bien de luxe ou lithographiques qu'ordinaires. Ce papier a même des qualités particulières, puisqu'on affirme qu'il offre quelque analogie avec le papier du Japon, et qu'il a presque la résistance du parchemin.

Nous devons dire que des recherches récentes et aussi intéressantes ont été faites dans les régions d'Orient, surtout d'Extrême-Orient, où abonde cette plante élégante que l'on appelle le bambou. Les Américains se sont beaucoup préoccupés de cette nouvelle matière première pour le papier, parce qu'ils ont dévoré sans compter les admirables forêts qu'ils possédaient, et qu'ils n'ont pas entretenues; d'autre part ils ont cette heureuse chance que le bambou peut prospérer dans leurs possessions de Panama et de Porto Rico; on pourrait ajouter en Floride et dans la Louisiane. En trois ans, un bambou peut atteindre une hauteur de 10 à 12 mètres (bien entendu dans un pays favorable); et les essais qui ont été faits ont permis de constater que la pulpe, qu'on obtient en traitant un bambou, correspond à la moitié de son poids brut. Pour le papier qu'on en tire, il est d'une résistance remarquable lui aussi, il est opaque, épais, et pourtant fort léger. Voici donc des ressources nouvelles pour les générations à venir qui voudront imprimer des livres ou des journaux.

LA TOURBE ALIMENTANT NOS USINES

Il n'y a probablement pas un de nos lecteurs qui n'ait eu l'occasion de voir des tourbières, ou du moins cette masse fibreuse, brune et feutrée que l'on nomme de la tourbe; c'est une matière d'origine végétale qui semble avoir été constituée par une accumulation de plantes de marais, qui ont partiellement pourri, entassées les unes sur les autres. Mais la décomposition ne s'est pas faite complètement; il reste dans cet amas des substances susceptibles de brûler, de fournir du calorique; et dans les régions où abondent les tourbières, on extrait la masse fibreuse, on la découpe en sortes de pavés, de parallélépipèdes, que l'on fait sécher tant bien que mal, et que l'on brûle de même. Pour obtenir cette dessiccation, on accumule les pavés les uns sur les autres, en laissant des intervalles dans la masse, de façon que l'air y circule; et le vent, le soleil aidant, on obtient un combustible assez mauvais, mais du moins très bon marché.

En fait, pour l'industrie, on ne se sert pas de la tourbe; il faut la transporter loin des tourbières, et le transport revient fort cher pour un combustible si pauvre; comme d'ailleurs il chauffe assez peu, il est à peu près impossible de l'employer dans des foyers de chaudières à vapeur, de machines locomotives, car le malheureux chauffeur aurait à lancer dans ce foyer des quantités énormes de briquettes de tourbe, sans pouvoir encore obtenir de pression suffisante dans la chaudière.

On se trouve donc en présence d'une richesse naturelle que l'on utilise assez mal. Il ne faut pas songer à faire sécher artificiellement la tourbe avant de la vendre ou de l'employer dans un foyer : pour cette dessiccation artificielle, il faudrait du combustible; et la tourbe reviendrait alors très cher, perdrait la qualité de bon marché qui est son seul mérite. C'est à cause de tout cela que les inventeurs multiplient leurs efforts pour trouver une solution au problème. Certains ont tenté de faire du coke de tourbe, de la distiller partiellement, en utilisant les goudrons, l'ammoniaque, et en vendant ensuite ce coke, qui sera un bon combustible. Mais ce qui se fait de plus intéressant dans cette voie, c'est l'essai qu'on a tenté en Angleterre et en Allemagne, où les tourbières abondent, de gazéifier la tourbe, d'en tirer un gaz pauvre comme on le fait avec les charbons de mauvaise qualité, dans ces gazogènes dont on voit partout des réclames sur les murs. Ces gaz pauvres, qui sont aussi dits parfois gaz à l'eau, à cause de la méthode qu'on emploie pour les préparer, résultent d'une combustion imparfaite de combustibles qui ne seraient pas susceptibles de donner effectivement beaucoup de chaleur, mais qui fournissent pourtant de l'oxyde de carbone en abondance avec de l'hydrogène. Et comme ces gaz sont bel et bien combustibles et explosibles par mélange convenable avec de l'air, ce produit des gazogènes à gaz pauvre, on l'envoie, comme on ferait de vapeurs d'essence, dans un moteur tonnant. L'on va produire de la sorte du mouvement, de la force motrice. La présence de l'eau dans la tourbe n'est aucunement gênante : au contraire. Le plus souvent, pour la production du gaz pauvre, on additionne le combustible d'eau (c'est même de là que vient le nom de gaz à l'eau).

Nous voici donc débarrassés de la préoccupation d'enlever tout ou partie de l'humidité dont est chargée la tourbe. Mais l'électricité et cette combinaison de station centrale électrique dont nous avons parlé à plusieurs reprises dans ce livre, permettent de réaliser bien mieux encore l'utilisation de la tourbe. On va s'installer sur la tourbière même pour monter les appareils de gazéification; les moteurs, alimentés par le gaz fabriqué, actionneront des machines dynamo-électriques dans un bâtiment construit sur place; plus besoin de transporter la tourbe. Pour le courant électrique produit, résultant de cette utilisation, rien de plus simple que de le transporter à distance à l'aide de conducteurs et de ces hautes tensions dont nous avons vanté les avantages.

La force motrice fabriquée de la sorte permet de tirer parti de terrains qui ne valaient presque rien; elle donne aussi le moyen de distribuer à bon compte l'électricité dans la campagne, notamment aux fermes, où l'on peut utiliser des moteurs légers et peu encombrants pour tous les travaux de la ferme.

LES CHAMPIGNONS VÉNÉNEUX
ET LEURS RAVAGES

Chaque année pour ainsi dire se produisent des accidents plus ou
moins graves d'empoisonnement par les champignons : ils sont
dus, d'ailleurs, à l'imprudence de ceux qui vont en cueillir dans les
bois, dans les prés, sans être en état de reconnaître les bons des
mauvais, et qui n'hésitent pourtant pas à les consommer ensuite et

LE LACTAIRE AUX TRANCHÉES ET, A CÔTÉ DE LUI, LE LACTAIRE DÉLICIEUX.
UN CHAMPIGNON DANGEREUX ET UN AUTRE COMESTIBLE.

à les faire consommer autour d'eux. Cette année, plus peut-être
encore que les années précédentes, les empoisonnements ont été
nombreux; et ce qui est intéressant, c'est que ces accidents répétés
ont amené les spécialistes à étudier de plus près que jamais les
champignons, les poisons qu'ils contiennent, l'action de ces poisons,
les moyens que l'on peut avoir de remédier à l'empoisonnement
quand il s'est produit, etc. Dans les grandes villes, et en particulier
à Paris, on affirme que le danger est tout à fait exceptionnel : les
champignons en effet sont vendus soit aux halles soit chez les
marchands de quartiers; mais ceux-ci doivent les apporter à des
inspecteurs spéciaux, qui sont particulièrement habiles dans la
science mycologique, c'est-à-dire dans la connaissance des champignons, et qui ne laisseraient point passer des champignons dangereux sans les faire détruire. Toutefois il arrive, comme cette année,
que les marchands ne s'astreignent point à apporter aux halles et
aux inspecteurs les champignons qu'ils ont reçus, et qu'ils entendent
vendre à leur clientèle; c'est ainsi que des empoisonnements mortels ont pu se produire.

Ce qui est le plus regrettable, et ce contre quoi l'on s'est élevé vivement à la suite de ces accidents, et d'accidents semblables et bien plus nombreux qui s'étaient produits en province, c'est une série de préjugés qui veulent que, grâce à des procédés très simples, à des tours de main enfantins pour ainsi dire, il soit possible d'identifier les champignons; une foule de gens à la campagne veulent qu'il y ait un critérium sûr pour distinguer le bon champignon du mauvais. C'est ainsi que, comme le rappelait le Dr Burnier, on affirme gravement que tous les champignons qui feraient noircir une pièce d'argent ou une cuiller de même métal plongée dans la casserole où ils cuisent, seraient vénéneux; alors que quelques champignons

TROIS SORTES DE CHAMPIGNONS DANGEREUX.

particulièrement dangereux ne donnent pas du tout cette réaction. Il n'est pas vrai non plus que les mauvais champignons fassent toujours cailler le lait. Il ne faut pas croire davantage que les champignons vénéneux ne sont jamais mangés partiellement par les limaces, les escargots : ces animaux sont absolument insensibles au poison le plus violent contenu dans le tissu d'un champignon vénéneux. De même encore (et en dépit d'un préjugé qui a la vie dure) il y a des champignons toxiques qui ne changent pas de couleur quand on les casse, alors qu'au contraire d'autres, excellents et comestibles, prendront une teinte verdâtre, bleuâtre ou rouge à la cassure. Il est puéril aussi de s'imaginer qu'une gousse d'ail ou un oignon blanc mis dans la casserole où cuiront les champignons, noircira seulement si ceux-ci sont dangereux.

Cette question des champignons vénéneux est d'autant plus sérieuse, que l'empoisonnement par les poisons spéciaux à ces plantes est le plus souvent très à craindre dans ses conséquences. Ce que l'on conseille pour lutter contre le mal en attendant la venue du médecin, c'est de donner un purgatif (point de vomitif), d'appliquer des cataplasmes arrosés de laudanum, de faire boire en quan-

lité du lait, des tisanes de bourrache, de chiendent, de queues de
cerises; de recourir aux infusions stimulantes, comme le café, le
thé, et aussi aux frictions, aux applications de linges chauds, si le
malade a des tendances à la syncope. En tout cas, il faut se hâter.
Si grave est la question, comme nous le disions, que deux spécialistes des plus autorisés, MM. le Professeur Radais et Satory, ont
poursuivi des recherches spéciales au laboratoire de mycologie qui
existe à l'École de Pharmacie de Paris, sur la toxicité de certains
champignons. Ils ont remarqué notamment que l'oronge ciguë verte
(si redoutable), l'annamite printanière et la volvaire à tête gluante
ont cette particularité redoutable de conserver leur toxicité après
chauffage et dessiccation. Le poison est retenu par le tissu de la
plante, et les expérimentateurs affirment qu'un simple traitement à
l'eau bouillante est insuffisant pour l'en débarrasser.

En présence de cette affirmation, il est curieux de rapporter
l'opinion, appuyée d'une longue pratique, de M. J.-H. Fabre, le
célèbre et vénérable entomologiste. Il assure que, depuis une trentaine d'années qu'il habite Sérignan, il n'a jamais entendu parler du
moindre empoisonnement par les champignons; alors qu'il s'en fait
pourtant une consommation considérable, naturellement surtout en
automne. Or, les villageois de la région recueillent pour ainsi dire
tous les champignons indifféremment, même ceux que l'on tient
d'ordinaire pour tout à fait dangereux. Mais il est de règle dans le
pays de faire blanchir les champignons, c'est-à-dire de les faire cuire
dans de l'eau bouillante légèrement salée, pour les laver ensuite
plusieurs fois dans l'eau froide : c'est la préparation préalable; on
les accommode ensuite. Pour M. Fabre, cette cuisson et ces lavages
élimineraient tous les principes nocifs, et il a consommé des agarics
considérés par tous comme toxiques, qui, grâce à cette précaution,
n'ont rien causé chez lui ou chez les personnes de sa famille. Du reste,
les champignons ne perdraient du fait de ce traitement ni leur
saveur ni leur arôme; la digestibilité s'en améliore, et l'on prévient
tout accident. L'affirmation semble audacieuse; mais à coup sûr on
fera bien, pour les champignons que l'on consommera, de les soumettre d'abord à cette méthode.

POMMES DE TERRE DESSÉCHÉES

LORSQUE nous considérons les plantes, c'est généralement pour en
tirer parti à tous les points de vue, et tout particulièrement
pour notre alimentation. On sait quelle place la pomme de terre
tient dans cette alimentation; malheureusement, les tubercules ne
sont pas commodes à conserver, et cela à cause de la proportion

très élevée d'eau que renferme le tissu du tubercule. La moisissure s'y attaque; ou bien encore la germination commence en en modifiant de façon désavantageuse le goût et la valeur nutritive.

En Allemagne, où la pomme de terre tient une place encore bien plus grande que chez nous dans la nourriture populaire, on vient d'inventer des procédés de dessiccation de la pomme de terre qui permettent de conserver ensuite sa pulpe privée d'eau sans que la valeur nutritive en soit modifiée. Tantôt on coupe le tubercule en lames (un peu comme les betteraves dans les sucreries), et l'on fait sécher ces lamelles dans des tubes chauffés extérieurement. On pratique aussi le pressage de la pomme de terre tout d'abord râpée, ce qui donne une pâte dont la pression chassera l'eau. Le procédé le plus employé et qui semble le meilleur, est celui qui se nomme dessiccation en flocons. On soumet d'abord les tubercules à l'action de la vapeur, ce qui leur fait subir une sorte de cuisson; puis on les fait passer entre deux cylindres qui sont creux, et chauffés intérieurement à haute température par de la vapeur; la pâte est écrasée en même temps qu'elle est quelque peu torréfiée, elle commence par s'attacher à la surface des cylindres sous la forme d'une sorte de nappe; mais un couteau la détache, et la nappe se cassant, se pulvérisant plus ou moins, donne un produit qui se présente sous forme de flocons. Comme il est débarrassé de son humidité, et quelque peu torréfié, il se conserve admirablement. Avec de 3 à 5 quintaux de tubercules, on obtient un quintal de cette substance curieuse. Cette pomme de terre desséchée, dont le traitement ne coûte pas cher, qui s'emmagasine très facilement parce qu'elle tient peu de place, rappelle le maïs par sa composition. Cette nourriture s'assimile bien; et l'on comprend que, s'il s'agit de la faire consommer par des êtres humains, non par des animaux, rien n'est plus simple que de l'accommoder avec de l'eau ou du lait, pour lui donner une consistance agréable. Ce sera une ressource de plus pour les bourses modestes.

LA FARINE DE POISSON

TROP souvent, dans les ports de pêche et sur les côtes, on est dans l'impossibilité de consommer tous les poissons que l'on capture, quand des bancs se présentent avec une abondance exceptionnelle : le poisson se conserve mal quand on ne dispose pas d'installations frigorifiques, et le transport par chemin de fer est trop lent ou trop coûteux pour qu'il permette d'envoyer cette surabondance de matières alimentaires aux habitants de l'intérieur du continent. C'est pour cela que fréquemment on se sert de poisson comme engrais dans les champs : ce qui est vraiment bien regrettable.

Mais on s'est aperçu, il y a longtemps, que les bestiaux consommaient très volontiers du poisson; et l'on s'est dit que l'on pourrait faire pour eux des conserves de ces excédents de poissons, afin de les alimenter plus tard. Le mode de conservation du poisson inventé dans ce but consiste à en faire une sorte de farine desséchée, qui peut se conserver très longtemps en bon état. En Norvège et en Angleterre, on utilise beaucoup cette méthode. En Norvège, on transforme ainsi principalement la morue et le hareng, qui abondent. On fait sécher par exemple les morues d'abord à l'air, puis au four; et quand la masse est bien sèche, on la moud. Pour les harengs, on les fait cuire d'abord, puis on les fait passer sous une presse, ce qui donne une huile qu'on utilise dans toute une série d'industries, et enfin on moud. Souvent aussi on se contente d'utiliser, pour en faire de la farine de poisson, les déchets provenant des usines où l'on traite des poissons destinés à la consommation humaine. Les porcs, les veaux, les vaches absorbent avec une satisfaction marquée cette farine de poisson.

L'EMPOISONNEMENT DU BÉTAIL
PAR LES GLANDS

Il est presque classique de considérer les glands comme un aliment excellent pour le bétail; et il ne viendrait à l'idée de personne de supposer que le gland puisse avoir une action toxique : d'autant que souvent les glands doux servent à falsifier le café, et contribuent ainsi indirectement à l'alimentation humaine. Cependant, un vétérinaire du département du Nord, M. Godbille, a observé des cas de véritable empoisonnement, d'entérite et d'albuminurie, entraînant finalement la mort, chez des vaches nourries avec des glands; des cas semblables sont, paraît-il, assez fréquents en Angleterre. Souvent, les conséquences d'une absorption de glands sera seulement une espèce d'indigestion; mais fréquemment aussi on verra l'animal présenter l'apparence d'un individu ivre, stupéfié, chancelant, s'endormant lourdement, et au bout de 5 ou 6 jours des ulcères se produiront dans la bouche de la pauvre bête. Si elle n'en meurt pas, elle demeurera bien longtemps dans un état de maigreur effrayante.

À la vérité, ces glands doux dont nous parlions sont moins toxiques que les glands du chêne ordinaire; de plus il semble bien que ce qui est dangereux, ce sont les glands qui ont été altérés, qui ont subi certaines moisissures du fait d'un séjour un peu prolongé sur le sol. Là où l'on récolte rapidement les glands pour les donner ensuite aux animaux à l'étable (comme c'est le plus souvent le cas en France), guère d'accidents; là au contraire où, comme en Angleterre, on laisse les animaux aller ramasser les glands sous les arbres, parfois longtemps après leur chute, accidents assez fréquents et graves. On voit donc le remède préventif.

LE TRAVAIL AGRICOLE DES VERS DE TERRE

Nous avons, sans nous en douter généralement, une foule de collaborateurs pour nos divers travaux, et particulièrement pour nos travaux agricoles. C'est le cas notamment pour ces vers de terre que nous méprisons fort, que souvent (sans comprendre combien maladroit est notre souhait) nous voudrions voir disparaître, et dont, il y a déjà bien des années, l'illustre naturaliste anglais Darwin avait signalé la besogne ininterrompue et précieuse. Il les avait montrés triturant les couches plus ou moins superficielles du sol, ramenant constamment à la surface ce qui est à une certaine profondeur, et permettant à la fertilité du sol de se refaire. M. Baugé vient de reprendre cette question, et de donner des indications bien intéressantes sur le travail des vers de terre dans la vallée du Nil Blanc, dans la Haute-Égypte.

Cette vallée renferme d'immenses prairies d'une fertilité exceptionnelle, qui serait due au travail de terrassement ou de labourage des vers. Chaque bête arrive à creuser ses galeries jusqu'à une profondeur de 60 centimètres; ce qui est énorme pour un si petit animal; et les vers vivant sur ou sous une surface d'un mètre carré parviennent à rejeter par saison plus de 25 kg. de terre : ce qui donne le total respectable de 250 tonnes par hectare. C'est du labourage gratuit et particulièrement efficace, puisqu'il descend fort bas. Il suffirait à ces vers de 27 années pour avoir ramené, au moins une fois à la surface du sol, toute la terre comprise dans une épaisseur de 60 centimètres!

LES PUNAISES CALOMNIÉES

Il paraîtrait que l'on avait calomnié les punaises, et qu'il faudrait les réhabiliter, au moins partiellement : ces animaux répugnants et malodorants ne mériteraient pas tous les reproches qu'on leur a adressés. On a dit en effet que la punaise, la punaise classique dite des lits, par ses piqûres sur les êtres humains, est susceptible de se faire le véhicule des germes du cancer, de la tuberculose, de la peste, de la lèpre et de bien d'autres maladies contagieuses. En piquant une personne malade, pour lui sucer le sang comme de juste, la punaise aurait absorbé dans son tube digestif des germes pathogènes, dont il serait demeuré quelque peu sur l'instrument de morsure de l'animal; en outre, les germes se seraient multipliés dans le corps de la vilaine bête, et il en serait arrivé jusque dans sa salive : ce qui aurait été une autre cause de contagion, dans le cas de morsure ou, si l'on veut, de piqûre d'une personne saine.

De tout cela il faut en rabattre, si nous en croyons M. Ch. André. Il s'est livré à des expériences minutieuses sur des punaises : il a constaté que, si l'on fait piquer par des punaises des animaux infectés d'une maladie contagieuse bien déterminée, les punaises s'infectent certainement de la maladie dont il s'agit; il n'en est pas autrement quand on met ces punaises en contact avec des bouillons de culture comme on dit, c'est-à-dire des liquides spéciaux où l'on a ensemencé et où peuvent pulluler des germes de telle ou telle maladie. Mais, dans l'un et l'autre cas, les malheureuses punaises ne tardent pas à périr de la maladie qui s'est trouvée leur être inoculée de la sorte, et avant que les germes puissent se répandre dans leurs glandes salivaires. La punaise ne serait donc pas l'agent de dissémination des germes pathogènes qu'on avait voulu voir en elle. Ce qui ne veut pas dire que ce ne soit pas un insecte à poursuivre impitoyablement pour son odeur, la saleté où il se complaît, et aussi parce que quelques germes peuvent parfaitement demeurer autour de l'instrument naturel et si acéré qui permet à la punaise de nous piquer.

LE CARACTÈRE
ET LES MŒURS DES PINGOUINS

Durant les récentes expéditions polaires, particulièrement au pôle sud, qui se sont multipliées ces temps derniers, on a eu le loisir et aussi l'idée originale d'étudier de près les mœurs et le caractère de ces pingouins des régions antarctiques qui se présentent sous l'aspect bizarre d'oiseaux volant à peine, qui marchent lourdement en s'aidant de deux ailes rappelant des bras de manchots, et qui ont valu aux oiseaux ce nom typique.

Certaines espèces de ces animaux sont pacifiques et se laissent approcher familièrement, caresser même pendant qu'ils sont sur leur nid; d'autres, comme ceux qu'on appelle à proprement parler pingouins antarctiques, sont batailleurs et bruyants; et si vous pénétrez dans les sortes de villes spéciales qu'ils forment en accumulant leurs nids sur de hautes falaises, vous serez accueilli par un brouhaha invraisemblable, et volontiers aussi par des coups de moignons d'ailes et de becs. Ces animaux sont curieux à observer quand ils vont en file indienne, ainsi qu'on dit, se lancer à l'eau et à la chasse ou à la pêche, comme on voudra, ramassant des petits crustacés dont ils font leur nourriture, et aussi celle des jeunes demeurés dans les nids. Certains de ces pingouins sont tout à fait intéressants à voir pour ainsi dire jaillir de l'eau comme une flèche, grâce à l'élan qu'ils se sont donnés dans l'eau, et au moment où ils reprennent terre au retour de la chasse. Ce qui est édifiant, c'est d'apercevoir une partie des oiseaux gardant les petits, quand ceux-ci commencent à marcher, les préservant d'imprudences, les repoussant d'un coup d'aileron quand ils s'approchent trop du bord dangereux d'une falaise; tandis que le gros du troupeau d'oiseaux est parti à la chasse pour ramasser la nourriture de tous.

PINGOUINS DES RÉGIONS ANTARCTIQUES.

LES PHARES ET LA DESTRUCTION
DU GIBIER DE PLUME

L E gibier, nous voulons dire le gibier de plume, les oiseaux que l'on voyait jadis passer en énormes troupes aériennes au moment de leurs migrations périodiques, devient de plus en plus rare; et l'on s'en préoccupe avec raison : non pas seulement à cause du plaisir de la chasse, mais aussi, et surtout parce que c'est une ressource alimentaire qui disparaît. C'est pour cela que l'on a fait tout récemment des constatations sur le nombre extraordinaire de ces animaux qui, dans la nuit, sont attirés par la puissante lumière des phares éclairant nos côtes, et viennent sottement se briser la tête sur la lanterne du feu. On a constaté par exemple que, en une seule nuit, au moment des migrations, le grand phare de Belle-Ile peut faire, fort innocemment du reste, 3200 victimes parmi ces oiseaux. Au pied du phare d'Eckmuhl, à Penmarch, il est tombé, durant une nuit, 1000 pièces de gibier de plume.

Et pourtant que faire? Il est impossible de rien modifier, au contraire, à l'éclairage de nos côtes!

UN PIÈGE A GIBIER REDOUTABLE.

PHYSIQUE o CHIMIE

TÉLÉGRAPHIE o PHOTOGRAPHIE

o o o

UN NOUVEAU MÉTAL : LE CANADIUM

Bien que la chimie et la géologie ne soient pas des sciences modernes, et que depuis bien des années des savants de toute sorte soient à la recherche des matières nouvelles, des métaux nouveaux qui se trouvent dans la croûte terrestre, on fait pourtant encore des découvertes à cet égard. C'est ainsi qu'un industriel de Glasgow, M. G. A. French, vient de découvrir, dans la Colombie britannique, c'est-à-dire au Canada, un nouveau métal auquel il a donné pour cela le nom caractéristique de « canadium ». Il n'y a peut-être pas là de quoi révolutionner le monde, et en particulier la métallurgie, car on ne sait pas encore bien ce que l'on pourrait tirer de ce métal comme usage pratique; mais on a souvent des surprises; et il faut se rappeler l'exemple de ce qu'on nomme les terres rares, yttrium, cérium ou autres, dont on ne savait que faire jadis, et qui maintenant sont si heureusement employées à la préparation des manchons à incandescence pour l'éclairage au gaz. Toujours est-il que ce canadium, métal parent du platine, paraît ne subir aucune action de l'humidité; il est d'autre part plus malléable que le plomb; il se laisse étirer aisément et fond à basse température. Il faut d'ailleurs se livrer à un travail pénible pour l'extraire des roches dans lesquelles on le rencontre en petits grains, puisque, couramment, il faudra traiter et triturer une tonne de ces roches, pour obtenir quelques grammes de ce canadium.

LES MÉTAUX POREUX

Les métaux mêmes que nous nous figurons bien connaître nous réservent souvent d'étranges surprises; et c'est ainsi que, en faisant appel en somme à des métaux qui nous sont familiers, un savant danois, M. Hanover, vient de réussir à fabriquer de véritables éponges métalliques, des métaux poreux, dont la masse est perforée d'une multitude de petits trous irréguliers, dans lesquels on peut faire pénétrer des matières étrangères. La découverte et le procédé de préparation de M. Hanover, pour lequel il faudrait faire appel à de véritables explications et connaissances chimiques, si l'on voulait pénétrer dans le détail du phénomène, sont basés sur ce que les métaux ne fondent point et par conséquent ne se solidifient point à la même température. Si, par exemple, on fait fondre ensemble 50 parties de plomb et autant d'antimoine, et qu'on retire du feu pour laisser refroidir et se solidifier, on apercevra bientôt que l'antimoine, qui fond à plus haute température, qui demande plus de chaleur pour être liquide, commence à se solidifier presque complètement, alors que tout le plomb est demeuré complètement liquide. On se trouve donc en présence d'un enchevêtrement de cristaux d'antimoine baignant dans du plomb en fusion. A ce moment du reste, justement parce qu'il y a une partie du mélange qui est encore liquide, l'ensemble est très mou et pourrait prendre des empreintes sous une pression faible; un peu comme le gâteau de cire bourré de miel presque liquide que tout le monde connaît. Mais si l'on réussit à expulser tout ce qui est à l'état liquide, il va subsister une série de cristaux enchevêtrés les uns avec les autres, mais laissant entre eux des vides multiples : on aura précisément un métal poreux plein de cavités. Il faut éviter cependant que ce métal présente trop de trous ou des trous trop grands, si l'on ne veut pas qu'il s'écrase avec facilité.

M. Hanover a trouvé des procédés très originaux et très heureux pour expulser, comme nous le disions, le métal demeuré encore liquide; il fait agir du gaz sous pression, ou encore il recourt à la force centrifuge, développée si l'on fait tourner très rapidement la masse de métal : le liquide étant projeté à la périphérie par la vitesse de la rotation, et des dispositions étant prises pour qu'il puisse s'écouler. Nous n'indiquerons naturellement pas le menu des procédés dus à l'ingénieux inventeur. Ce qui est intéressant, c'est de se rendre compte que cette découverte peut avoir des applications pratiques; on aura la possibilité, avec des plaques poreuses ainsi préparées, de construire des accumulateurs électriques dans d'excellentes conditions; on en pourra tirer des coussinets de machines dans la masse desquels l'huile de graissage circulera. Notons qu'une plaque ainsi faite peut être assez poreuse pour que, quand on l'a trempée dans l'eau, on puisse chasser cette eau en soufflant sur la plaque appliquée contre la bouche.

LES MALADIES DES MÉTAUX
ET LES DÉTÉRIORATIONS DE L'ALUMINIUM

IL y a déjà quelques années que l'on a signalé ce fait curieux que les métaux, au moins certains d'entre eux, l'étain par exemple, peuvent être frappés de véritables maladies, comme si des microbes leur apportaient une sorte de contagion. En effet, sous l'influence de ces germes, qu'on a pu réellement isoler, les vases d'étain se détériorent avec une rapidité extrême. Voici maintenant que M. Ducru, chef de section à la Section Technique de l'Artillerie, et l'illustre M. H. Le Chatelier, s'aperçoivent que l'aluminium, ce métal dont on commence enfin à tirer si bon parti, est susceptible de contracter une maladie analogue. Très souvent, sous l'influence de ce mal, on voit apparaître à la surface des gamelles et objets de campement militaire que l'on fait en aluminium, de petites fissures sillonnant le métal; en même temps celui-ci se recouvre d'une sorte de poudre qui n'est autre chose que des parcelles métalliques se détachant. Il ne faut pas longtemps pour que, en ces points, le métal perde toute consistance et pour que des trous se forment dans les parois des ustensiles.

Des expériences et des observations méthodiques ont eu lieu à ce propos, notamment dans des laboratoires techniques allemands, l'Allemagne faisant un très grand usage des appareils et particulièrement des ustensiles de cuisine en aluminium. Et l'on s'est aperçu que cette susceptibilité de l'aluminium provient des conditions dans lesquelles il est laminé, c'est-à-dire passé entre de gros cylindres métalliques pour se transformer en tôles. Au surplus, pour tirer de ces tôles les ustensiles et objets divers que l'on fabrique en aluminium, on recourt généralement à cet emboutissage dont nous avons eu l'occasion de parler; et souvent il contribuera lui aussi à mettre l'aluminium dans de mauvaises conditions pour résister à la maladie. Mais une particularité doit se produire pour que le métal subisse les attaques et les dégradations auxquelles nous faisions allusion. Il faut que ce métal vienne en contact prolongé avec les eaux alimentaires que l'on nous distribue d'ordinaire dans les grandes villes, eaux ayant passé dans de longues conduites, de ces conduites dont nous avons parlé également, et où elles se chargent de calcaire.

Il est pourtant bien malaisé de ne pas se servir de ces eaux des distributions; et il reste à désirer que le métal soit fabriqué, ainsi que les objets eux-mêmes, dans des conditions qui rendent l'aluminium moins susceptible et moins disposé à nous jouer de mauvais tours.

BALANCES DE PRÉCISION

ON n'a guère idée, chez les profanes, de l'extrême précision que réclament les chimistes, les physiciens, des balances modernes : désireux qu'ils sont de pouvoir évaluer des poids extraordinairement minimes, infimes peut-on dire. Et pour donner de la précision et de la rapidité d'opération aux balances, quand il s'agit de pesées si minimes, il faut toute l'ingéniosité des inventeurs et des constructeurs. C'est ainsi que M. Collot a inventé cette année une balance tout à fait remarquable, qui demeure constamment enfermée dans une cage de verre, pour que les mouvements de l'air ne viennent pas influencer les plateaux de la balance et troubler la pesée : on en est en effet à cela près ! Pour poser les petits poids sur le plateau où ils doivent venir faire équilibre à la substance placée sur l'autre plateau, et que l'on veut peser, inutile de rouvrir la cage de verre, qu'on a soulevée seulement pour introduire la substance dont on désire constater le poids ; en manœuvrant des boutons, on fait arriver sur le second plateau des poids successifs, jusqu'à ce que l'équilibre s'établisse. Un micromètre est disposé sur l'aiguille et permet de lire le poids à un milligramme près. On a muni cette curieuse balance d'un amortisseur à vaseline, qui fait un peu comme les amortisseurs des automobiles ; il arrête rapidement les oscillations du fléau de la balance. De la sorte les opérations se font très vite, puisque tout de suite pour ainsi dire on voit le fléau révéler ou non l'équilibre. Nous pourrions citer encore, comme curiosité du genre, la balance Heuser. C'est une véritable balance miniature, sensible à un deux-centième de milligramme ! Tous ses organes sont minuscules, comme on peut se l'imaginer.

LES LABORATOIRES FRIGORIFIQUES

CE n'est pas leur nom officiel : on les appelle généralement du nom savant de laboratoires cryogènes, comme celui que M. Onnes a installé à l'Université de Leyde ; mais le sens est le même. On sait les services que rend la pratique frigorifique un peu sous toutes les formes ; elle sert en particulier à conserver durant des jours et des mois, sans qu'elles se modifient et subissent d'altérations, les substances alimentaires ; c'est grâce à ce froid, que l'on sait si bien obtenir dans les cales des navires notamment, que la Grande-Bretagne peut faire venir chez elles les viandes de l'Argentine, de l'Australie ; que les populations anglaises, au contraire des populations françaises, peuvent acheter de la viande à bon marché. Et si les viandes se conservent ainsi, c'est que le froid obtenu arrête la vie des microbes de décomposition. Il agit pour ainsi dire sur tous les phénomènes vitaux et sur tous les phénomènes chimiques, ou tout au moins il les modifie complètement. L'on comprend combien il est intéressant pour un physicien, pour un chimiste, de posséder un laboratoire où il sera possible d'obtenir des températures très basses, et d'observer alors les phénomènes que l'on a déjà étudiés à des températures que nous considérons comme normales.

Les dispositions prises et les appareils installés au Laboratoire de Leyde permettent de produire toutes les températures inférieures au zéro du thermomètre centigrade, jusque vers 270, et aussi de maintenir ces basses températures (s'il en fut jamais) aussi longtemps qu'on le désire. On a mis à contribution pour cela le principe qui a servi à la liquéfaction des gaz que l'on considéra si longtemps comme non liquéfiables. Pour arriver aux — 270° environ qui sont couramment pratiqués à Leyde, on utilise successivement le chlorure de méthyle, l'éthylène, l'oxygène, l'hydrogène, et enfin l'hélium; tous gaz que nos lecteurs connaissent au moins de nom. Avec ce froid intense, M. Onnes fait les observations les plus curieuses et les plus inattendues : il constate, par exemple, que le courant électrique passera bien mieux dans un métal très refroidi que dans le même métal à la température ordinaire. On a constaté également (ce qui surprend moins, quand on songe à l'influence du froid sur la décomposition des matières alimentaires) que des graines soumises à ces basses températures voient leur vie suspendue : elles pourraient demeurer de la sorte des mois et des mois, sans montrer la moindre tendance à germer. Ces graines supportent d'ailleurs parfaitement cette suspension de vie, cette mort apparente, ce froid formidable qui semblerait devoir tout désorganiser; et si ensuite on les met avec précaution à la température où elles germent dans un milieu convenable, suffisamment humide, elles vont germer effectivement et donner naissance à une petite plante, comme si de rien n'était.

Il est probable du reste que les expériences que l'on peut faire aux très basses températures nous réservent bien des surprises et pourront, sans doute, nous permettre de pénétrer un peu les grandes lois naturelles qui régissent les mondes.

UN NOUVEAU PROCÉDÉ DE COMBUSTION ET DE CHAUFFAGE

IL s'agit d'une découverte toute récente, dont il n'est peut-être pas très aisé de faire saisir la base au point de vue de la science physique, mais qui est suffisamment curieuse et d'intérêt pratique pour qu'on la connaisse. Voici, en effet, un nouveau type de four ou de foyer : derrière une paroi faite de briques réfractaires, une substance poreuse, on fait arriver un gaz combustible ; et par pression suffisante, on lui fait traverser la paroi. Si on allume alors le gaz, du reste mélangé d'air, le mélange combustible qui filtre à travers cette matière poreuse, il va brûler, mais absolument sans flammes, en avant de la paroi de briques réfractaires ; celle-ci deviendra rouge, et le mélange, le gaz en arrière de la paroi ne s'allumera nullement. Il faut du reste que la compression envoie de l'air en proportion convenable en même temps que du gaz. Ce qu'il y a de particulièrement intéressant dans ce système de combustion et de chauffage, c'est qu'il permet de bien mieux tirer parti de la puissance chauffante des gaz, et par suite de faire des économies de combustible. Il est probable qu'avant peu l'on construira des chaudières où ce nouveau procédé sera utilisé avec tous ses avantages.

LES PROGRÈS DE LA COMBUSTION ET LA DESTRUCTION DES BILLETS DE BANQUE

CE que nous disions à propos des chaudières montre comment les découvertes scientifiques, qui ne semblent faites d'abord que pour le laboratoire du chimiste ou du physicien, ont bientôt fait de rendre des services dans des applications pratiques. Les procédés de combustion en particulier sont de première importance dans la vie de tous les jours, comme dans toutes les manifestations de la vie industrielle. Ils sont même de toute utilité pour cette Banque de France qui nous fournit cette monnaie de papier au moyen de laquelle nous réglons nos achats et nos ventes, et que l'on appelle les billets de banque.

Tous nos lecteurs les connaissent ces billets, qu'on nommait jadis billets bleus, mais auxquels il faut maintenant un autre nom, puisqu'ils comportent d'autres couleurs que du bleu. Ils sont bien loin d'avoir une vie très longue. Ces morceaux de papiers qui passent continuellement de main en main, et des mains pas toujours propres, ont tôt fait de se maculer. De plus, en dépit de l'excellent papier dont on les fabrique, ils se déchirent assez rapidement. Il arrive ainsi un moment où ils ne sont plus guère utilisables : la Banque s'arrange de manière que, quand ils commencent à être trop usagés, elle puisse les faire rentrer chez elle, en les échangeant contre d'autres nouvellement fabriqués. Et il en rentre ainsi, ou plutôt on en fait rentrer des quantités formidables. Dans le cours d'une année, la Banque se voit encombrée de plus de 40 millions de ces chiffons de papier, de valeurs diverses. Il faut naturellement les détruire, et de telle sorte qu'un employé peu délicat ne puisse en recueillir des morceaux pour les recoller, les nettoyer peut-être et en recomposer un billet qu'il ferait passer pour de la bonne monnaie à son profit.

Une méthode sûre et rapide est donc nécessaire pour détruire ces millions de billets. On ne va pas supposer qu'il suffira de mettre des billets ou une partie d'entre eux dans un foyer, une grille, au-dessous de laquelle on allumera un bon feu : la masse des billets se

L'ANCIEN CYLINDRE SERVANT A TRANSFORMER EN PÂTE LES BILLETS

carboniserait vite superficiellement, mais le cœur du paquet ne brûlerait pas : c'est ce que vous pouvez constater en mettant sur un foyer une liasse de papier quelconque. On pourrait bien (et on l'a fait un certain temps) les soumettre à une lessive de soude caustique : on obtiendrait une pâte de papier analogue à cette pulpe de bois que l'on prépare pour fabriquer le papier de bois. Mais l'on ne saurait ensuite que faire de cette pâte. Et c'est pour cela que, maintenant, on emploie à la Banque de France un appareil très perfectionné de combustion. Il a été imaginé par M. Lecpeux. On entasse les billets de banque en liasses dans un grand cylindre vertical, une cornue construite en matières réfractaires et entourée d'une enveloppe où l'on fait arriver la chaleur intense fournie par des rampes de gaz ; sous cette influence le papier se transforme en un véritable coke, par distillation et combustion imparfaite, coke semblable à celui que nous employons quelquefois et qui provient de la distillation de la houille. Par une cheminée spécialement ménagée dans ce but, s'échappent les gaz de la distillation, que l'on s'arrange d'ailleurs pour brûler. Et lorsque, comme on dit, la cokification est terminée, on laisse arriver des flammes de gaz à l'intérieur du cylindre et sur le coke; celui-ci brûle comme le fait celui de nos cheminées, quand il est bien allumé et que le tirage est bon. Et bientôt le coke de billets de banque est transformé uniquement et complètement en des cendres qui ne tiennent guère de place et n'ont aucune valeur du reste, bien que provenant peut-être de billets de 500 francs ou de 1 000 francs! Avec le nouvel appareil de combustion de la Banque, on peut détruire en une vingtaine d'heures 150 kilogrammes de billets. Pour 15 fr. de gaz, on réduira en cendres une va-

Cl. Boyer.

ENLÈVEMENT DES CENDRES APRÈS COMBUSTION PERFECTIONNÉE
DES BILLETS DE BANQUE.

leur qui peut facilement atteindre 15 millions de francs, si l'on a seulement traité des billets de 100 francs.

LE FOUR ÉLECTRIQUE
ET LA FUSION DU QUARTZ

Un inventeur dont nous avons déjà prononcé le nom, M. Billon Daguerre, a inventé une nouvelle combinaison de four électrique qui permet de fondre très aisément cette matière si dure qu'est le quartz, et d'en fabriquer des capsules, des tubes, des.

lampes, d'une transparence parfaite. Ce quartz, c'est en somme de la silice ou du cristal de roche ; et il est fort intéressant d'en pouvoir tirer tous ces objets. Le four est constitué de parois de graphite, et l'on y fait arriver du courant électrique triphasé par exemple, qui donne l'élévation de température voulue. Jusqu'à présent les objets de quartz n'étaient fabriqués qu'à l'étranger suivant des méthodes très compliquées.

UN NOUVEAU MODE DE FABRICATION DES PIERRES PRÉCIEUSES

Il s'agit du moins du diamant ; et nos lecteurs devaient y avoir pensé en entendant parler de four électrique, car ils se rappellent les belles expériences faites à cet égard par M. Moissan à l'aide d'un four électrique. Cette fois il est question de fabriquer du diamant, du moins des cristaux minuscules de cette pierre, en utilisant le gaz d'éclairage et les vapeurs de mercure. Un chimiste allemand, le docteur Werner von Bolton, a remarqué que ce gaz se décompose en présence des vapeurs de mercure ; et le résultat de cette décomposition donnerait au moins en partie du carbone cristallisé, ce qui n'est pas autre chose que du diamant. Si d'ailleurs on dispose, là où l'on fait l'essai, de la poussière de diamant, on verra ces grains de poussière se nourrir, selon l'expression consacrée, grossir graduellement sous l'influence de la précipitation du carbone cristallisé résultant de la décomposition du gaz, qui contient en suspension du carbone.

Cela ne veut pas dire que demain l'on va fabriquer, pour les boucles d'oreilles des dames, de magnifiques diamants ; mais la découverte est tout à fait intéressante au point de vue de la chimie et de l'origine des pierres précieuses.

LE NOUVEAU POSTE DE TÉLÉGRAPHIE SANS FIL DE LA TOUR EIFFEL

La Tour Eiffel constitue la plus belle station de télégraphie sans fil qui existe au monde ; c'est pour cela que les Allemands ont tenté de construire une tour de 200 mètres dont nous parlerons tout à l'heure. Il a été relativement simple de faire descendre, du sommet de la tour de 300 mètres, les fils métalliques formant les antennes qui servent à lancer dans l'air les ondes électriques transmettant les signaux à distance, ou à recevoir les ondes qui viennent de stations lointaines, du Maroc par exemple. La station de la Tour, telle qu'elle a été installée il n'y a pas longtemps, peut envoyer ses signaux dans

LES ANTENNES DE LA STATION RADIOTÉLÉGRAPHIQUE DE LA TOUR EIFFEL.

un cercle de 6 000 kilomètres qui va jusqu'au Sénégal et au Canada, et ces signaux pourraient être reçus jusqu'au pôle Nord, s'il y avait là une station. Il suffit de six fils pour obtenir ce résultat, au lieu des centaines de fils des stations ordinaires. Deux systèmes fonctionnent simultanément à la Tour ; les signaux à étincelles musicales et ceux à étincelles rares. Il faut naturellement un groupe électrogène, une station génératrice d'électricité pour donner le courant, par suite les étincelles, mais une puissance de 15 chevaux est suffisante. Avec les étincelles musicales, les bruits qu'écoute le télégraphiste sont des étincelles éclatant souvent à raison de 1 000 par

LA SALLE DES CONDENSATEURS.

seconde, et le téléphone donne un vrai son musical, facile et point désagréable à suivre.

LES STATIONS RADIOTÉLÉGRAPHIQUES DES CÔTES FRANÇAISES

IL s'en faut que les stations de télégraphie sans fil de nos côtes aient la même portée que la Tour Eiffel ; c'est ainsi que celle des Saintes-Maries de la Mer (dans les Bouches-du-Rhône, ce pays menacé par la mer dont nous avons parlé dans ce livre), et celle d'Ouessant (dont nous avons parlé également mais à un autre point de vue) n'ont que 700 kilomètres de portée normalement ; cette

portée est du reste bien supérieure pendant la nuit, suivant un phénomène très connu. On a vu la station des Saintes-Maries communiquer avec un bateau naviguant dans la mer Rouge. Néanmoins,
ces stations sont précieuses, et, pour le montrer, on peut donner le
chiffre des radiotélégrammes qu'elles reçoivent dans le cours de

LE POSTE DES TÉLÉGRAPHISTES SANS FILS.

8 mois seulement. Ce nombre est de 6 700 environ pour Ouessant, si
bien placé sur la route des navires, de 3 650 pour les Saintes-Maries.

UNE GRANDE STATION RADIOTÉLÉGRAPHIQUE
AMÉRICAINE

Tandis que la Grande-Bretagne multiplie les postes dans ses colonies pour relier aisément avec elles la Métropole ; tandis que
nous dressons un projet analogue pour notre empire colonial ; les
Américains, de leur côté, ont de vastes desseins. Ils ont commencé
par établir une puissante station de télégraphie sans fil à Arlington,
près de Washington. Ce poste, qui est encore en construction, com-
portera trois tours métalliques disposées au sommet d'un triangle,
et dont la plus haute aura près de 200 mètres, tandis que les deux
autres n'en auront que 135 ; entre leurs sommets seront tendus les
fils métalliques formant les antennes d'émission ou de réception. On
affirme que ce poste, pourtant beaucoup moins bien disposé que

celui de la Tour Eiffel, aura un rayon d'action de 5 000 kilomètres.
Du reste, les Américains comptent établir des postes similaires à San
Francisco, aux Samoa, aux Hawaï, qui sont de véritables colonies
yankees, et enfin à Panama, où les États-Unis ont créé de vastes
installations militaires. Ultérieurement, il y en aura d'autres aux
Philippines. Ce seront certainement des millions et des millions qu'il
faudra dépenser pour mener à bien un semblable projet, car les
tours métalliques coûtent cher à édifier quand elles atteignent de
pareilles hauteurs; et il faut de plus le matériel proprement dit de
télégraphie.

LA TOUR DE 200 MÈTRES
DE NAUEN

CETTE tour se rattache intimement aux questions de télégraphie
sans fil; et quoiqu'elle soit pour l'instant jetée à terre, comme
elle sera certainement réédifiée par les Allemands; qu'en somme elle
avait pu être exécutée dans de bonnes conditions et que ce sont
seulement des circonstances particulières qui l'ont ruinée, il est
intéressant de la connaître.

Il y a déjà un certain temps qu'une société allemande de télégraphie sans fil, la société dite Telefunken, dont les appareils sont très
appréciés, avait installé une grande et puissante station à Nauen,
dans la région de Berlin. On avait pour cela établi en cet endroit une
tour métallique très légère, qui n'avait pas moins de 100 mètres de
haut, et qui était une sorte de poutre métallique en treillis, maintenue en équilibre au moyen de solides haubans; elle reposait par
en bas sur une sorte de boule d'acier, qui formait une articulation
pour qu'elle pût un peu se déplacer sous l'influence des agents
atmosphériques et des différences de température. Avec cette tour,
soutenant des antennes rayonnant autour d'elle un peu comme des
baleines de parapluie, on pouvait envoyer des signaux, maintenir
des communications jusqu'à une distance de 3 000 milles environ.
C'était un beau résultat; mais la société a voulu faire mieux, afin
d'égaler les résultats obtenus à la Tour Eiffel. On a résolu de construire une tour de 100 mètres, venant se superposer à la première,
ce qui devait donner une tour de 200 mètres. Pour cela, on s'y est
pris d'une façon simple et originale, mais particulièrement audacieuse. La seconde tour venait reposer sur le sommet de la première par l'intermédiaire d'un second boulet tout analogue au premier dont nous avons parlé; il y avait ainsi entre les deux tours
une sorte d'articulation, de joint universel, permettant à ces tours
de ne pas toujours rester dans le prolongement l'une de l'autre.

Nous n'avons pas besoin de dire que, pour soutenir ce nouveau
mât, bien moins volumineux que le premier, on a dû disposer toute
une nouvelle série de câbles obliques, de haubans métalliques, se

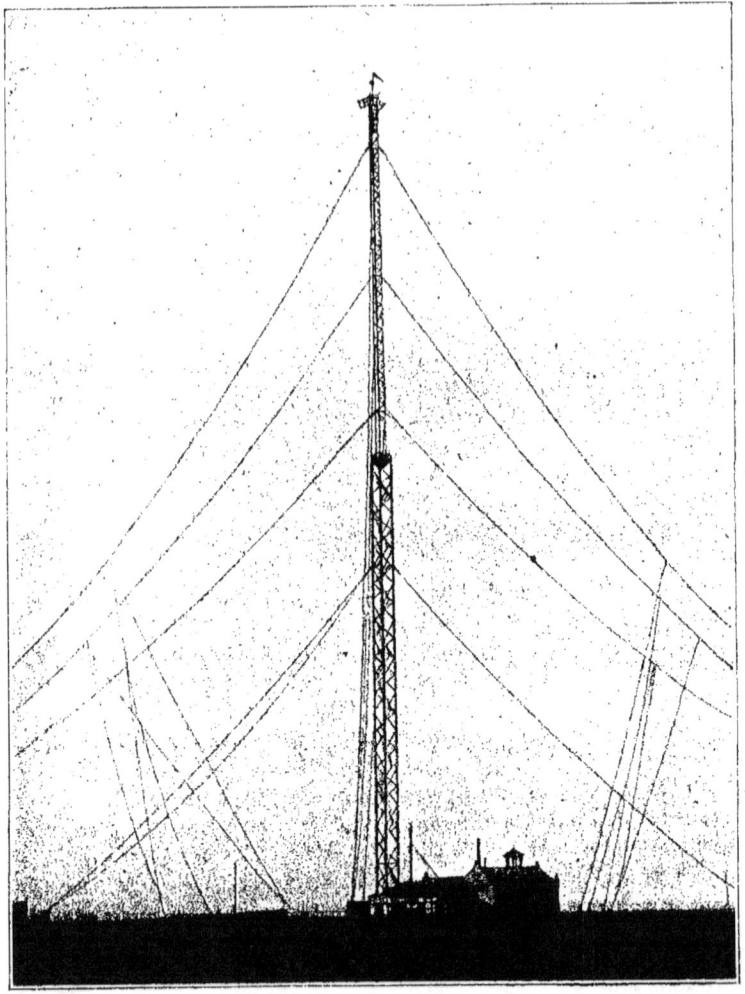

LA TOUR DE 200 MÈTRES DE NAUEN.

rattachant à des points fixes sur le sol. Le montage de cette construction, qui fait honneur au directeur de la compagnie, le docteur
Bredow, s'est accompli au milieu d'une période de vents et de tempêtes, et sans incident, bien que ce montage s'exécutât à une hau-

teur vertigineuse. La radiotélégraphie allait pouvoir être entreprise dans des conditions très avantageuses, mais une autre tempête est venue rompre les haubans et précipiter la tour à terre.

Tout est à recommencer.

LA RADIOTÉLÉGRAPHIE SANS ANTENNES

Nos lecteurs savent ce que sont les antennes en télégraphie sans fil, ou en radiotélégraphie, ainsi qu'on dit maintenant couramment; nous leur avons montré ces antennes descendant à terre comme des baleines de parapluie, dans les grandes stations à tours métalliques. Il est évident que ce serait bien plus simple et moins coûteux, si l'on pouvait se dispenser de recourir à ces antennes, et par suite aux tours et mâts destinés à les soutenir. Or un ingénieur allemand, M. Kiebitz, vient de découvrir un procédé permettant de supprimer effectivement ces antennes et de diriger les ondes électriques qui transmettent les signaux au loin : ce qui faciliterait le secret des communications et empêcherait les communications des divers postes de se mélanger. Il emploie tout simplement, pour l'émission ou la réception de ces ondes, des fils tendus à très faible distance du sol, ou même enterrés soigneusement. Dès lors l'émission se fait dans la direction même du fil, et le fil ne sert à recevoir que les signaux qui arrivent dans son sens. Et il suffit dès lors d'une très faible puissance électrique, pour que ces signaux se transmettent à une distance considérable. C'est une économie notable qui s'ajoute à celle de l'installation du fil sans haute tour ni une série de mâts avec fils suspendus. Des essais des plus probants ont été faits, et l'on a constaté notamment que les signaux passaient sans pouvoir être captés par des antennes qui n'étaient pas orientées exactement dans la bonne direction. C'est tout un ensemble de modifications qui se préparent de ce chef dans le domaine de la télégraphie sans fil.

APPAREILS AVERTISSEURS D'ORAGES

De même qu'il faudrait pouvoir disperser la grêle, de même il serait précieux pour les agriculteurs de pouvoir connaître à l'avance la venue des orages, afin de rentrer les récoltes et de prendre d'autres précautions. Voici longtemps que l'on s'occupe, en se basant sur la télégraphie sans fil, et sur ces ondes qui influencent les cohéreurs et les détecteurs, de combiner un dispositif annonçant de loin l'approche des décharges atmosphériques, la présence de

L'APPAREIL TURPAIN SERVANT A AVERTIR DES ORAGES.

l'électricité atmosphérique, qui est caractéristique des orages. C'est ainsi que M. Tommasina a eu l'idée d'écouter au téléphone les bruits que cette électricité et ces décharges causent en agissant sur un cohéreur. Un Français, M. Turpain, a perfectionné la méthode et l'a appliquée immédiatement dans la région des vignobles de Saint-Emilion. Il a recours à une antenne, montée en haut d'un mât modeste, et à un cohéreur constitué d'aiguilles à coudre en croix, pouvant se rapprocher intimement les unes des autres sous l'influence d'une décharge électrique, en laissant par suite passer le courant électrique d'une pile installée dans le poste. Quand le courant peut

TOUTE L'INSTALLATION ENREGISTREUSE DES DÉCHARGES ATMOSPHÉRIQUES.

ainsi passer, cela fait fonctionner une sonnerie, qui avertit que l'orage approche : cet avertissement est généralement donné deux heures à l'avance. Les coups de sonnette se multiplient au fur et à mesure que se multiplient également les décharges que notre oreille serait incapable de percevoir. Mais M. Turpain a voulu aussi garder trace des décharges et des avertissements; et cela au moyen d'une plume inscrivant ces sortes de signaux sur un tambour supportant une feuille de papier, exactement comme cela se passe pour les baromètres enregistreurs que nos lecteurs ont certainement vus parfois. Ce sont des petits traits transversaux qui traduisent par écrit les minuscules décharges venant de kilomètres et de kilomètres. L'inventeur combine même des séries d'appareils plus sensibles les uns que les autres, qui révèlent la vitesse d'approche de l'orage.

Ajoutons du reste qu'un autre inventeur, M. Flajolet, a imaginé un autre appareil, où ces décharges lointaines se traduisent par les mouvements d'un tout

L'APPAREIL ENREGISTREUR TURPAIN ISOLÉ.

petit miroir. Il décèle à 500 kilomètres un orage dont personne naturellement ne se doute.

LES INSTRUMENTS DE MUSIQUE BIZARRES

C'EST à la science de l'acoustique, branche de la physique, que nous devons les instruments de musique perfectionnés que nous utilisons pour nous distraire. Il n'y a plus grand'chose à découvrir dans ce domaine, cependant voici deux curiosités qui méritent d'être signalées.

Un musicien allemand, M. Samuels, a eu l'idée pratique, mais assez étrange, de fournir à ceux qui jouent d'un instrument à vent, et qui ont par suite besoin de la puissance de leurs poumons pour alimenter en vent, en air, l'anche de l'instrument dont ils jouent, le concours d'une sorte de soufflet manœuvré au pied par eux-mêmes. La respiration de l'artiste a forcément des limites, il est obligé de ne

pas souffler continuellement; mais l'air qui est comprimé par la
soufflerie arrive dans la bouche même de l'exécutant, par l'intermédiaire d'un tube flexible accroché le long de l'instrument et venant
de terre. Et de la bouche, l'air comprimé est forcé de passer dans
l'orifice de l'instrument, et de remplacer temporairement le souffle
de l'exécutant. Cet
appareil nouveau se
nomme l'aérophore,
et on affirme qu'il
permet de lier les
sons, et d'exécuter
ce qui serait, sans
lui, impossible au
plus grand virtuose.

L'AUXÉTOPHONE MONTÉ SUR VIOLONCELLE.

La seconde curio-
sité musicale est
l'auxétophone. Ici il
s'agit d'utiliser de
l'air comprimé pour
renforcer les sons de
l'instrument sur le-
quel on le monte.
Nous le montrons
disposé sur un vio-
loncelle. Disons tout
de suite, comme
détail amusant, que
c'est le grand cons-
tructeur et inventeur
de turbines, Charles
Parsons, qui a com-
biné cet appareil.
Celui-ci comporte
une sorte de soupape qui, placée sur le corps du violoncelle, va
vibrer d'accord avec les notes émises par celui-ci à chaque moment;
mais les sons gagnent pour ainsi dire l'énorme trompe qui se trouve
disposée à côté du violoncelle, et ils y prennent une puissance
extraordinaire. L'exécutant peut du reste, au moyen d'une pédale,
laisser arriver ce qu'il veut d'air comprimé, et par suite modifier
l'intensité du son suivant les passages du morceau exécuté.

LA DÉFENSE NATIONALE

ARMÉES ET ARMEMENTS

o o o

LES NOUVEAUX CUIRASSÉS FRANÇAIS

ALORS que tout le monde désire, et avec raison, la paix, on est bien obligé de prévoir toutes les surprises, et de continuer à tenir son armement à la hauteur du progrès. C'est pour cela que la France s'est mise à construire une série de navires cuirassés nouveaux, valant ceux des autres nations. Les plus récents de ceux qui sont actuellement en chantier, et qui seront du type de la *Bretagne* ou du *Paris*, porteront 10 canons envoyant des obus de 34 centimètres de diamètre : ces canons seront installés deux par deux dans 5 tourelles disposées au milieu du bateau. Simultanément, un cuirassé de ce type, faisant feu de tous ses canons, pourra projeter sur l'ennemi 6 000 kilogrammes d'obus ! l'armement sera complété par 22 canons de 22 centimètres de calibre, autrement dit utilisant des projectiles de ce diamètre. Nos nouveaux cuirassés déjà lancés et qui se terminent sont dotés de 12 canons de 30 centimètres de calibre. On voit la différence. Les cuirassés du type *Bretagne* ont une ceinture cuirassée dont l'épaisseur atteint au milieu 270 millimètres, jusqu'à 2 m. 40 au-dessus de la ligne de flottaison ; au-dessous se trouve une cuirasse qui a encore 180 millimètres. La base même des cheminées est protégée par cette épaisseur de métal, car, si un projectile venait à la trouer, le tirage des foyers ne se ferait plus et les machines ne pourraient plus donner toute allure au navire. Naturellement ces cuirassés disposeront de 4 tubes lance-torpilles, envoyant ces engins redoutables à 6 000 ou 7 000 mètres, grâce au concours de leur petit système moteur. Comme de juste, la propulsion de ces énormes cuirassés, déplaçant, pesant 23 500 tonnes, sera assurée par des turbines à vapeur. Leurs soutes à munitions seront mises à l'abri de la chaleur par d'excellents isolants calori-

fuges. Ces soutes pourront être noyées presque instantanément en
cas de danger. Ajoutons que notre patrie commence la construction

Cl. Hartingue.

LA *Liberté* : UN CUIRASSÉ D'IL Y A QUELQUES ANNÉES.

d'autres cuirassés qui déplaceront quelque 27 000 tonnes et qui porteront 12 canons de 34 centimètres montés par quatre dans des tourelles cuirassées.

CUIRASSÉS ANGLAIS ET ALLEMANDS

ON peut affirmer, d'une façon générale, que c'est toujours la
Grande-Bretagne qui donne l'exemple et qui trace la voie en
matière de navigation maritime, et particulièrement pour la marine
de guerre; et il va sans dire que nos voisins et amis ont fait au
moins autant de progrès que nous dans la récente réfection de leur
flotte : ils ont adopté des dimensions et des puissances encore supérieures, pour leurs cuirassés, à ce que nous venons de voir pour les
nôtres. Tous leurs grands navires de guerre nouveaux sont dotés de
canons de 35 centimètres d'embouchure, associés deux par deux
dans des tourelles : ce qui permet de tirer simultanément deux
coups de ces pièces de fort calibre; les tourelles sont disposées par
étage, de sorte qu'une série peut tirer par-dessus l'autre. Les plus
récentes additions à la flotte anglaise, encore en construction d'ailleurs, sont bien plus redoutables que les bateaux du type *Lion* ou
du type *Thunderer*. On achève quatre énormes cuirassés qui déplaceront 26 000 tonnes, et qui porteront les noms de *Benbow*, *Delhi*,
Marlborough et *Iron Duke* : ils seront armés chacun de 10 de ces
pièces monstrueuses dont nous venons de dire un mot; nous verrons
au surplus qu'il est même question d'adopter, dans les marines
modernes, des canons plus gros et plus puissants encore.

Les Allemands, dans leur désir d'égaler les Anglais sur mer, et
aussi dans leur crainte de se voir en guerre avec la Grande-Bretagne
et d'autres pays, multiplient les cuirassés et les construisent dans

des proportions de plus en plus colossales. Il n'y a pas longtemps qu'ils ont mis en service le *Helgoland*, qui est armé de 12 pièces de 31 centimètres et de 14 de 160, sans parler des petits canons; ensuite cela a été le *Kaiser Friedrich der Grosse*, qui porte 10 pièces de 305 millimètres et 14 de 150. On vient d'achever à peu près le *Prinz Regent Luitpold*, qui déplace 27 000 tonnes et porte 10 canons de 33 centimètres et 8 de 21.

Il est à remarquer que, sur tous ces navires, allemands, anglais, français ou autres, on dispose les tourelles cuirassées abritant les canons, et les canons eux-mêmes, de manière qu'il soit facile de réunir le plus grand nombre possible de bouches à feu pour tirer d'un bord ou de l'autre, à gauche ou à droite, ou encore tout aussi bien sur un bateau qui fuirait que contre un navire qui poursuivrait au contraire le bateau considéré. Autrefois, on disposait les canons sur deux rangées de chaque bord : nous sommes maintenant bien loin de cette combinaison. Et c'est pour cela qu'on monte les tourelles dans l'axe même du navire sur une seule ligne, et en les étageant pour qu'elles puissent tirer les unes par-dessus les autres; ou alors celles qu'on monte latéralement ne se font pas vis-à-vis d'un bord à l'autre, précisément pour que l'une puisse tirer par-

Cl. Rol.

UN CUIRASSÉ FRANÇAIS DERNIER MODÈLE.

dessus le bateau en même temps que l'opposée, sur un ennemi qui attaquerait de côté.

Nous pourrions jeter un coup d'œil sur les nouveaux cuirassés des États-Unis (qui ne veulent point demeurer en arrière des nations du Vieux Monde dans leur armement); nous y trouverions les mêmes caractéristiques. Nous verrions construire des cuirassés comme le *Texas* ou le *New-York*, qui déplaceront 27 000 tonnes et seront armés de 10 pièces de 35 centimètres.

LE CUIRASSÉ JAPONAIS « KONGO »

Le Japon, lui aussi, tout comme les États-Unis, peut-être plus et mieux que les États-Unis, se tient à la hauteur de tous les progrès en matière d'armement naval ou autre ; c'est une raison pour jeter un coup d'œil sur le plus nouveau cuirassé dont se soit enrichie sa flotte ces temps derniers ; et d'autant que ce bateau a été construit en Angleterre ; on a profité pour lui de l'admirable science des constructeurs anglais. Il sort des fameux Chantiers Vickers, de Barrow in Furness. Il présente les caractéristiques les plus remarquables de la construction navale militaire et c'est pour cela sans doute que nos lecteurs examineront avec intérêt la photographie représentant l'arrière du bateau sur chantier avant lancement. On y apercevra et les hélices multiples, et le gouvernail compensé si particulier de forme, et l'avant très élevé mais se continuant par des parties inclinées, pour repousser obliquement les projectiles qui frapperaient les flancs du navire.

A la vérité, si nous disons cuirassé en parlant de ce navire *Kongo*, il faut entendre croiseur de bataille, selon l'expression employée maintenant : c'est-à-dire croiseur aussi rapide proportionnellement que les anciens croiseurs d'il y a quelques années, mais croiseur qui est armé à peu près comme les cuirassés et défendu tout comme eux. Ce sont donc des croiseurs qui réellement méritent le nom de cuirassés, mais qui sont dotés d'une vitesse à laquelle on n'aurait point songé, il n'y a pas encore longtemps, pour des bateaux pareillement armés pour l'offensive ou la défensive.

La longueur de ce cuirassé nouveau modèle (comme on en trouve de plus en plus dans toutes les flottes) est de plus de 211 mètres, autant qu'un grand transatlantique. Sa largeur est de 28 mètres, son tirant d'eau dépasse 8 mètres et son déplacement ou poids est de 27 500 tonnes. Nous disions qu'il se fait remarquer par sa vitesse : elle est, en effet, de 28 nœuds, beaucoup plus par conséquent que les transatlantiques. Mais il faut remarquer que l'on n'y transporte point une population énorme ni marchandises : que tout est sacrifié à la vitesse et à l'armement, et que ce bateau, étrangement plus petit qu'un *Lusitania*, n'en a pas moins 70 000 chevaux de machines : autant par conséquent que ce *Lusitania*. Il est puissamment armé : il porte à son bord 8 canons de 355 millimètres, bien qu'il s'agisse soi-disant d'un croiseur ; auxquels il faut ajouter 16 canons de

15 centimètres, sans parler des autres bouches à feu. Les gros canons sont disposés par paire dans quatre tourelles barbettes, autrement dit ouvertes par en haut; deux des tourelles sont sur l'avant, les deux autres sur l'arrière; mais toutes dans l'axe du navire. Nous retrouvons ici ces dispositions qui font loi pour ainsi dire à l'heure actuelle, et dont nous avons d'un mot indiqué l'importance. Tout naturellement on a tenu à protéger le navire de la façon la plus efficace contre les projectiles de l'ennemi, et on l'a doté d'un

L'ARRIÈRE DU CROISEUR DE BATAILLE JAPONAIS *Kongo*.

cuirassement aussi puissant que celui de n'importe quel bâtiment de guerre. Non seulement on a prévu une ceinture cuirassée descendant très au-dessous de la flottaison; mais encore une cuirasse légère assure une protection complémentaire beaucoup plus bas. En travers du bateau, il y a des cloisons cuirassées, puis deux ponts cuirassés, l'un au-dessous du rebord supérieur de la ceinture cuirassée.

Ce *Kongo* peut être considéré pour l'instant comme le type des navires puissamment armés et puissamment défendus, mais à grande vitesse, que la guerre navale réclame maintenant. La machinerie propulsive est tout à fait remarquable : elle comporte des turbines de deux genres, assurant une grande économie de vapeur, et des chaufferies où l'on peut brûler du combustible liquide, huiles de pétrole, aussi bien que du charbon. C'est pour les à-coups, les surprises nécessitant une production de vapeur intense immédiate, que l'on utilise le combustible liquide.

CUIRASSÉ BRÉSILIEN

Pour compléter ce que nous avons relaté au sujet de la disposition des tourelles et des canons à bord des cuirassés modernes, et bien montrer que tous les pays obéissent aux mêmes préoccupations et font construire de nouveaux navires de guerre réunissant tous les progrès de la technique, disons quelques mots d'un cuirassé brésilien construit en Angleterre par la grande maison Vickers déjà mentionnée. Nous avons le plaisir de pouvoir mettre la reproduction photographique de ce cuirassé sous les yeux de nos lecteurs. On y voit bien les tourelles superposées et les pièces par couples.

Le Brésil s'est fait construire deux cuirassés semblables, le *Minas Geraes* et le *Sao Paulo*. Ces bateaux sont armés de 12 canons de 30 centimètres, dont 10 peuvent être tirés simultanément sur un seul bord, tandis que 8 sont à même de lancer leurs projectiles ensemble vers l'avant ou l'arrière. Le cuirassement comporte ce qu'on appelle la ceinture cuirassée, c'est-à-dire une bande de cuirassement qui n'a pas moins de 25 centimètres d'épaisseur, et cela sur une hauteur de 3 m. 60. Ici encore nous trouverions ces ponts cuirassés et ces cloisons transversales également cuirassées qui réduisent considérablement les ravages du feu de l'ennemi. Nous devons ajouter que nous nous trouvons en présence d'un vrai cuirassé, relativement lent : son allure est seulement de 21 nœuds et demi, ce qui ne demande qu'une puissance de 28 000 à 29 000 chevaux. C'est peu par rapport à ce que nous rencontrons pour les croiseurs de bataille. Au surplus, un navire de ce genre n'a que 151 mètres de long, ce qui pourtant était inconnu dans les flottes de guerre il n'y a pas encore longtemps.

LA DISPARITION DES TORPILLEURS

A une certaine époque, les torpilleurs ont excité un enthousiasme extraordinaire, un peu irraisonné, surtout en France ; et ce fut l'époque où, dans notre pays, on en construisit toute une flotte, en se figurant presque que le règne du cuirassé, du gros navire de guerre, était fini. On avait commencé par les construire de petites

dimensions, de 26 à 27 mètres de long, pour porter la torpille contre
le flanc du navire sous lequel on voulait faire éclater l'engin terrible.
On substituait ces bateaux spéciaux aux canots avec lesquels auparavant l'on avait porté les torpilles : ces canots mettaient trop en
danger les marins qui les montaient. Avec les perfectionnements de
la torpille devenue automobile, on multiplia les torpilleurs, et on les
fit de plus grande taille, de très grande vitesse, en les chargeant
d'approcher le plus possible le navire à torpiller, pour lancer l'engin
qui, automatiquement, grâce à son mécanisme propulseur, irait

LE CUIRASSÉ BRÉSILIEN *Sao Paolo*.

ensuite atteindre le but. On arriva assez vite à donner aux torpilleurs des longueurs de 33 mètres avec des allures de 25 nœuds. Puis
on construisit des torpilleurs de haute mer pouvant accompagner
les escadres, et fournissant des vitesses de 33 nœuds.

Peu à peu, on en est venu à adopter les torpilleurs d'escadre, qui
sont devenus des contre-torpilleurs, et le torpilleur proprement dit
est abandonné. Le plus souvent maintenant on remplace le petit
torpilleur de jadis, dont les faibles dimensions étaient la qualité
primordiale (puisqu'il fallait passer inaperçu), par des avisos-torpil-
leurs, qui ne peuvent que se tenir à assez bonne distance des navires
ennemis, sous peine d'être vus tout de suite et canonnés. Aussi bien,
tout en utilisant toujours la torpille, on a constaté que ce n'était
point un engin aussi redoutable qu'on le craignait, et les contre-
torpilleurs sont bel et bien armés de canons, comme un navire de
guerre ordinaire.

LES NOUVEAUX CONTRE-TORPILLEURS
FRANÇAIS

C'EST pour répondre à ces nouveaux besoins, que la marine de guerre française s'est enrichie de torpilleurs du type *Bouclier*, où l'on a réuni toutes les inventions, tous les perfectionnements susceptibles d'assurer à ces petits navires les qualités principales qui leur sont nécessaires : rapidité de marche, aisance de manœuvre, etc. Si nous considérons un de ces bateaux, *Dague*, *Boutefeu* ou autre, nous le voyons déplacer un poids modeste de 800 tonnes, pour une longueur de 80 mètres. Un bateau de si faible poids relativement et de si petites dimensions, n'exige pourtant pas moins de trois machines : ce sont des turbines, l'une à haute pression, les autres à basse, qui commandent chacune une hélice. Ces hélices ont 1 m. 60 de diamètre, car il faut en effet que pareil navire puisse prendre une très rapide allure. Cette vitesse atteindra jusqu'à 35 nœuds, soit 63 kilomètres à l'heure. Ce qui permet de chauffer facilement 4 chaudières devant fournir la vapeur nécessaire aux moteurs à cette allure, et d'évaporer en 10 minutes seulement l'équivalent de tout le contenu des chaudières, c'est qu'on chauffe les foyers aux résidus de pétrole ; la consommation de ce combustible atteint jusqu'à 10 000 kilogrammes par heure, quand le contre-torpilleur marche à toute allure ; heureusement le cas est exceptionnel, car il lui faudrait alors d'énormes soutes à combustible. A marche réduite de 14 nœuds, la consommation n'est plus que de 900 kilogrammes à l'heure. Que l'on juge de la puissance formidable qu'il faut pour donner ces allures rapides à ces petits bateaux : leur machinerie correspond à peu près à 20 000 chevaux, ce qui équivaut à environ 400 000 hommes travaillant sur des manivelles. L'équipage est très réduit sur un navire de ce genre : 4 officiers, 1 mécanicien, 8 sous-officiers et 70 hommes. Et l'armement ne paraît pas bien redoutable : un canon de 10 centimètres de diamètre comme toujours s'entend, 4 canons de 65 millimètres, et enfin quatre tubes lance-torpilles. Mais ces contre-torpilleurs ont l'avantage de la vitesse, qui leur permet de s'approcher assez près du navire à torpiller (les torpilles ayant une portée de 5 kilomètres), tout en n'étant pas très visible à cette distance de quelques kilomètres, et de fuir ensuite rapidement pour éviter les coups de canons qui pourraient les atteindre.

On le voit, la vitesse s'impose au moins autant dans la marine de guerre que dans la marine de commerce, et on la peut obtenir grâce notamment à ces admirables machines motrices que sont les turbines.   •

LES ACCIDENTS DE SOUS-MARINS

Les sous-marins, eux, sont dans l'impossibilité de prendre des vitesses de loin comparables, et surtout en plongée; parce que, alors, la masse d'eau au milieu de laquelle ils sont immergés offre une résistance énorme à leur marche. La qualité dominante de ces petits bateaux, c'est leur invisibilité à peu près absolue quand ils sont sous l'eau. Mais, dans cette situation, ils ne se dirigent que bien malaisément : sans doute, ils sont dotés d'une sorte d'œil qu'on nomme le périscope, tube métallique qui vient déboucher au-dessus de l'eau, et à l'intérieur duquel se trouvent des prismes renvoyant les images de ce qui apparaît au-dessus de l'eau jusqu'à l'officier qui se tient dans son poste à l'intérieur du

UN BATEAU SPÉCIAL POUR LE RELÈVEMENT DES SOUS-MARINS.

bateau. Mais, dans les manœuvres de paix, où l'on s'exerce comme on le ferait en cas de vrai combat, il arrive un moment où le navire ne peut même plus garder cet œil au-dessus de l'eau. Et le périscope une fois rentré, on navigue au jugé, jusqu'au moment où l'on estime que, sans danger de se faire canonner ou apercevoir, on peut remonter à la surface ou faire sortir à nouveau le périscope.

C'est pourquoi toute plongée d'un sous-marin est une opération périlleuse; pourquoi les accidents sont si nombreux : bien qu'en fait les pertes de sous-marins soient très rares, par rapport aux sorties et aux exercices innombrables auxquels se livrent ces bateaux. Lors de la manœuvre où a par exemple disparu le *Vendémiaire*, avec tout son équipage, composé de vingt-deux hommes et de deux officiers, c'est en se relevant trop tôt sans savoir que le cuirassé *Saint-Louis* était sur sa route, que le pauvre petit bâtiment s'est fait une plaie, qui a causé son naufrage presque instantanément. Et quand la coque principale de ces sous-marins présente une large ouverture comme celle qu'a dû faire l'étrave du *Saint-Louis*,

il est inutile d'espérer que le sous-marin ne sera pas, en quelques
minutes pour ainsi dire, complètement envahi par l'eau. Les cloisons
intérieures, au moins dans l'état de la construction telle qu'elle se
fait actuellement, ne sont pas suffisantes pour supporter la pression de l'eau. Quant aux appareils de sauvetage que l'on a essayé
de combiner pour l'équipage, ils n'ont rien donné jusqu'ici. Pour
l'avenir peut-être trouvera-t-on des dispositifs avec double coque
réduisant les dangers de cette navigation; mais le problème est
particulièrement malaisé. En ce qui concerne le sauvetage du sous-
marin une fois coulé, il est au moins aussi malaisé. Surtout si l'on
songe à un sauvetage rapide qui éviterait l'asphyxie à l'équipage
enfermé dans la coque sous des mètres et des mètres d'eau. Non
seulement il faut que la coque porte ces anneaux où attacher des
chaînes de relevage, mais encore que l'effort exercé pour soulever
l'énorme poids du sous-marin ne déchire pas la carène, là où s'atta-
chent ces anneaux. En outre, rien n'est plus difficile, par une profondeur d'eau un peu considérable, pour des scaphandriers, que de
descendre et d'accrocher des chaînes à ces anneaux. Sans compter
que fréquemment les efforts de relevage se feront irrégulièrement,
sous l'influence des vagues par exemple, et qu'une chaîne pourra
casser en laissant tout retomber au fond, ou même dans une plus
mauvaise position. Tout dernièrement, M. Surcouf a proposé de
relever les sous-marins coulés à l'aide de ballonnets remplis d'air,
comprimé au moyen d'un compresseur apporté à bord d'un bateau
coopérant au sauvetage. Mais ce système présente à peu près tous
les inconvénients des autres procédés. Au reste, le relevage d'un
sous-marin, même avec les docks spéciaux que l'on a construits
parfois, est des plus aléatoires. Il faut bien considérer que les mate-
lots des équipages des sous-marins sont parmi les plus exposés
même en temps de paix. D'ailleurs, les accidents frappent toutes les
marines malheureusement, puisque la Grande-Bretagne a perdu
récemment un sous-marin éventré par un contre-torpilleur à la façon
du *Vendémiaire*.

LES NAVIRES TRANSPORTEURS
DE SOUS-MARINS

Il va de soi que des navires aussi petits que ces sous-marins, ou
même les submersibles que l'on construit dans toutes les flottes,
ne peuvent pas se livrer à de longs voyages; et on a résolu généralement de posséder des transports qui les prendront à leur bord pour
les mettre à l'eau aux environs des parages où ils auront à jouer
leur rôle. Comme il n'est pas commode de monter ces bateaux,

si petits qu'ils paraissent, à bord d'un navire quand il s'agit de franchir une vaste étendue de mer, la Société du Creusot a inventé un ingénieux bateau spécialisé pour le transport des sous-marins. Cette maison l'a du reste imaginé surtout pour livrer à sa clientèle de l'étranger, Pérou, Grèce, etc., les sous-marins qu'elle fabrique en grand nombre. Ce transport pour sous-marins se nomme le *Kangourou*; il a été en fait construit par les Chantiers de la Gironde à Bordeaux, sur les plans du Creusot. Ce *Kangourou* a une longueur de 93 mètres pour une largeur de 11 m. 95 et pour une profondeur

DOCK FLOTTANT POUR SOUS-MARINS.

de 5 m. 54. En somme, c'est un véritable dock flottant; et ce que nous avons dit antérieurement de ces docks, nous permettra d'abréger nos explications. L'avant du *Kangourou* comporte une étrave mobile qui peut se déboulonner, en laissant à l'avant de la coque une entrée destinée aux sous-marins, un véritable tunnel qui aboutit à la cale. Celle-ci n'a pas moins de 59 mètres de long, et elle ressemble étrangement au pont des docks dont nous avons parlé, les flancs du bateau, dotés de compartiments remplaçant les murailles doubles d'un dock flottant de carénage. Dans le double fond du navire, sont ménagés des compartiments qu'on peut à volonté remplir d'eau ou vider, ce qui permet d'immerger plus ou moins tout le bateau, et par suite de faire descendre le pont de sa cale très au-dessous du niveau de l'eau. Dès lors, par conséquent, un sous-marin pourra, en continuant de flotter, s'introduire par le tunnel et venir au-dessus du pont et des « tins » qu'il comporte. Si donc à ce moment on commence par relever l'avant du navire (en remplissant d'eau d'autres compartiments de l'arrière), on a la possibilité de remettre en place l'étrave mobile, qui joue le rôle d'une vraie porte. Ensuite il sera aisé, cette porte boulonnée, de rétablir le bateau horizontal, et de se mettre à expulser au moyen de pompes toute l'eau que contient la cale. Le sous-marin viendra reposer sur les tins, et on le fixera solidement en place, pour qu'il ne puisse bouger durant toute la traversée qu'on devra lui faire effectuer. On pourrait utiliser aussi ce *Kangourou* pour visiter et réparer un sous-marin, lors même qu'on n'aurait pas à lui faire exécuter un voyage.

LES GROS CANONS

CE que nous avons dit des nouveaux cuirassés que mettent en construction tous les pays, a suffi pour montrer que l'on tendait à adopter des calibres, des diamètres d'obus et de bouches à feu de plus en plus considérables ; on pratique dès maintenant les 30, les 33, les 35 centimètres. On entend même en Allemagne adopter des canons de 38 centimètres de diamètre, qui lanceront un obus de 750 kilogrammes. Les canons de 35 étaient déjà des monstres : leur projectile pesait 620 kilogrammes, et les pièces les plus longues qui les envoyaient représentaient un poids de 84 tonnes à peu près. On fait les canons plus ou moins longs, cela a l'avantage de faire agir plus longtemps les gaz de la poudre derrière le projectile, et de lui imprimer une plus grande vitesse au sortir de la bouche du canon. Les projectiles de 620 kilogrammes pour canons longs sortent à une vitesse de 935 mètres par seconde. Avec les canons longs de 38 centimètres, le projectile sera animé d'une vitesse de 942 mètres par seconde ; le canon ne pèsera pas moins de 102 800 kilogrammes. On retourne donc aux canons de 100 tonnes, dont les Italiens avaient essayé il y a bien des années, mais que l'on avait trouvés inutilement lourds à cette époque. Aujourd'hui, la résistance plus forte des cuirassements et la plus grande distance à laquelle on compte combattre, obligent à adopter ces énormes canons et ces formidables obus animés d'une vitesse et d'une puissance formidables elles-mêmes. Qu'on en juge par le fait que, au sortir du canon, un obus de ce genre, pourrait traverser une épaisseur de 135 centimètres d'acier à cuirassement !

OBUSIERS ET MORTIERS

PUISQUE nous sommes sur ce terrain des bouches à feu, qui jouent un si grand rôle dans les armements modernes, nous avons à signaler deux nouveautés en ces matières. Parmi ces canons, les obusiers sont des bouches à feu spéciales : non pas celles qui lancent des obus, puisque tout canon peut en lancer, mais celles qui effectuent un tir plongeant, la pièce étant très relevée. Par malheur,

LE NOUVEAU MORTIER KRUPP.

les obusiers sont en général lourds, pour présenter de la stabilité, et ils sont difficiles à déplacer rapidement. Or les établissements du Creusot ont combiné récemment un véritable obusier de campagne, obusier léger, qui peut rendre de très grands services. Cet obusier est du calibre de 105 millimètres, et il est muni de tous les dispositifs ingénieux que l'on trouve dans les canons de campagne ordinaires ; il pèse 1160 kilogrammes seulement en batterie, et en ordre de marche 1950 kilogrammes avec 24 coups bons à tirer. Un canon de ce genre peut lancer 60 coups à la minute, et dans des conditions, pour des buts et des terrains où le canon classique ne pourrait servir.

Mais l'autre nouveauté que nous voulons faire connaître à nos lecteurs est plus originale. C'est un mortier servant à lancer des bombes, et dans des conditions qu'on ne se serait pas attendu à voir se présenter à nouveau dans la pratique des guerres modernes. Nous rappelons que la bombe est un projectile creux de gros calibre, contenant une charge de poudre à laquelle le feu est mis par l'intermé-

diaire d'une fusée; et on lance les bombes au moyen de mortiers,
canons de très gros calibre intérieur. Mais un canon de ce genre
est d'ordinaire forcément lourd. Et il faudrait pourtant amener un
mortier tout près de l'ennemi, puisqu'il est fait pour tirer à courte
distance! De plus, le projectile sphérique qu'est la bombe ne peut
pas subir l'action extérieure d'une forte charge de poudre, car les
parois en sont minces (pour qu'il ne soit pas alourdi inutilement).

C'est pour cela que
la célèbre maison
Krupp, d'Essen, a
inventé un nouveau
mortier qui est assez
léger pour suivre les
mouvements de l'in-
fanterie, qui est en
mesure de lancer con-
tre l'ennemi, à courte
distance, une bombe
énorme contenant
beaucoup d'explosif,
et qui pourtant est
lui-même de diamètre
intérieur très faible :
ce qui a l'air contra-
dictoire. La bombe a
effectivement ici un

LE MORTIER AVEC LA BOMBE PRÊTE A PARTIR.

poids de 85 kilogrammes, et on voit comme elle s'accuse par son
volume par comparaison avec la bouche à feu qui la lance.

Cette bouche à feu nouvelle, montée pour ses déplacements sur
un petit chariot, peut être poussée par quelques hommes seulement,
et sa largeur ne l'empêche point de passer dans les tranchées que l'on
creuse pour attaquer une place. Le tout ne pèse pas 530 kilogrammes.
Le canon n'a que 80 centimètres de long et un calibre de 45 millimètres. Mais ce qu'il lance, ce sur quoi agit sa charge de poudre,
c'est une tige munie d'une large plaque circulaire, tige que l'on
glisse dans le canon par la bouche. Et c'est sur la plaque, extérieurement au canon, que vient se disposer la bombe. Mais si la
tige est lancée par la charge de poudre, il en est de même pour la
bombe; tige et plaque tombent bientôt à terre, tandis que la bombe
continue son chemin, sa fusée brûlant; et les choses sont calculées
pour qu'elle fasse explosion en touchant le sol et en répandant
autour d'elle une masse de gaz particulièrement toxiques.

CANONS DE MONTAGNE

IL va de soi que les pièces de campagne que l'on veut déplacer
facilement à travers les chemins de montagne, pour défendre les
frontières, pour appuyer l'infanterie spéciale, les chasseurs alpins,
doivent présenter des conditions spéciales de légèreté. Il est impossible de laisser, durant les transports, la bouche à feu sur son affût,
et de la faire rouler sur le sol : on est donc obligé de démonter le
canon et de charger la pièce et ses divers éléments à dos de mulets.
Et pourtant il ne faut pas que ces canons de montagne soient des
joujoux : il faut qu'ils puissent lancer des projectiles redoutables.
C'est pour cela que les établissements Schneider, la maison du
Creusot, ont construit un canon de montagne envoyant des projectiles de 75 millimètres. Il présente cette particularité que le canon
proprement dit est fait de deux parties, que l'on sépare pour un
transport facile : un tube central et un manchon extérieur, qui
vient renforcer le tube à l'intérieur duquel explose la charge. Mais
nous devons signaler également le canon de montagne tout à fait
curieux imaginé par le colonel Deport, dit canon à lancer : on va voir
pourquoi. Pour tout canon, le départ du coup cause un recul violent,
qu'il faut amortir, qui renverserait la pièce si elle n'était pas assez
pesante, et cependant, pour le service en montagne, il faut une pièce
légère. Pour remédier à cet inconvénient, ce canon de montagne
Deport, un court instant avant que l'on fasse partir la charge et
détoner la poudre, est lancé en avant par un ressort, en glissant sur
une glissoire qui est à la partie supérieure de l'affût. Quand ensuite
le recul se fait sentir, il est annihilé en grande partie par ce mouvement en avant, qui se produit exactement en sens inverse de celui
que le recul tend à imprimer au canon. Avec une disposition de ce
genre, il n'est plus besoin du mécanisme compliqué et lourd de freinage que l'on trouve dans les canons ordinaires. Le canon de montagne dont il s'agit est remarquable par sa légèreté : il ne pèse que
100 kilogrammes.

CANONS POUR AÉROPLANES

IL ne s'agit point de ceux que l'on prétend installer quelque jour à
bord des aéroplanes : le problème n'est point résolu, mais de
ceux que l'on établit déjà pour lancer des projectiles, presque verticalement, contre les aviateurs qui viennent au-dessus des troupes
renseigner l'ennemi. Parmi les divers canons rapides ou canons-
mitrailleuses inventés pour ce service spécial, nous signalerons
seulement le canon américain de l'amiral Twining. Ce canon, disposé
sur un pied ressemblant à ceux des canons-revolvers des navires de

guerre, peut tirer un obus de 450 grammes, explosant dès qu'il rencontre l'obstacle le plus léger, même un plan de machine volante. Il peut tirer efficacement jusqu'à 3 000 mètres. Voici un ennemi redoutable pour la quatrième arme !

LE DANGER
DES POUDRES SANS FUMÉE

LA terrible catastrophe de la *Liberté* suffirait pour montrer le danger de ces poudres, qui ont tant de qualités à d'autres égards ; depuis lors, il s'est produit, dans des exercices de tir au

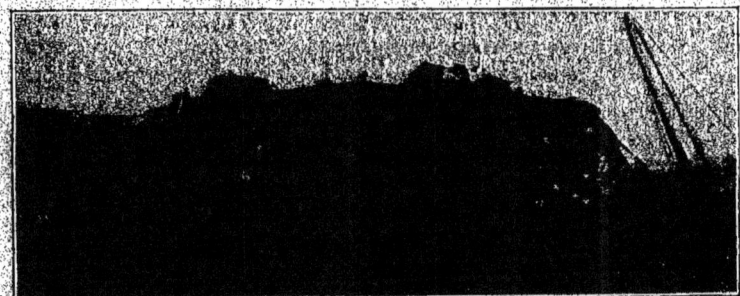

Cl. *Harlingue*

APRÈS L'EXPLOSION DES POUDRES SANS FUMÉE, A BORD DE LA *Liberté*.

canon surtout, des accidents qui ont encore tristement attiré l'attention sur ce qu'on nomme l'instabilité des poudres qu'emploie notre marine. Notre armée de terre les emploie également ; mais elles ne sont pas emmagasinées comme celles de la marine dans des soutes dont la température élevée les amène à se modifier avec rapidité. Il est bien certain que la fabrication dans les usines de l'État est loin de se faire avec tous les soins désirables ; mais il faut dire aussi que les poudres à base de nitrocellulose que sont nos poudres sans fumée, ont des tendances bien plus marquées à la décomposition que les poudres analogues, mais à base de nitro-glycérine, qui sont utilisées par la marine anglaise ou la marine allemande par exemple. On essaye en France, depuis la catastrophe de la *Liberté*, de trouver un produit qui stabilise nos poudres, qui les empêche de se décomposer dangereusement. Mais c'est une découverte qui n'a pas encore été faite ; et des dangers réels subsistent encore à bord de nos cuirassés. Du moins des installations frigorifiques, comme on en emploie à tant d'usages, peuvent servir à refroidir les cales à munitions et à diminuer considérablement le péril. Cela prouve combien les sciences diverses se prêtent un mutuel appui.

TABLE DES MATIÈRES

LES TRAVAUX DE L'INGÉNIEUR

MÉCANIQUE ○ MACHINES ○ CONSTRUCTIONS

L'HOMME ET L'ANTHROPOLOGIE
MÉDECINE ○ HYGIÈNE ○ CHIRURGIE

LES ANIMAUX ET LES PLANTES

PHYSIQUE ○ CHIMIE
TÉLÉGRAPHIE ○ PHOTOGRAPHIE

LA DÉFENSE NATIONALE
ARMÉES ET ARMEMENTS

COULOMMIERS

Imprimerie PAUL BRODARD.

St-Germain-les-Corbeil. — Imp. P. Leroy